Hermann
Hesse

크눌프
———————
동방 순례

크눌프. 크눌프 삶의 세 가지 이야기
Knulp. Drei Geschichten aus dem Leben Knulps

동방 순례
Die Morgenlandfahrt

헤르만 헤세 지음 | 권혁준 옮김

현대문학

차례

크눌프

동방 순례

크눌프. 크눌프 삶의 세 가지 이야기

Knulp. Drei Geschichten aus dem Leben Knulps

초봄

1890년대 초, 우리의 친구 크눌프는 몇 주 동안 병원에서 지내야 했던 적이 있다. 그가 퇴원했을 때는 2월 중순이었는데, 그때는 날씨가 매우 고약했다. 그래서 그는 다시 방랑길에 나섰지만 며칠 못 되어 다시 열기가 올라 어딘가 머물 거처를 찾아야 했다. 그에게는 의지할 수 있는 친구가 늘 많았다. 지방의 어느 소도시를 가더라도 그는 자신을 따뜻하게 맞아 줄 곳을 쉽게 찾을 수 있었을 것이다. 그런데 그는 이 부분에 있어 특이하다 싶을 정도로 자부심이 매우 강해서, 친구로부터 도움을 받을 경우 오히려 도움을 준 친구가 일종의 영예로 여겨야 할 정도였다.

이번에 그가 떠올린 사람은 레히슈테텐에 사는 무두장이 에밀 로트푸스였다. 크눌프는 서풍이 불어대고 비바람이 몰아치던 어느 저녁에 이미 잠겨 있는 그 친구의 집 문을 두드렸다. 무두장이 친구는 위층 유리창의 덧문을 살짝 열고는 아래쪽 어두운 골목을 향해 소리쳤다.

"거기 누구요? 날이 밝을 때 다시 찾아오면 안 되겠소?"

크눌프는 몹시 지친 상태였지만 옛 친구의 목소리를 듣자 활력을 되찾았다. 그는 몇 년 전에 에밀 로트푸스와 한 달 동안 함께 방랑하던 때에 지었던 시구를 기억해 내고는 곧바로 집 앞에서 위층을 향해 노래를 불렀다.

> 지친 방랑자 하나
> 술집에 앉아 있네.
> 그 사람은 다름 아닌
> 돌아온 탕자라네.

무두장이는 덧문을 확 열어젖히고 창밖으로 몸을 한껏 내밀었다.

"크눌프! 자네 크눌프지? 아니면 내가 자네의 유령을 보고 있는 건가?"

"그래 나야!" 크눌프가 외쳤다. "그런데 자네는 계단으로 내려올 수도 있을 텐데, 아니면 그렇게 창문으로 나오겠다는 건가?"

무두장이 친구는 흥겨운 기분이 되어 서둘러 내려와 집 대문을 열었다. 친구가 방문객의 얼굴에 그을음 나는 작은 석유램프를 비추자, 크눌프는 눈이 부셔 깜빡이지 않을 수 없었다. "어서 안으로 들어가세!" 무두장이는 흥분해서 소리치면서 친구를 집 안으로 들였다. "자세한 이야기는 나중에 하세. 저녁 식사에서 남은 음식이 아직 있을 거야. 자네를 위한 잠자리도 있어. 하느님 맙소사, 이렇게 궂은 날씨에! 그래, 장화는 좋은 것을 신고 있겠지?"

크눌프는 친구가 혼자서 묻고 놀라도록 내버려 둔 채 계단 위에 서서, 걷어 올렸던 바지 아랫부분을 세심하게 펼쳐 내렸다. 그리고 지난 4년 동안 한 번도 그 집에 들어온 적이 없었지만 자신 있게 어둠을 지나 위층으로 올라갔다.

위층 복도의 거실 문 앞에 이르자 그는 잠시 멈춰 서서, 안으로 들어가자고 권하는 무두장이의 손을 잡았다.

"자네 말이야." 그가 속삭이듯 말했다. "그사이 결혼을 했겠지?"

"그럼, 물론이지."

"바로 그래서 말인데, 이보게, 자네 부인은 나를 알지 못해. 그러니 반기지 않을 수도 있어. 나는 자네 부부를 방해하고 싶지는 않거든."

"방해는 무슨!"

로트푸스는 웃으면서 문을 활짝 열어젖히고는 크눌프에게 환한 거실로 들라고 채근했다. 거실에는 대형 식탁 위쪽에 큰 석유 램프 하나가 세 줄의 사슬에 매달려 있었고, 희미한 담배 연기가 허공을 떠돌다가 옅은 행렬을 이루며 램프의 뜨거운 실린더를 향해 모여들더니, 순식간에 소용돌이 모양으로 피어올랐다가 사라졌다. 식탁에는 신문 하나와 돼지 오줌보로 만든 불룩한 담배쌈지가 놓여 있었다. 거실 구석에서는 젊은 부인이 작고 좁다란 소파에 앉아 있다가, 마치 졸다 깨어난 사람이 들키지 않으려는 듯이 약간 당황하여 벌떡 일어났다. 크눌프는 한순간 강렬한 불빛에 당혹하여 눈을 깜빡이고는, 부인의 연회색 눈을 들여다보면서 정중하게 경의를 표하고 손을 내밀었다.

"그래, 우리 집사람이야." 무두장이 장인이 미소를 지으며 말했다. "그리고 이 사람은 크눌프, 내 친구 크눌프야. 당신도 알고 있지? 우리가 이 친구에 대해 이야기 나눈 적도 있잖아. 이 친구는 당연히 우리 집에 온 손님이고, 견습공 침대를 쓰면 될 거야. 그 침대는 지금 비어 있잖아. 하지만 우선은 같이 한잔해야겠어. 그리고 크눌프는 요기를 좀 해야 할 거야. 간으로 만든 소시지가 아직 하나 남아 있지 않아?"

부인이 얼른 밖으로 달려 나갔고, 크눌프는 그녀의 뒷모습을 바라보았다.

"그런데 자네 부인이 약간 놀란 것 같네." 그가 나지막하게 말했다. 그러나 로트푸스는 그 말에 수긍하려 들지 않았다.

"자네 부부, 아이는 아직 없나?" 크눌프가 물었다.

그때 부인이 다시 안으로 들어와서 주석으로 만든 접시에 소시지를 담아 왔고, 빵을 자르는 데 사용하는 작은 도마를 옆에 갖다 놓았다. 도마 한가운데는 검은 빵 반 조각이 잘린 면을 아래쪽으로 하여 세심하게 놓여 있었다. 둥근 형태의 가장자리를 따라서는 '오늘날 우리에게 일용할 양식을 주옵소서'라는 글귀가 돋을새김으로 새겨져 있었다.

"여보, 리스, 크눌프가 방금 나한테 무엇을 물어보았는지 알아?"

"그만두게나!" 크눌프가 말을 가로막았다. 그리고 그는 미소 지으며 부인을 향해 말했다. "그럼 실례하겠습니다, 부인."

그러나 로트푸스는 가만히 있지 않았다.

"우리한테 아이가 없냐고 이 친구가 물었다니까."

"아이 참!" 그녀는 웃으면서 다시 얼른 거실에서 나갔다.

"정말 아이가 없는 거야?" 부인이 나가고 나서 크눌프가 다시 물었다.

"그래, 아직은 없어. 집사람은 서두르지 않으려고 한다네. 그리고 처음 몇 해 동안은 그게 더 낫지 않을까? 그나저나 어서 들게나, 맛이 있었으면 좋겠군!"

부인은 이번에는 회청색 사기 재질의 과일주 단지를 들고 들어왔다. 그녀는 세 개의 잔을 내려놓고 술을 채웠다. 이 모든 일을 해내는 모습이 능숙했고, 크눌프는 그녀의 모습을 바라보며 미소를 지었다.

"자네의 건강을 위해, 옛 친구!" 무두장이 주인이 외치면서 크눌프를 향해 잔을 내밀었다. 그러자 예의 바른 사람이었던 크눌프는 이렇게 외쳤다. "먼저 부인을 위해 건배해야겠지. 부인, 건강하세요! 그리고 건배, 옛 친구!"

세 사람은 잔을 함께 부딪치고 나서 과일주를 마셨다. 로트푸스는 기쁨으로 얼굴이 빛났고, 아내를 향해 자기 친구가 얼마나 예절 바른 사람인지 보라는 듯 눈짓했다.

그런데 그의 아내는 진작 알아차리고 있었다.

"보세요." 그녀가 말했다. "크눌프 씨는 당신보다 예의가 바르잖아요. 예절이 무엇인지 아시는 분이네요."

"아, 이러지 마세요." 손님 신분인 크눌프가 말했다. "누구나 배운 대로 하는 법이죠. 예절로 말한다면 부인은 저를 쉬이 당황하게 하시는걸요. 부인의 식사 대접이 얼마나 훌륭한지 꼭 최고급 호텔에 와 있는 기분입니다."

"정말 그렇지." 무두장이 장인이 웃으며 말했다. "그런데 이 사람도 역시 배운 거야."

"그렇군요. 어디서 배운 거죠? 혹시 부친께서 호텔 주인이셨습니까?"

"아녜요, 아버지는 이미 오래전에 돌아가셨어요. 저는 아버지를 제대로 기억하지도 못하는걸요. 다만 옥센 호텔에서 몇 년 동안 일한 적이 있어요. 혹시 아실지 모르겠지만요."

"옥센 호텔에서요? 예전에 레히슈테텐에서 가장 최고급 호텔이었죠." 크눌프가 감탄하며 말했다.

"지금도 그래요. 안 그런가요, 에밀? 투숙객들이 거의 모두가 출장 중인 사업가이거나 관광객이었어요."

"부인 말이 맞다고 생각합니다. 부인은 그곳에서 훌륭하게 지냈을 것이고, 또 수입도 좋았을 것 같군요! 하지만 가정을 이루는 것은 그보다 더 나은 일이죠, 안 그런가요?"

크눌프는 천천히 음미하듯이 부드러운 소시지를 빵에 바르고는, 깨끗이 벗겨 낸 소시지 껍질은 접시 가장자리에 밀어 두었다. 그러면서 때때로 잘 익은 노란색 사과주를 한 모금 마셨다. 무두장이 장인은 친구가 야위고 섬세한 손으로 필요한 일을 아주 깔끔하고도 매끄럽게 해내는 모습을 유쾌하면서도 존경하는 마음으로 지켜보았다. 여주인도 호감을 갖고 그 모습을 바라보았다.

"그런데 자네는 특별히 형편이 좋아 보이지는 않는군." 에밀 로트푸스는 책망 어린 말투로 그의 안부를 캐기 시작했다. 크눌프는 최근에 자신의 상태가 아주 좋지 않았다는 것과 병원 신세를 져야 했다는 사실을 고백하지 않을 수 없었다. 하지만 그는 정작 가장 곤혹스러운 부분은 이야기하지 않았다. 무두장이 친구는 그에게 이제 어떤 일을 시작할 생각인지 물었다. 그러면서 언제까지라도 자기 집에서 식사와 잠자리를 제공하겠다고 진심으로 제안했다. 바로 크눌프가 기대하고 예상했던 제안이었다. 하지만 그는 다소 쑥스러워하면서 대답을 회피했고, 친구의 제안에 살짝 고마움을 표시하면서 그 문제는 다음 날 논의하자고 미루었다.

"그 문제는 내일이나 모레 다시 얘기할 수 있어." 크눌프가 무심한 어조로 말했다. "하느님께 감사하게도 세상 마지막 날이 금방 오는 것은 아니니까. 하여튼 얼마간은 여기 머물 생각이야."

크눌프는 너무 장기간에 걸쳐 계획을 세우거나 약속을 하는 것을 좋아하지 않았다. 바로 다가올 날을 원하는 대로 사용할 수 없는 경우 마음이 편하지 않았다.

"내가 정말 이곳에 얼마 동안 머물게 되면 말일세," 그가 다시 말을 이었다. "자네는 나를 견습공으로 등록해 줘야 하네."

"가당치도 않은 소리!" 무두장이 장인이 웃음을 터뜨렸다. "자네가 내 밑에서 견습공을 하겠다고! 게다가 자네는 무두질하고는 거리가 먼 사람이잖아."

"그거야 문제 될 것 없어. 자네는 내 말을 이해하지 못하는 거야? 나는 무두장이 일 자체에 대해서는 관심이 없어. 그것은 훌륭한 수공 작업이라고들 하지. 하지만 나한테는 그런 일을 해낼 만한 재능이 없어. 하지만 내 여행 수첩에는 좋은 기록이 될걸세. 그렇게 하면 질병 수당을 받을 자격도 얻게 될 거고."

"자네 여행 수첩을 좀 볼 수 있을까?"

크눌프는 거의 새것이라고 할 수 있는 양복의 속주머니에 손을 집어넣어 방수포 덮개로 깔끔하게 싸놓은 여행 수첩을 꺼집어냈다.

무두장이 장인은 웃음을 터뜨렸다. "언제나 나무랄 데가 없군! 자네는 어제 아침에야 고향 집 어머니와 작별하고 왔다고 할 수 있을 정도야."

이어 친구는 기재된 사항과 공인 스탬프를 자세히 들여다보고는 고개를 가로저으면서 경탄을 금치 못했다. "아니, 이건 정말 깔끔함 그 자체야! 자네한테는 모든 것이 고상한 상태여야 하지."

여행 수첩을 그렇게 깔끔하게 유지하는 것은 물론 크눌프의 취미 중 하나였다. 어떤 결함도 없는 그 여행 수첩은 고상한 픽션, 문학과 같은 것이었다. 공증을 거친 그 안의 기재 사항들은 성실하고 존경할 만한 삶이 거쳐 온 온통 영예로운 단계들을 보여 주었다. 그 삶에서 유일하게 어울리지 않는 것은, 장소를 아주 빈번하게 바꾸는 형태로 나타난 그의 방랑벽뿐이었다. 이 공식 통행증이 증명해 주는 삶은 물론 크눌프 자신이 지어낸 창작물이었고, 그는 온갖 기예를 동원해 이 위태롭기 짝이 없는 가상의 삶을 계속 유지해 오고 있었다. 현실에서 그는 명확히 금지된 어떤 사항을 어기는 사람은 아니었지만, 직업도 없는 부랑자로서 불법적이고 무시당하는 삶을 살았다. 모든 경관들이 그에게 그렇게 호의적이지 않았더라면 그는 물론 이렇게 멋진 허구의 삶을 아무 괴롭힘도 당하지 않고 지속하기란 거의 불가능했을 것이다. 경관들은 이 명랑하고 유쾌한 남자의 정신적인 우월함과 때때로 엿보이는 진지함을 존중해 주었고, 가능한 평온하게 내버려 두었다. 그는 전과가 거의 없었고, 절도를 하거나 구걸을 하다가 걸린 적도 없었다. 또 가는 곳마다 명망 있는 친구들이 있었다. 그래서 사람들은 마치 가정에서 식구들 모두가 귀여운 고양이를 관대하게 용납하듯이, 그가 그렇게 살도록 내버려 두었다. 그런 고양이는 부지런하고 암울하게 살아가는 모든 사람들 사이에서, 근심 걱정 없이 우아하고 화려할 정도로 당당한 태도로 무위도식하는 삶을 살아가는 법이다.

"그런데 내가 찾아오지 않았더라면 자네 부부는 이미 오래전에 잠자리에 들었을 시간이야." 크눌프가 서류를 다시 집어넣으면서 소리쳤다. 그는 자리에서 일어나면서 부인에게 공손하게 용서를 구했다.

"가세, 로트푸스. 내 침대가 어디 있는지 보여 주게."

무두장이 장인은 등불을 비추며 좁은 계단을 통해 꼭대기 층에 있는 견습공의 방으로 친구를 안내했다. 방에는 벽 쪽에 텅 빈 철제 침대 하나가 설치되어 있었고, 그 침대 옆에 침구를 갖춘 목재 침대가 또 하나 있었다.

"따뜻한 물병을 하나 줄까?" 집주인이 아버지처럼 자상하게 물었다.

"잔소리는 그만두게." 크눌프가 웃으면서 말했다. "그런데 집주인인 자네야 저렇게 귀엽고 아담한 부인이 곁에 있으니 그런 것이 전혀 필요 없겠지."

"그래, 맞아." 로트푸스가 부쩍 열을 올리며 말했다. "자네는 지금 다락방의 차가운 침대 속으로 들어가야 하지. 때로는 더 열악한 잠자리에서 잘 때도 있을 것이고, 때로는 적당한 잠자리가 없어 건초 더미에서 자야 할 때도 있겠지. 하지만 나 같은 성실한 장인은 집도 있고 가게도 있고 사랑스러운 아내도 있어. 이보게, 자네도 마음만 먹었다면 이미 오래전에 장인이 되었을 거고, 나보다 형편이 훨씬 더 나았을 거야."

크눌프는 그사이에 재빨리 옷을 벗고는 오싹한 한기를 느끼며 싸늘한 이불 속으로 기어들었다.

"자네는 아직 할 말이 많은가?" 그가 물었다. "그러면 이렇게 편히 누워 듣기로 하지."

"진심으로 하는 말이야, 크눌프."

"나도 그렇다네, 로트푸스. 하지만 결혼이라는 것이 마치 자네의 발명품인 것처럼 말할 필요는 없네. 그럼 잘 자게!"

이튿날 크눌프는 계속 침대에 머물러 있었다. 여전히 몸이 허약한 상태라고 느꼈고, 날씨도 고약해서 집 밖으로 선뜻 나서고 싶지 않았다. 오전에 무두장이 친구가 잠시 찾아오자, 그는 조용히 누워 있게 내버려 두고, 다만 낮에 수프 한 접시만 올려다 달라고 부탁했다.

그리하여 그는 어둑한 다락방에서 하루 종일 조용하고 편안하게 누워 있었다. 그러면서 추위와 방랑의 고통이 사라지는 것을 느꼈고, 따뜻하게 보호받고 있다는 행복감에 기분 좋게 젖어들었다. 그는 빗물이 지붕을 열심히 두들기는 소리, 그리고 부드럽고 따스한 바람이 불규칙적으로 변덕스럽게 부는 소리에 귀를 기울였다. 그러는 사이에 반 시간 정도 잠이 들기도 했고, 방 안에 빛이 충분할 때는 방랑할 때마다 지니고 다니는 자료들을 들여다보기도 했다. 시구와 경구들을 옮겨 적어 둔 종이 몇 장, 신문 기사 등을 오려 엮은 작은 묶음이었다. 주간지에서 찾아내 오려 둔 사진도 몇 장 있었다. 그중 두 장은 그가 특별히 좋아하는 사진으로, 자주 꺼내 본 탓인지 이미 너덜너덜해 보였다. 한 장은 여배우 엘레오노라 두제의 사진이었고, 다른 한 장은 강풍이 휘몰아치는 거친 바다에 떠 있는 범선의 사진이었다.

크눌프는 어렸을 때부터 북부 지방과 바다를 강하게 동경했다. 그곳을 향해 몇 번 길을 떠난 적도 있었고, 한번은 브라운슈바이크 지방까지 이르기도 했었다. 그러나 언제나 유랑을 할 뿐 어느 곳에서도 오래 머물 수가 없었던 이 철새는, 매번 기이한 불안과 향수를 느끼고는 급히 행진을 하여 남부 독일로 되돌아왔다. 어쩌면 낯선 방언과 풍습을 지닌 고장에는 아는 사람이 아무도 없고 또 전설적인 그의 여행 수첩을 제대로 유지하기가 어려워져서 마음의 평온이 사라지기 때문인지도 몰랐다.

점심때가 되자 무두장이 친구가 수프와 빵을 가지고 올라왔다. 친구는 조용조용 걸어 들어왔고, 겁에 질린 양 속삭이는 목소리로 말했다. 그가 보기에 크눌프는 틀림없이 아파 보였고, 무두장이 친구는 어렸을 때 앓았던 이후 단 한 번도 밝은 대낮에 침대에 누워 있었던 적이 없었기 때문이다. 크눌프는 괜찮아진 편이었지만 구태여 자신의 상태를 설명하려고 애쓰지 않았고, 다만 내일이면 건강하게 일어날 것이라고만 약속했다.

오후 늦게 다시 방문을 두드리는 소리가 났다. 크눌프는 얕은 잠에 빠져 아무 대답도 하지 않았다. 그러자 여주인이 조심스럽게 들어와 빈 수프 접시를 치우고는, 밀크 커피 한 잔을 침대 곁의자에 올려놓았다.

크눌프는 여주인이 들어오는 소리를 분명히 듣기는 했지만 피곤한 탓인지 아니면 변덕스러운 기분 탓인지, 눈을 감은 채로 누워 깨어나지 않은 척하고 있었다. 여주인은 빈 접시를 손에 든 채, 잠들어 있는 크눌프를 흘끗 쳐다보았다. 그는 파란 체크무늬 셔츠 소매를 반쯤 걷어 올린 채 팔베개를 하고 있었다. 그런데 그의 짙고 고운 머릿결과 평화로운 얼굴에 깃들어 있는 어린아이 같은 아름다움이 그녀의 눈길을 사로잡았고, 그녀는 한동안 멈춰 서서 남편이 놀라운 이야기를 많이 들려주었던 그 아름다운 사내를 물끄러미 바라보았다. 그녀는 감긴 눈 위로 부드럽고 밝은 이마에 그려진 짙은 눈썹, 좁지만 갈색을 띤 두 뺨, 섬세한 선홍색 입술과 갸름한 목을 바라보았다. 모든 것이 그녀의 마음에 들었다. 문득 그녀는 옥센 호텔에서 종업원으로 일하면서 때때로 봄날의 변덕스러운 기분에 빠져 이렇게 멋진 낯선 청년의 사랑을 받아들이던 시절을 떠올렸다.

부인은 몽상에 잠기고 약간 흥분하여 그의 얼굴 전체를 보려고 몸을 앞으로 조금 숙였다. 그 바람에 은수저가 그만 접시에서 미끄러져 바닥에 떨어졌다. 그러자 부인은 적막한 방과 난처할 정도로 친밀한 분위기에 잠겨 있다가 소스라치게 놀랐다.

크눌프는 마치 깊이 잠들어 있었던 것처럼 무심한 표정을 지으며 천천히 눈을 떴다. 그는 고개를 돌려 위를 올려다보고, 잠시 손을 눈 위에 얹은 채 미소를 띠며 말했다.

"이런, 로트푸스 부인이시군요! 제게 친히 커피를 가져오셨군요! 맛있고 따뜻한 커피, 바로 이 순간 제가 꿈꾸던 것입니다. 정말 고맙습니다, 부인! 그런데 지금 시간이 얼마나 되었나요?"

"4시예요." 그녀가 재빨리 말했다. "커피가 따뜻할 때 얼른 드세요. 그릇은 나중에 와서 가져갈게요."

그 말을 남기고 여주인은 잠시도 더 머물 시간이 없다는 듯이 방에서 서둘러 나갔다. 크눌프는 부인의 뒷모습을 바라보았고, 또 부인이 황급히 계단을 내려가는 소리를 들었다. 그는 생각에 잠긴 눈길로 고개를 여러 번 가로저었다. 그러고는 나지막한 새 소리로 한 번 휘파람을 불고는 커피를 향해 손을 뻗었다.

그러나 날이 어두워지고 한 시간쯤 지나자, 크눌프는 좀 무료해졌다. 몸 상태도 회복되었고 호사스러운 휴식을 취했다고 느꼈고, 이제 다시 사람들 사이에 뒤섞이고 싶다는 생각이 들었다. 유쾌한 기분으로 일어난 그는 옷을 입고 어둠에 의지하여 조용히, 마치 담비처럼 살그머니 계단을 내려간 후 아무도 눈치채지 못하게 집을 빠져나왔다. 습한 바람이 남서쪽에서 여전히 세차게 불어오고 있었다. 하지만 비는 더 이상 내리지 않았고, 머리 위에는 구름들 사이로 청명한 하늘이 드러났다.

크눌프는 코를 킁킁거리며 어두운 저녁의 골목길을 따라 산보를 하면서 인적 없는 광장을 가로질렀다. 그러다가 대장간의 열린 문 앞에 서서 견습공들이 청소하는 모습을 바라보면서 직공들과 이야기를 나누고, 또 검붉게 꺼져 가는 대장간의 화로에 차

가운 두 손을 갖다 댔다. 그러면서 곧장 시내의 여러 지인들 소식을 물었고, 또 누가 죽거나 결혼했는지를 알아보았다. 그런데 그가 대장간 직공들에게나 친숙한 다양한 작업 용어와 식별 신호들을 숙지하여 사용했기 때문에 대장장이는 그를 동료 중의 한 사람이라 여겼다.

그 시간에 로트푸스 부인은 저녁 수프를 준비하기 시작했다. 철거덕 소리를 내며 작은 화덕의 쇠고리들을 정돈하고는 감자의 껍질을 벗겼다. 그 일을 끝낸 뒤 수프가 약한 불 위에 제대로 올라 있는 것을 보고, 부인은 부엌에 있던 램프를 들고 거실로 가서 거울 앞에 섰다. 거울 속에서 그녀는 자신이 찾던 것, 즉 청회색 빛 눈동자에 생기발랄한 뺨을 한 통통한 얼굴을 발견했다. 그녀는 깔끔하게 정돈된 머리를 민첩한 손길로 재빨리 매만졌다. 그러고 나서 조금 전에 깨끗이 씻은 두 손을 다시 한 번 앞치마에 문지르고 나서 램프를 들고 얼른 다락방으로 올라갔다.

그녀는 견습공의 방문을 처음에는 조용히 노크했다가, 좀 더 크게 다시 한 번 두드렸다. 아무 대답이 없었다. 그러자 그녀는 램프를 바닥에 내려놓고는 혹시 삐걱거리는 소리가 날까 봐 두 손으로 조심스럽게 문을 열었다. 이어 발끝으로 조용히 한 걸음 걸어 들어가 침대 곁의 의자를 손으로 더듬어 찾았다.

"혹시 주무시나요?" 그녀가 목소리를 낮추어 물었다. 이어 다시 한 번 더 물었다. "혹시 주무시는 건가요? 그릇을 좀 가져가려고 들렀어요."

그런데 모든 것이 너무 조용하고 숨소리조차 들리지 않았다. 부인은 침대 쪽으로 손을 내밀어 보았다. 그러다가 뭔가 섬뜩한 느낌이 들어 얼른 손을 거두고는 다시 램프를 가지러 갔다. 이어 방에 사람이 없고 침대가 단정하게 정돈되어 있을 뿐 아니라 베개와 깃털 이불까지 깔끔하게 개켜 있는 것을 보았다. 그녀는 염려와 실망감 사이를 오가는 혼란을 느끼며 부엌으로 되돌아갔다.

반 시간 정도 지나서 무두장이 남편이 저녁 식사를 하러 올라오고 식탁이 다 차려졌을 때, 부인은 다시 걱정이 되기 시작했다. 하지만 남편에게 다락방에 올라갔었다는 사실을 말할 용기가 나지 않았다. 그때 아래층에서 대문이 열리고, 이어 돌이 깔린 현관 통로를 지나 구부러진 계단을 올라오는 가벼운 발걸음 소리가 나더니 크눌프가 모습을 드러냈다. 그는 멋진 갈색 펠트 모자를 벗어 들며 저녁 인사를 건넸다.

"아니, 도대체 어디 갔다 오는 건가?" 무두장이 장인이 놀라 소리쳤다. "이 친구 아픈 몸이면서 이 밤에 이렇게 쏘다니는 거야? 그것은 죽음을 재촉하는 일이라고."

"아주 지당하신 말씀이야." 크눌프가 말했다. "안녕하세요, 로트푸스 부인, 제가 때맞춰 돌아왔군요. 부인이 만드신 맛있는 수프 냄새를 저기 광장에서부터 맡았거든요. 그 냄새는 제게서 죽음도 몰아낼 수 있겠어요."

세 사람은 식탁에 둘러앉았다. 집주인은 말이 많아졌고, 자신의 가정생활과 장인의 지위에 대한 찬사를 늘어놓았다. 손님인 크눌프를 놀려 대고는, 다시금 진지한 표정이 되어 영원한 방랑과 무위도식을 이제는 끝내야 할 것이라고 충고했다. 크눌프는 귀를 기울여 들으면서도 대답은 거의 하지 않았다. 여주인도 거의 입을 열지 않았다. 그녀는 예의 바르고 멋진 크눌프 옆에 앉으니 투박하게만 보이는 남편에 대해 화가 났고, 손님에게는 정성스럽게 대접해 호감을 표시했다. 시계가 10시를 울리자, 크눌프는 좋은 밤을 보내라고 인사를 하고는 무두장이에게 면도용 칼을 좀 빌려 달라고 부탁했다.

"자네는 깔끔한 상태야." 로트푸스는 칼을 건네주면서 칭찬을 했다. "그런데 자네는 턱이 근질근질하기만 해도 수염을 밀어 버리는 모양이군. 그럼 편안히 자게, 그리고 건강도 얼른 회복하고!"

크눌프는 방에 들어가기 전에 계단 위쪽의 작은 창문에 몸을 기댔다. 잠시 날씨도 다시 살피고 이웃집들도 내다볼 요량이었다. 바람은 거의 잠잠해졌고, 지붕들 사이로 보이는 작고 검은 하늘에는 물기 머금은 별들이 또렷하게 빛을 발하고 있었다.

막 고개를 다시 안으로 들이고 창문을 닫으려는데 맞은편에 있는 이웃집 창문이 갑자기 환해졌다. 그의 방과 아주 비슷한 작고 천장 낮은 방이 눈에 들어왔다. 그리고 어려 보이는 하녀 하나가 방문을 열고 안으로 들어왔다. 하녀는 한 손에는 놋쇠 촛대를 들고 있었고, 왼손에는 커다란 물 단지를 들고 와서 바닥에 내려놓았다. 이어 하녀는 촛대를 들어 하녀용 침대 쪽을 비추었다. 침대에는 두툼한 붉은색 모포가 소박하면서도 깔끔하게 덮여 있어

어서 잠자리에 들라고 부르는 듯했다. 하녀는 이제 촛대를 내려놓았는데, 어디에 세웠는지는 보이지 않았다. 그러고 나서는 하녀들이 으레 갖고 다니는 자그마한 녹색 여행 가방 위에 걸터앉았다.

건너편에서 예상치 않았던 장면이 펼쳐지기 시작하자, 크눌프는 들키지 않도록 즉시 등불을 불어 꺼버리고는 그 자리에서 조용히 서서 기회를 엿보면서 창밖으로 몸을 내밀었다.

건너편의 젊은 하녀는 그의 마음에 드는 타입이었다. 나이는 대략 열여덟이나 열아홉 살 정도 되어 보였고, 키는 그다지 크지 않았으며, 갈색이 감도는 건강한 얼굴에 갈색 눈과 숱 많은 짙은 머리칼을 지니고 있었다. 그런데 고요하고 호감을 주는 그녀의 얼굴은 전혀 행복해 보이지 않았다. 단단한 녹색 여행 가방 위에 앉아 무척이나 깊은 근심과 슬픔에 잠겨 있는 모습이었다. 그래서 세상에 대해, 또 아가씨들에 대해 많이 알고 있는 크눌프는 저 어린 소녀가 여행 가방을 들고 이 낯선 곳에 온 지 얼마 되지 않았고 향수에 젖어 있다는 사실을 쉽게 짐작할 수 있었다. 그녀는 갈색의 야윈 두 손을 무릎 위에 살포시 올려놓고서, 잠을 자러 가기 전에 자신의 물건 위에 잠깐 앉아 고향 집을 떠올리며 잠시나마 위안을 찾고 있는 것이었다.

크눌프는 건너편 방에 있는 그녀와 마찬가지로 전혀 움직이지 않은 채 작은 창 곁에 붙어 서서 이상한 호기심을 보이며, 생면부지인 사람의 삶을 건너다보고 있었다. 그녀는 자신을 엿보는 사람이 있으리라고는 상상도 하지 못한 채, 양초 불빛 아래 슬픔을 고이 간직하면서 천진스럽게 앉아 있었다. 크눌프는 갈색의 선량해 보이는 두 눈이 때로는 이쪽을 향한 채 어둡게 빛나기도 하고, 때로는 긴 속눈썹에 덮이기도 하는 모습, 갈색의 어린아이 같은 뺨에 붉은 불빛이 조용히 아른거리는 모습을 바라보았다. 그는 또 날씬한 어린 두 손이 지친 나머지 하루의 마지막 일과인 옷 벗는 일조차 잠시 뒤로 미루고, 짙은 청색의 면 원피스를 입은 채 조용히 휴식을 취하고 있는 모습을 바라보았다.

그러다가 아가씨는 마침내 길게 한숨을 내쉬면서 묵직하게 땋아서 틀어 올린 머리를 쳐들었다. 그녀는 여전히 깊이 생각에 잠겨 아주 근심스러운 표정으로 허공을 쳐다보더니 몸을 깊이 숙이고는 신발 끈을 풀기 시작했다.

크눌프는 아직 그 자리를 떠나고 싶지 않았지만, 저 가여운 아가씨가 옷 벗는 광경을 지켜본다는 것은 옳은 행동도 아닐 뿐더러 너무 잔인한 처사로 여겨졌다. 그는 기꺼이 그녀를 소리쳐 불러서 잠시 함께 수다를 떨고 몇 마디 농담이라도 주고받고 싶었다. 그녀가 조금이라도 즐거운 기분이 되어 침대에 들게 해주고 싶었다. 하지만 만일 소리쳐 부른다면 그녀가 깜짝 놀라 바로 불을 꺼버리지 않을까 걱정이 되었다.

그래서 그는 여러 장기 중 하나를 펼쳐 보이기 시작했다. 아주 섬세하고 부드럽게 휘파람을 불기 시작한 것이다. 휘파람 소리는 마치 멀리서 들려오는 듯했다. 그가 휘파람으로 분 곡은 첫 소절이 '차가운 계곡에서, 물레방아 돌아가고'라는 구절로 시작하는 노래였다. 그 노래를 아주 섬세하고 부드럽게 휘파람으로 불었기 때문에 아가씨는 한동안은 무엇인지도 모르고서 귀를 기울였다. 노래가 3절에 이르러서야 아가씨는 천천히 몸을 일으키더니 귀를 기울인 자세 그대로 창가로 걸어왔다.

크눌프가 계속 나지막하게 휘파람을 부는 동안, 그녀는 고개를 밖으로 내밀고 조용하게 듣고 있었다. 그러면서 멜로디에 맞추어 몇 박자 고개를 흔들었다. 그러다가 그녀는 갑자기 위를 쳐다보고는 그 음악이 어디에서 흘러나오는지 알아차렸다.

"거기 누가 있어요?" 그녀가 나지막한 목소리로 물었다.

"무두장이 일을 배우는 견습공이랍니다." 마찬가지로 나지막한 목소리로 한 대답이었다. "아가씨의 잠을 방해할 생각은 없어요. 다만 고향 생각이 조금 나서 휘파람으로 노래를 한 곡 불러 보았던 거요. 그런데 더 재미있는 곡들도 불 수 있답니다. ……당신에게도 이곳이 낯선 타향이죠, 아가씨?"

"저는 슈바르츠발트에서 왔어요."

"뭐라고, 슈바르츠발트에서 왔다고요! 나도 그래요, 그렇다면 우리는 동향 사람이네요. 당신은 이곳 레히슈테텐이 마음에 드나요? 나는 영 마음에 들지 않아요."

"아, 저는 아직 뭐라고 말할 수가 없네요. 여기 온 지 겨우 일주일밖에 안 되었거든요. 그런데 저도 이곳이 그리 마음에 들지는 않아요. 당신은 여기 온 지 오래되었나요?"

"아니, 사흘 지났어요. 그런데 동향인끼리는 친하게 말을 놓는데, 그렇지 않나요?"

"아니, 그럴 수는 없죠. 우리는 아직 전혀 알지 못하는 사이잖아요."

"지금은 아니지만 그렇게 될 수는 있는 법이죠. 산과 골짜기는 서로 다가갈 수 없지만, 사람들은 그럴 수 있으니까요. 당신 고향 마을은 어디인가요, 아가씨?"

"아마 당신이 모르는 곳일 거예요."

"그거야 알 수 없죠. 아니면 혹시 비밀이라도 되는 건가요?"

"악트하우젠이에요. 작은 마을에 불과해요."

"하지만 아름다운 마을이죠, 안 그래요? 마을 앞 모퉁이에는 작은 교회당이 있고, 물레방아인지 목공소인지도 하나 있어요. 그 집에서는 커다랗고 누런 세인트버나드 개를 한 마리 기르고 있죠. 내 말이 맞아요, 틀려요?"

"벨로 말이군요. 세상에!"

상대가 고향 마을을 잘 알고 있고 정말 그곳에 가보았다는 사실을 알게 되자, 그녀의 마음속 의혹과 두려움이 상당히 사라졌다. 이제 그녀는 열의를 띠었다.

"그럼 안드레스 플릭을 혹시 아세요?" 그녀가 얼른 물었다.

"아뇨, 그곳 사람은 하나도 모릅니다. 그런데 그분이 당신 아버지인가 보죠?"

"그래요."

"아하, 그렇다면 당신은 플릭 양이겠군요. 이제 아가씨의 이름까지 알게 되면, 내가 또다시 악트하우젠 마을을 지나갈 때 엽서를 쓸 수도 있겠어요."

"벌써 이곳을 떠나려는 건가요?"

"아니, 그렇지는 않아요. 하지만 아가씨의 이름을 알고 싶어요, 플릭 양."

"아이 참, 저도 아직은 당신 이름을 모르는걸요."

"이거 참 미안하군요. 하지만 그런 사정이야 바뀔 수 있는 거죠. 내 이름은 카를 에버하르트예요. 이제 우리가 다시 낮에 만나게 되면, 나를 어떻게 불러야 할지 아시겠죠. 나는 당신을 누구라고 불러야 하나요?"

"바바라예요."

"이제야 제대로 되었군요, 정말 고마워요. 하지만 발음하기가 어렵네요, 당신 이름 말이오. 내기라도 걸고 싶어요. 아마 고향에서는 베르벨레라고 불렀을 거라고."

"그렇게도 불러요. 그런데 당신은 이미 모든 것을 다 알고 있으면서 왜 그렇게 많은 걸 물어보는 거죠? 하지만 이제는 그만 쉬어야겠어요. 안녕히 주무세요, 무두장이 양반."

"잘 자요, 베르벨레 아가씨. 편안한 휴식을 취하세요. 그리고 특별히 당신이니까 휘파람으로 한 곡을 더 불어 드리고 싶군요. 도망가지 말아요, 돈이 드는 것도 아니니까요."

그러고 나서 그는 곧바로 휘파람을 불기 시작했다. 아주 예술적인 요들송을 화음과 떨림음까지 넣어 가며 불렀기 때문에 그 소리는 마치 무용곡처럼 현란했다. 그녀는 기교가 뛰어난 그의 연주에 귀를 기울였다. 마침내 노래가 그치자, 그녀는 조용히 유리창 덧문을 안으로 닫고 잠갔다. 그사이 크눌프는 등불도 켜지 않고 방으로 들어갔다.

다음 날 아침, 크눌프는 이번에는 일찍 일어나 무두장이의 면도용 칼을 사용했다. 그런데 무두장이는 이미 몇 년 전부터 수염을 기르고 있었고 면도용 칼은 거의 사용하지 않고 내버려 둔 상태여서, 크눌프는 거의 반 시간 동안이나 칼을 바지 멜빵에 대고 갈고 나서야 면도를 시작할 수 있었다. 면도를 마치자 그는 정장을 입고 또 손에는 부츠를 들고서 부엌으로 내려갔다. 부엌은 따뜻했고 이미 커피 향이 나고 있었다.

크눌프는 무두장이 친구의 부인에게 부츠를 닦을 만한 솔과 구두약을 좀 빌려 달라고 부탁했다.

"아니 세상에!" 그녀가 소리쳤다. "그건 신사분이 할 일이 아니죠. 제가 해드릴게요."

하지만 그는 허락하지 않았다. 그리고 마침내 그녀가 어색한 웃음을 지으며 구두 닦는 도구들을 앞에 내밀자, 그는 철저하고 깔끔하게, 그러면서도 마치 놀이를 하듯 즐겁게 구두를 닦았다. 그저 간간이 그리고 기분이 내킬 때만 일을 하지만, 한번 일을 하게 되면 세심하고도 즐겁게 일을 하는 사람의 모습이었다.

"정말 마음에 드는군요." 부인이 감탄하며 그를 바라보았다. "모든 게 반짝거려요. 마치 바로 애인에게 달려가시려는 것 같군요."

"아, 그럴 수만 있다면 더할 나위 없이 좋겠지요."

"제가 보기에는 그런 것 같은데요. 당신에게는 분명히 어여쁜 애인이 있겠죠." 그녀가 웃으면서 다시 집요하게 물었다. "아마도 한 명 이상일 것 같은데요."

"에이, 그것은 안 돼죠." 크눌프는 유쾌한 어조로 반박했다. "그녀의 사진을 한 장 보여 드릴 수도 있어요."

그러면서 그가 상의 안주머니에서 작은 지갑을 꺼내고 엘레오노레 두제의 사진을 찾아 끄집어내는 동안, 여주인은 호기심에 가득 차 다가섰다. 그녀는 사진을 흥미롭게 들여다보았다.

"정말 멋진 아가씨네요." 그녀는 조심스럽게 칭찬하기 시작했다. "정말 완벽해 보이는 숙녀인걸요. 다만 좀 야위어 보이네요. 이 숙녀분 건강은 괜찮으신 건가요?"

"제가 알기론 괜찮습니다. 자, 이제는 바깥양반을 만나러 가도록 하죠. 거실에서 그 친구 목소리가 들리는군요."

크눌프는 위로 올라가 무두장이 친구와 아침 인사를 나누었다. 거실은 말끔하게 청소되어 있었고, 밝은 색조의 나무 벽과 벽에 걸린 시계, 거울, 사진 등이 어우러져 친근하고 안락한 분위기를 자아냈다. 크눌프는 겨울에는 이런 깨끗한 거실도 나쁘지 않다는 생각이 들었다. 하지만 그것 때문에 반드시 결혼을 해야 할 만큼 가치 있는 것은 정말 아니었다. 그는 친구의 부인이 보이는 호감이 전혀 마음에 들지 않았다.

우유를 탄 커피를 마시고 난 후, 크눌프는 장인 로트푸스를 따라 뜰과 창고로 가서 무두질이 이루어지는 작업장 전체를 구경했다. 크눌프는 거의 모든 수공업에 대해 일가견이 있었고 아주 전문적인 질문을 던지곤 해서 친구는 매우 놀랐다.

"자네는 그 모든 지식을 도대체 어디에서 습득한 건가?" 친구가 활기찬 어조로 물었다. "사람들이 자네를 보면 정말로 제혁 견습공이거나, 예전에 견습공을 했을 거라고 믿겠어."

"여행을 하다 보면 온갖 것을 배우는 법이지." 크눌프가 차분하게 대답했다. "게다가 무두질에 관한 것들은 바로 자네한테 배운 거야. 기억 안 나? 6년인가 7년 전쯤 우리가 함께 방랑에 나섰을 때 말이야. 그때 자네는 나한테 무두질에 대해서라면 전부 다 설명해 줘야 했지."

"그런데 그 모든 것을 지금까지 기억하고 있다는 거야?"

"일부분만 기억하고 있어, 로트푸스. 그런데 이제 자네를 그만 방해해야겠네. 나야 자네에게 기꺼이 조금이라도 도움이 되고 싶지만, 유감이야. 저기 아래는 너무 습하고 또 숨이 막힐 것 같아. 아직도 기침을 많이 하는 편이거든. 그러니 이제 그만 가보겠네, 친구, 비가 내리기 전에 시내에 좀 나가 보고 싶어."

그러고는 크눌프는 갈색 펠트 모자를 약간 뒤로 젖혀 쓴 채 집을 나서서 무두장이 골목을 천천히 지나 시내 쪽으로 걸음을 옮겼다. 로트푸스는 문 안으로 들어선 채 크눌프가 깨끗이 단장한 옷차림으로 빗물 웅덩이를 조심스럽게 피해 가며 가볍고 유쾌한 걸음으로 시야에서 사라지는 모습을 바라보았다.

"저 친구는 정말 행복하군." 무두장이는 이렇게 중얼거리면서 약간의 질투심을 느꼈다. 그는 지하 작업장으로 발걸음을 옮기면서, 다만 구경하는 것 외에는 삶에 대해 더는 아무것도 욕심을 내지 않는 기인 같은 친구에 대해 곰곰이 생각해 보았다. 친구의 그런 삶을 고상하다고 해야 할지 아니면 한심하다고 해야 할지 알 수 없었다. 열심히 일하고 앞으로 나아가는 사람은 당연히 여러 면에서 더 나은 삶을 살 수 있겠지만, 손이 저토록 부드럽고 아름다울 수는 없고 또 저토록 가볍고 날렵하게 걸을 수는 없을 것이다. 아니, 크눌프가 옳았다. 그는 천성이 이끄는 대로 행동한 것이었다. 다른 많은 사람은 그의 행동을 따라 하기 어려웠다. 그는 마치 어린아이처럼 낯선 사람 모두에게 말을 걸고 친구로 삼았고, 아가씨들과 여인들 모두에게 재미있는 이야기를 들려주며 하루하루를 마치 일요일처럼 즐겁게 살았다. 사람들은 그가 살아온 방식대로 계속 살아가도록 내버려 둘 수밖에 없었다. 그러다가 상황이 좋지 않아 피난처가 필요할 때 그를 맞아들이는 것은 기쁨이자 영예로운 일이었다. 그런 때면 그는 방문하는 집안을 즐겁고 밝게 만들어 주기 때문에 오히려 그에게 고마워해야 할 정도였다.

그사이에 무두장이 집을 방문한 손님은 호기심에 가득 차 흥겨운 기분이 되어 시내를 걸어가고 있었다. 휘파람으로 군대행진곡을 불면서, 서두르지 않고 예전부터 알던 장소와 사람들을 찾아보기 시작했다. 우선 가파르게 경사를 이루고 있는 교외로 발길을 돌렸다. 그곳에는 그와 친분이 있는 가련한 수선 전문 재단사가 살고 있었다. 그 친구가 항상 낡은 바지만을 수선할 뿐 새 양복을 만들어 달라는 주문을 받는 법이 거의 없다는 사실은 참 유감스러운 일이었다. 그 친구는 재능을 타고났고, 한때는 큰 희망을 품고 훌륭한 작업장에서 일하기도 했기 때문이다. 그러나 일찍 결혼해 이미 아이를 몇이나 두었고, 부인은 살림에 그다지 재능이 없었다.

크눌프는 거리에서 안쪽으로 들어간 한 건물 4층에서 그 재단사 친구 슐로터베크를 찾아냈다. 그 집은 산비탈에 자리 잡고 있어, 재단사의 작은 작업장은 마치 새의 둥지처럼 허공에 매달려 있었다. 그래서 창문을 통해 곧장 아래를 내려다보면 아래 3층이 다 보일 뿐 아니라, 집 아래쪽으로 볼품없이 급경사진 정원과 잔디 비탈로 이루어진 산이 현기증 날 만큼 가파르게 펼쳐져 있었다. 산 끝자락에는 울퉁불퉁 솟은 뒤채 건물들과 양계장, 염소와 토끼 우리가 잿빛으로 마구 뒤섞여 있었다. 바로 너머로 내려다보이는 지붕들은 이렇게 지저분하기 짝이 없는 지대의 저 건너편 골짜기 아래쪽에 깊숙이, 조그맣게 자리 잡고 있었다. 대신 재단사의 작업장은 대낮처럼 환하고 통풍이 잘되었다. 부지런한 슐로터베크는 창가의 넓은 책상 앞에 웅크리고 앉아 있었는데, 세상보다 높은 곳에 환하게 앉아 있는 그 모습은 마치 등대지기처럼 보였다.

"안녕, 슐로터베크!" 크눌프가 들어서면서 인사를 건넸다.

재단사 장인은 빛 때문에 눈이 부신지 눈을 가늘게 뜨면서 문쪽을 바라보았다.

"아니, 크눌프 아닌가!" 그는 기쁨에 겨워 외치며 크눌프를 향해 손을 내밀었다. "다시 이 고장을 찾은 거야? 그런데 여기까지 올라오다니, 대체 무슨 일인가?"

크눌프는 세발 의자를 끌어다 놓고는 그 위에 앉았다.

"바늘하고 실 좀 주게. 갈색으로 가장 좋은 실이면 좋겠네. 옷을 좀 손봐야겠어."

이렇게 말하면서 그는 겉옷과 조끼를 벗고는 실 하나를 뽑아내어 바늘에 꿴 후, 양복 전체를 세심한 눈길로 살펴보았다. 그의 양복은 아직도 매우 양호한 상태였고 거의 새것처럼 보였다. 그는 조금 낡은 부분이나 느슨한 매듭, 약간 흔들리는 단추 등이 보이면 부지런히 손을 놀려 모두 수선했다.

"그래, 어떻게 지내나?" 슐로터베크가 물었다. "지금은 그리 좋은 계절이라고 할 수는 없지. 하지만 사람이 몸 건강하고 또 부양할 가족이 없다면야……."

크눌프는 논쟁이라도 할 듯이 헛기침부터 했다.

"그래, 물론이야." 그는 무심한 어조로 말했다. "우리 주님은 의로운 자와 불의한 자 모두에게 하늘에서 비를 내리시지. 오직 재단사만 젖지도 않고 앉아 있군. 그런데도 자네는 여전히 불평거리가 있나, 슐로터베크?"

"어휴, 크눌프, 나는 어떤 불평도 하고 싶지 않아. 하지만 저 옆방에서 아이들이 내지르는 소리가 들리지 않나? 이제는 다섯이야. 여기 앉아서 밤새워 중노동을 해도 늘 쪼들리기만 해. 그런데자네는 산책 말고는 하는 일이 없으니 말이야!"

"틀렸어, 이 친구야. 나는 노이슈타트 병원에 네다섯 주 동안누워 있었어. 그 병원은 환자를 꼭 필요한 기간만큼만 입원시키는 곳이고, 아무도 그곳에 더 오래 머무르지도 않지. 하나님의 길은 참으로 경이롭다네, 슐로터베크."

"에이, 그런 경건한 구절은 그만두게!"

"아니, 그럼 자네는 이제 신앙심을 잃어버린 거야? 나는 이제막 신앙심을 갖고 싶고, 그래서 자네를 찾아온 거야. 어떻게 된건가, 이 늘 틀어박혀 지내는 친구야?"

"신앙심을 들먹이면서 나를 좀 괴롭히지 말게! 자네는 병원에있었다고 했나? 그것 참 마음이 아프군."

"신경 쓸 것 없어, 이제는 다 지나간 일이야. 하지만 설명을 좀해주게. 성경의 집회서나 요한계시록은 다 어떻게 되었나? 이보게, 나는 병원에 입원해 있으면서 시간이 많았어. 그리고 그곳에는 성경책도 하나 있어서 그 책을 거의 다 읽었고, 이제 자네와이야기도 더 잘 나눌 수 있게 되었지. 성경은 참으로 독특한 책이야."

"그 말은 맞아. 정말 독특한 책이야, 그리고 절반은 거짓말인것이 분명해. 서로 들어맞지가 않는다는 거야. 아마도 자네는 더 잘 이해하겠지. 라틴어 학교에도 다닌 적이 있으니까."

"지금까지 기억에 남아 있는 것은 거의 없어."

"이보게, 크눌프⋯⋯." 재단사는 열린 창 아래로 멀리 침을 내뱉고는 눈을 부릅뜨고 화난 표정으로 말을 이었다. "이보게, 크눌프, 신앙심이라는 건 아무것도 아니야. 무엇도 아니란 말이야. 나는 이제 그것을 완전히 무시하기로 했어. 완전히 경멸한다고!"

방랑자 크눌프는 깊이 생각에 잠겨 그를 바라보았다.

"정말인가? 자네는 너무 심한 말을 하고 있어, 이 친구야. 내가 보기에는 성경에는 아주 좋은 것들도 들어 있어."

"물론이지. 하지만 자네가 몇 장만 더 넘겨 보면 어딘가에 늘 정반대인 이야기가 실려 있지. 아니야, 나는 이제 그 문제는 끝을 봤어, 완전히 끝을 봤다고."

크눌프는 자리에서 일어나 인두 하나를 집어 들었다.

"나를 위해 불에 석탄 몇 개만 더 넣어 주면 좋겠는데." 그가 재단사 장인에게 부탁했다.

"도대체 뭐하려고 그러는 거야?"

"조끼를 좀 다림질하려고 하네. 모자도 다리는 게 좋을 것 같고, 비를 이렇게 맞았으니 말이야."

"여전히 고상한 걸 신경 쓰는군!" 슐로터베크는 약간 화가 나서 소리쳤다. "자네는 굶주려서 아주 야윈 몰골이 다 되었는데 마치 백작인 양 말끔할 필요가 있을까?"

크눌프는 조용히 미소를 지었다.

"보기에도 더 좋고, 또 나로서는 기쁘기도 한 일이니까. 신앙심에서 도울 마음이 우러나지 않는다면 그저 친절한 마음으로, 그리고 옛 친구에 대한 우정을 좀 생각해 주게, 어떤가?"

재단사는 문밖으로 나가더니 금방 뜨거운 인두를 갖고 들어왔다.

"아주 좋아." 크눌프는 찬사를 보냈다. "정말 고맙네!"

그는 조심스럽게 펠트 모자의 가장자리를 다리기 시작했다. 하지만 이번에는 바느질할 때와는 달리 제대로 솜씨 있게 해내지 못하자, 재단사 친구가 그의 손에서 인두를 빼앗아 직접 다림질을 했다.

"정말 친절하군." 크눌프가 고마워하며 말했다.

"이제야 다시 나들이용 모자가 되었어. 그런데 여보게, 재단사 친구, 자네는 성경에 너무 많은 것을 요구하고 있어. 무엇이 참인지, 인생이 본래 어떤 것인지는 각자 스스로 깨달아야 하는 거고, 그런 것은 결코 어떤 책에서 배울 수 있는 게 아니야. 나는 그렇게 생각하네. 성경은 오래된 책이야. 당시에는 오늘날의 우리가 잘 알고 있는 많은 사실에 대해서도 아직 알려지지 않았지. 하지만 바로 그 때문에 성경에는 아주 아름답고 멋진 것, 진실한 것도 많아. 어떤 부분들은 마치 아름다운 그림책을 보는 것 같아. 룻이라고 하는 여인 말이야, 그 여인이 들판에 나가 남겨진 이삭을 줍는 장면은 정말 아름다운 풍경이지. 거기에서는 절정에 달한 뜨거운 여름이 느껴지거든. 아니면 구세주께서 어린아이들 곁에 앉아 이렇게 생각하시는 장면도 있지. '내게는 교만한 모든 어른들보다 너희들이 훨씬 사랑스럽구나!' 그분이 옳다고 생각하네, 우리는 그분에게서 무언가를 배울 수 있어."

"그래, 아마 그렇겠지." 슐로터베크는 긍정을 하면서도 크눌프의 말을 그대로 받아들이려 하지는 않았다. "하지만 다른 사람의 아이들에 대해 그렇게 생각하는 것은 훨씬 쉬운 일이야. 자기 자식이 다섯이나 있고 그 녀석들을 어떻게 먹여 살려야 할지 모르는 경우와는 다르지."

재단사는 또다시 화가 나고 침통한 기분이 되었다. 크눌프는 그런 친구를 그냥 보고 있을 수만은 없었다. 떠나기 전에 친구에게 무언가 좋은 이야기를 해주고 싶었다. 그는 잠시 생각에 잠겼다. 그러더니 재단사 쪽으로 몸을 굽히고, 친구의 얼굴을 맑은 눈으로 가까이에서 진지하게 바라보며 조용히 말했다.

"그래, 그런데 자네는 자네 자식들을 사랑하지 않나?"

재단사는 몹시 놀라 두 눈을 크게 떴다.

"당연히 사랑하지. 자네는 어떻게 그런 생각을 하나! 당연히 그 애들을 사랑하지, 큰애를 특히 사랑한다네."

크눌프는 아주 진지하게 고개를 끄덕였다.

"이제 가봐야겠네, 슐로터베크. 정말 고맙다고 말하고 싶어. 내 조끼는 이제 값어치가 두 배나 올라갔어. 그리고 말일세, 자네는 자식들을 사랑하고 또 늘 즐거운 기분으로 대하도록 하게. 그것이 그들이 먹고 마실 게 되는 거야. 내 말을 잘 들게, 지금 이야기하려는 것은 누구도 알지 못하는 사실이고 다른 사람들에게 퍼뜨릴 필요도 없는 거야."

재단사는 매우 진지해진 친구의 맑은 두 눈을 주의 깊게 그리고 압도된 표정으로 바라보았다. 크눌프는 이제 아주 낮은 목소리로 이야기했고, 재단사는 그의 말을 알아듣기 위해 애를 써야 했다.

"나를 좀 보게! 자네는 혹시 나를 부러워하면서 이렇게 생각하겠지. '저 친구는 참 편하게 살고 있어, 가족도 없고, 걱정거리도 없지 않은가!' 하지만 사정은 전혀 그렇지가 않아. 내게도 아이가 하나 있어. 잘 생각해 보게, 두 살짜리 작은 사내아이야. 그런데 그 아이는 낯선 사람들에게 입양되어 버렸어. 사람들은 아이 아버지가 누군지 몰랐고, 아이 어머니는 아이를 낳고서 죽어 버렸거든. 그 아이가 지금 어느 도시에 있는지 자네가 알 필요는 없네. 하지만 나는 알고 있지. 그래서 그 도시에 가게 되면 몰래 그 집 주위로 잠입해 울타리 곁에서 선 채로 기다린다네. 때로는 운 좋게 그 작은 녀석을 보게 되지. 하지만 나는 그 아이의 손을 잡을 수도 없고 입 맞출 수도 없어. 기껏해야 지나가면서 휘파람으로 무엇인가를 불어 줄 수 있을 뿐이야. ……그래, 그게 내 사정이야. 그러나 이제는 자네에게 작별을 고하겠네. 자네는 자식들이 있다는 사실을 기뻐하게나!"

크눌프는 시내를 계속 걸었다. 어느 선반공의 작업장 창가에 잠시 멈춰 서서 수다를 떨면서 동그랗게 말린 대팻밥이 이리저리 움직이는 모양을 구경하기도 하고, 길을 가다가 만난 경관과 인사를 나누기도 했다. 경관은 그에게 호의적이어서 둥근 자작나무 상자에 담긴 담배를 코로 맡게 해주었다. 가는 곳마다 가정사와 작업장에 관한 크고 작은 이야기들을 들을 수 있었다. 시 회계원의 부인이 젊은 나이에 죽은 이야기와 시장의 아들이 망나니짓을 한다는 소문도 들렸다. 대신 그는 다른 지방에서 일어난 새로운 소식들을 전해 주었다. 그러면서 이곳저곳에 정착해 사는 명망 있는 사람들이 자신을 지인 내지 친구 그리고 비밀을 공유한 자로 여기게끔 하는, 여유롭고 기분 좋은 인연들에 대해 기쁘게 생각했다. 그날은 토요일이었다. 그는 어느 양조장 입구에서 양조 기술 견습공에게 그날 저녁과 그다음 날 춤을 출 만한 곳이 어디 있는지 물어보았다.

춤을 출 수 있는 장소는 몇 군데 있지만, 가장 좋은 곳은 게르텔핑겐의 '사자'라는 술집이었다. 반 시간 정도 거리에 있는 곳이었다. 그는 이웃집의 하녀로 온 아가씨 베르벨레를 그곳에 데려가기로 마음먹었다.

어느덧 거의 점심시간이 가까워졌다. 크눌프가 로트푸스의 집 계단을 올라가고 있는데, 부엌에서부터 기분 좋고 강렬한 냄새가 확 몰려왔다. 그는 멈춰 서서 어린아이처럼 즐거워하고 호기심을 보이며, 콧구멍에 힘을 주어 그 기운 돋우는 냄새를 들이마셨다. 그런데 그가 조용히 들어왔는데도 안에서는 이미 발소리를 들은 모양이었다. 무두장이 친구의 부인은 음식에서 나오는 김에 둘러싸인 채, 부엌문을 열고서 밝은 입구에 화사한 표정을 짓고 서 있었다.

"안녕하세요, 크눌프 씨." 그녀가 애정이 담긴 목소리로 말했다. "때맞춰 오셔서 참 잘됐어요. 오늘 점심에는 완자 수프를 먹으려고 하는데, 혹시 원하신다면 당신을 위해서 특별히 간 한 조각을 굽는 것도 좋겠다고 생각했거든요. 어떠세요?"

크눌프는 수염을 쓰다듬으면서 점잖은 몸짓을 했다.

"글쎄요, 왜 저만 뭔가 특별한 것을 먹어야 하지요? 저는 수프만 있어도 만족합니다."

"그런 말씀 마세요. 몸이 아팠던 사람은 제대로 영양을 섭취해야죠. 그렇지 않으면 어디서 기력을 되찾겠어요? 혹시 간을 좋아하지 않으세요? 그런 사람도 있거든요."

그는 겸연쩍게 웃었다.

"아, 제가 그런 사람은 아닙니다. 간 완자 수프 한 접시면 일요일에 먹는 특식인 거죠. 살아 있는 동안 일요일마다 그런 특식만 먹고 살 수 있다면 얼마나 좋을까요."

"우리 집에 계시는 동안은 조금이라도 부족한 것이 있어서는 안 돼요. 요리는 어디에 쓰려고 배웠겠어요! 하지만 이제는 말을 좀 해주세요. 간 한 조각이 남아 있는데, 당신을 위해 남겨 두었거든요. 몸에 좋을 거예요."

그녀는 가까이 다가와 그의 얼굴을 바라보며 격려의 미소를 지었다. 그녀가 무슨 생각을 하는지 잘 알 수 있었다. 그녀는 또한 상당히 예쁘장한 여인이었다. 하지만 그는 아무것도 모르는 것처럼 행동했다. 그는 가련한 재단사가 다림질해 준 멋진 펠트 모자를 만지작거리며 다른 곳을 바라보았다.

"고맙습니다, 부인, 호의는 정말 고맙지만 사양하겠습니다. 정말이지 저는 완자 수프가 더 좋습니다. 그동안도 부인은 제게 충분히 잘해 주셨는걸요."

그녀는 미소를 지으며 집게손가락을 들어 위협하는 동작을 해보였다.

"그렇게 수줍어하실 필요는 없어요. 그래 봐야 저는 당신 말을 안 믿으니까요. 그러니까 완자 수프라는 거죠! 양파를 충분히 넣고요, 안 그래요?"

"그것까지는 사양할 수 없겠군요."

여주인은 염려스러운 표정이 되어 부엌으로 되돌아갔다. 크눌프는 이미 식사 준비가 되어 있는 거실에 들어가 앉았다. 날짜가 지난 주간신문을 읽고 있는 동안, 집주인이 들어오고 또 수프가 날라 왔다. 이어 그들은 식사를 했고, 식사를 다 마친 후에 세 사람은 함께 카드놀이를 했다. 이때 크눌프는 몇 가지 새롭고, 대담하면서도 우아한 카드 묘기로 여주인의 경탄을 자아냈다. 그는 또한 능란하면서도 장난스러운 동작으로 카드를 섞기도 하고 번개처럼 재빨리 늘어놓기도 했는데, 자신의 카드를 우아하게 책상 위에 놓고는 때때로 엄지손가락으로 카드 가장자리를 쓰다듬었다. 집주인은 감탄하면서 너그러운 마음으로 그 모습을 지켜보고 있었다. 마치 기술 노동자이자 어엿한 시민이, 돈벌이가 안 되는 기예를 관대하게 봐주는 듯한 품세였다. 그러나 여주인은 사교적인 처세술의 징표라고 할 수 있는 이러한 기술을 열성적인 관심을 보이며 구경했다. 그녀의 시선은 중노동 따위에 전혀 뒤틀리지 않은 그의 길고 매력적인 두 손을 주목했다.

창문의 작은 유리를 통해 가늘고 희미한 햇빛이 거실 안으로 들어와 식탁과 카드 위로 흘러넘쳤다. 햇빛은 마룻바닥 위에 흐릿한 그림자를 드리우며 변덕스럽게 이리저리 흐느적거리다가 푸른색 칠을 한 천장에 이르러 소용돌이쳤다. 크눌프는 두 눈을 반짝이며 그 모든 것을 바라보았다. 2월의 햇살이 벌이는 유희, 집 안의 고요한 평화, 친구에게서 보이는 진실로 성실한 장인의 얼굴, 어여쁜 부인의 의미심장한 눈길. ……크눌프는 이 모든 것이 싫었다. 그런 것들은 그의 삶의 목표가 아니었고, 행복도 아니었다. '만일 몸이 건강하다면, 그리고 계절이 여름이라면, 나는 이곳에 한 시간도 더 머물지 않을 거야', 라고 생각하는 것이었다.

"잠시 햇볕을 따라가며 즐기고 싶네." 로트푸스가 카드를 한곳으로 모으고 시계를 바라보자, 크눌프가 말했다. 그는 무두장이 집주인과 계단을 함께 내려와 모피를 말리는 건조 창고에서 친구와 작별한 후, 황량하고 좁다란 잔디 정원 사이로 사라졌다. 이 정원은 작은 강가까지 경사를 이루며 펼쳐져 있었는데, 무두질을 하기 위한 구덩이가 군데군데 파헤쳐 있었다. 무두장이는 강가에 작은 널빤지 다리를 만들어 모피를 강물에 씻을 수 있게 했다. 크눌프는 널빤지 다리 위에 앉아 소리 없이 빠르게 흐르는 강물 바로 위에 구두 바닥을 닿게 하고는, 발아래에서 자신들의 길을 헤엄쳐 가는 칙칙한 빛깔의 날쌘 물고기들을 흥겹게 바라보았다. 그러다가 호기심 어린 눈길로 주위를 자세히 살펴보기 시작했다. 저기 위쪽에 사는 작은 하녀 아가씨와 이야기를 나눌 기회를 찾고자 했던 것이다.

서로 인접한 두 정원은 잘 관리되지 않은 허름한 울타리에 의해 나뉘어 있었다. 아래 물가 쪽에는 울타리 기둥들이 이미 오래전에 썩어 없어져서 아무런 장애 없이 한쪽에서 다른 쪽으로 건너갈 수 있었다. 이웃집 정원은 황량하기 짝이 없는 무두장이 장인의 잔디에 비하면 정성스럽게 손질되고 있는 듯했다. 그곳에는 화단이 네 줄 있었는데, 겨울철을 보내고 나서 잡초가 무성하고 땅이 푹 꺼져 있는 모습이었다. 겨울을 넘긴 시금치와 상추가 두 줄의 화단에서 듬성듬성 자라고 있었고, 장미 넝쿨들은 머리 부분을 땅에 파묻은 채 아래쪽으로 구부러져 있었다. 또 전나무 몇 그루가 서서 집을 가려 주고 있었다.

크눌프는 이웃집의 낯선 정원을 살펴보고 난 후 전나무 쪽으로 소리 없이 다가갔다. 그리고 이제 나무들 사이로 저 뒤쪽에 있는 집을 살펴보았는데, 부엌은 안쪽에 있었다. 그런데 얼마 지나지 않아 부엌에서 아가씨가 옷소매를 걷어 올린 채 일하고 있는 모습이 눈에 들어왔다. 그녀 곁에서는 여주인이 서서 이것저

것 지시를 하며 가르치고 있었다. 경험 있는 하녀를 제대로 돈을 지불하고 고용하려 하지 않고 매년 새로운 하녀를 받고는, 바로 전에 떠나간 하녀들을 침이 마르도록 칭찬하는 그런 여주인의 모습 같았다. 하지만 여주인이 지시하거나 책망하는 어투에 악의가 담겨 있는 것 같지는 않았고, 아가씨도 이미 거기에 익숙한 듯했다. 그녀는 전혀 동요하지 않고 무심한 표정으로 자기 일을 계속하고 있었다.

정원에 침입한 자는 마치 사냥꾼처럼 호기심에 사로잡혀 신경을 곤두세운 채, 머리를 앞으로 내밀고 나무둥치에 기대어 섰다. 그는 시간이 남아돌고 또 삶에 구경꾼이자 관객으로 참여하는 법을 배운 사람답게 즐겁게 인내하며 귀를 기울여 엿들었다. 그러다가 아가씨가 창문에 모습을 드러내면 보면서 기뻐했다. 그는 여주인의 사투리를 들으며 그녀가 레히슈테텐 출신이 아니라 북쪽으로 몇 시간 거리에 있는 골짜기 출신이라는 사실을 알아차렸다. 그렇게 조용히 귀를 기울이고 향기 나는 전나무 가지를 씹으면서 그는 반 시간 정도 기다렸고, 마침내 여주인이 사라지고 부엌 안이 조용해질 때까지 다시 반 시간을 더 기다렸다.

그는 조금 더 기다리다가 조심스럽게 앞으로 걸어가 마른 나뭇가지로 부엌 유리창을 두드렸다. 아가씨는 그 소리에 주목하지 않았으므로 두 번이나 더 두드려야 했다. 그러자 그녀는 반쯤 열린 창가로 오더니 창문을 완전히 열어젖히고 내다보았다.

"아니, 여기서 도대체 뭘 하시는 거예요?" 그녀가 낮은 목소리로 외쳤다. "정말 깜짝 놀랐거든요!"

"나를 보고 놀랄 필요는 없잖아요!" 크눌프는 이렇게 말하면서 미소를 지었다. "단지 인사라도 한번 건네고 어떻게 지내는지 보려고 했어요. 그리고 오늘이 토요일이니까, 내일 오후에 혹시 함께 가볍게 산책할 만한 시간이 좀 있나 물어보고 싶군요."

그녀는 그를 바라보면서 고개를 가로저었다. 그가 낙담하여 우울한 표정을 보이자, 그녀는 마음이 아팠다.

"그럴 수가 없어요." 그녀가 부드럽게 말했다. "내일은 자유롭게 시간을 낼 수 없어요. 오전에 겨우 교회에 다녀올 시간만 있거든요."

"아, 그렇군요." 크눌프가 투덜대듯 중얼거렸다. "그렇다면 분명 오늘 저녁에는 함께 외출할 수 있겠죠?"

"오늘 저녁에요? 그래요, 시간을 낼 수 있기는 해요. 하지만 오늘은 편지를 한 통 쓰려던 참이었어요. 고향에 있는 사람들에게요."

"아, 편지야 한 시간쯤 미루었다가 써도 되겠지요. 어차피 오늘 저녁에 보내지는 않으니까요. 이봐요, 나는 당신과 잠시 이야기 나눌 수 있기를 간절히 바랐어요. 그리고 오늘 저녁에 날씨가 아주 나쁘지만 않다면, 우리는 멋지게 산책할 수 있을 거예요. 자, 그렇게 해요, 설마 나를 무서워하는 건 아니겠죠!"

"누구를 무서워하지는 않아요, 특히 당신을 무서워할 이유는 없죠. 하지만 곤란해요. 내가 어떤 남자와 산책하는 것을 혹시 누가 보기라도 한다면⋯⋯."

"하지만 베르벨레, 여기서는 당신을 아는 사람이 아무도 없어요. 그리고 이것은 절대로 죄를 짓는 것도 아니고 다른 사람이 상관할 일도 아니죠. 당신은 이제 더는 어린 여학생이 아니잖아요, 안 그래요? 자, 그러니까 잊지 말아요, 8시에 저 아래 체육관 앞에서 기다릴게요. 저기 가축시장을 위한 울타리가 있는 곳 말이오. 아니면 내가 좀 더 일찍 올까요? 나야 얼마든지 시간을 낼수 있어요."

"아뇨, 아뇨, 일찍 오지 마세요. 정말이지, 전혀 나오실 필요가 없어요. 안 되겠어요, 저는 그렇게 할 수 없어요⋯⋯."

크눌프는 또다시 어린아이처럼 낙담한 표정을 지었다.

"그래요, 당신이 정말로 원하지 않는다면야!" 그가 슬픈 어투로 말했다. "당신이 이곳에서 낯설고 외로울 거라고, 때로 향수에 젖어 있을 거라고 생각했어요. 나도 그렇거든요. 그래서 서로 이야기를 좀 나눌 수 있을 거라고 생각했어요. 악트하우젠에 대한 이야기도 더 듣고 싶어요. 나도 한 번 가본 곳이니까요. 좋아요, 내가 당신에게 강요할 수는 없죠. 당신도 나를 나쁘게 생각하지는 마세요."

"나쁘게 생각하지 않아요! 하지만 정말 그렇게 할 수 없는걸요."

"당신은 사실 오늘 저녁에 시간을 낼 수 있어요, 베르벨레. 다만 그렇게 하려고 하지 않는 거예요. 하지만 한 번만 더 생각해 봐요. 나는 이제 가야 해요. 오늘 저녁에 체육관 앞에서 기다리겠어요. 만일 아무도 오지 않으면, 혼자서 산책을 하면서 당신에 대해 생각할 거예요. 지금쯤 당신은 악트하우젠으로 보내는 편지를 쓰고 있을 거라고. 그럼 안녕히, 그리고 불쾌하게 생각하지 마세요!"

이어 그는 짧게 고개를 숙이고는 그녀가 뭐라고 말을 꺼내기도 전에 가버렸다. 그녀는 그가 나무들 뒤로 사라지는 모습을 바라보면서 어쩔 줄 몰라 하는 표정을 지었다. 그녀는 다시 하던 일로 되돌아갔다. 그러면서 그녀는 — 주인 여자는 외출한 상태였다 — 커다랗고 예쁜 목소리로 노래를 부르기 시작했다.

크눌프는 분명히 그녀의 노랫소리를 들었다. 그는 다시 무두장이의 널빤지 다리 위에 앉아 아까 식탁에서 몰래 가져온 빵 조각으로 작은 구슬들을 만들었다. 그러고는 빵으로 만든 구슬들을 하나씩 조심스럽게 물속에 떨어뜨리고, 그것이 조금씩 물살에 휩쓸리면서 가라앉는 모양을 바라보았다. 또 깊고 어두운 바닥에서 유령 같은 몸짓으로 소리 없이 그 빵조각들을 잽싸게 삼키는 물고기들을 생각에 잠긴 채 바라보았다.

"자," 저녁 식사를 하는 자리에서 무두장이 장인이 입을 열었다. "드디어 토요일 저녁이군. 자네는 아마 모를 거야, 한 주 내내 힘겨운 노동을 하고 주말을 맞는 기분이 얼마나 멋진지 말이야."

"오, 충분히 짐작할 수 있네." 크눌프가 미소를 지으며 말했다.

그러자 여주인도 함께 미소를 지으며 짓궂은 표정으로 그의 얼굴을 바라보았다.

"오늘 저녁에는 말이야." 로트푸스가 흥겨운 어조로 말을 이었다. "오늘 저녁에는 함께 맥주를 한 통 마시는 거야. 맥주야 우리 집사람이 금방 가져오실 테고, 그렇지? 그리고 내일은 말이야, 날씨가 좋으면 우리 셋이서 함께 소풍을 가는 거야. 내 계획이 어떤가, 친구?"

크눌프는 힘차게 그의 어깨를 두드렸다.

"자네 집에서 함께 지내니 참 좋군, 정말이야. 벌써부터 소풍이 기다려지는걸. 하지만 오늘 저녁에는 내가 할 일이 있어. 친구 하나가 이곳에 있는데, 꼭 만나야 하거든. 그 친구는 저 위 대장간에서 일하고 있는데 내일이면 이곳을 떠난다고 하네. 그래, 정말 미안하네, 하지만 내일은 우리가 하루 종일 함께할 수 있을 거야. 그렇지 않다면야 나도 그런 약속 같은 것은 하지 않았을 거야."

"아직 몸이 완전히 회복되지도 않았는데 이 밤에 여기저기 돌아다니려는 것은 아니겠지."

"나 참, 사람이 몸을 너무 애지중지하는 것도 좋지 않아. 늦게 귀가하지는 않겠네. 그런데 자네는 집 열쇠를 어디에 두지? 내가 나중에 들어와야 하잖아?"

"자네는 정말 고집불통이야, 크눌프. 꼭 외출해야 한다면 나가 보도록 하게. 열쇠야 창고 덧문 뒤쪽에 있어. 어디인지 알겠나?"

"물론이지. 그럼 이제 나가 보겠네. 나 기다리지 말고 일찍 잠자리에 들게! 좋은 밤 보내게! 안녕히 주무세요, 부인."

크눌프는 자리에서 일어났다. 그런데 그가 이미 아래층 대문에 이르렀는데, 여주인이 급히 뒤쫓아 나왔다. 그녀는 우산을 하나 가져왔다. 크눌프는 원하든 원치 않든 그 우산을 받아 들어야 했다.

"자신도 잘 돌보셔야 해요, 크눌프 씨." 그녀가 말했다. "그리고 나중에 열쇠를 어디서 찾을 수 있는지 지금 가르쳐 드리겠어요."

그녀는 어둠 속에서 그의 손을 잡고는 집 모퉁이로 이끌어 가더니, 목재 덧문으로 막아 놓은 작은 창문 앞에 멈추어 섰다.

"우리는 저 덧문 뒤에 열쇠를 둔답니다." 그녀는 흥분한 목소리로 소곤거리듯 설명하고는 크눌프의 손을 쓰다듬었다. "갈라진 틈새로 손을 뻗기만 하면 돼요, 열쇠는 창틀 위에 있거든요."

"알겠습니다. 정말 고맙군요." 크눌프는 이렇게 말하면서 당황하여 손을 빼냈다.

"돌아오실 때까지 당신을 위해 맥주를 한 잔 남겨 둘까요?" 그녀는 다시 입을 열면서 그에게 몸을 조용히 밀착했다.

"고맙지만 사양하겠습니다. 저는 밤에는 맥주를 거의 마시지 않거든요. 안녕히 주무세요, 로트푸스 부인. 그리고 정말 고맙습니다."

"그렇게 급하세요?" 그녀가 부드럽게 속삭이면서 그의 팔을 살짝 꼬집었다. 그녀의 얼굴은 크눌프의 얼굴 바로 앞에 다가와 있었다. 그는 완력을 동원해 그녀를 밀어내고 싶지는 않았으므로,

어색한 침묵이 흐르는 가운데 손으로 그녀의 머리카락을 쓰다듬었다.

"이제는 정말 가봐야겠어요." 그가 갑자기 목소리를 높여 외치고는 뒤로 물러섰다.

그녀는 입을 반쯤 벌린 채 그를 향해 미소 지었다. 그는 어둠 속에서 빛나는 그녀의 치아를 볼 수 있었다. 그때 그녀가 아주 낮은 목소리로 말했다.

"돌아오실 때까지 기다리겠어요. 당신은 정말 사랑스러운 사람이에요."

크눌프는 이제 우산을 팔 아래 끼고 재빨리 그곳을 벗어나 어두컴컴한 골목으로 들어갔다. 그리고 다음 모퉁이를 돌아서면서 이 어리석고 거북한 감정에서 벗어나고자 휘파람으로 노래를 불기 시작했다.

내가 너를 가질 거라고, 너는 생각하겠지.
하지만 나는 그럴 생각이 없어,
나는 네가 참으로 창피해,
사람들과 함께 있을 때마다.

공기는 부드러웠고, 어두운 하늘에는 때때로 별들이 깜빡거리며 불쑥 솟아났다. 일요일을 앞두고 한 술집에서는 젊은이들이 모여 앉아 떠들어 대고 있었다. '공작 여관'의 새로 생긴 볼링장 창문 뒤쪽에서는 서너 명의 신사가 나란히 서서 입에 시가를 물고 손으로 볼링공의 무게를 가늠하는 모습이 보였다.

크눌프는 체육관에 도착하자 발걸음을 멈추고 주위를 둘러보았다. 앙상한 밤나무들 사이로 습기 먹은 바람이 나지막이 노래를 부르고 있었고, 강물은 짙은 어둠 속에서 소리 없이 흐르며 몇몇 불 밝힌 창문들을 반사하고 있었다. 온화한 밤은 온갖 열기에 들떠 있는 방랑자의 기분을 유쾌하게 해주었다. 방랑자는 음미하듯 숨을 들이쉬면서 봄, 따스한 날씨, 건조한 도로, 방랑의 기운을 예감했다. 지칠 줄 모르고 샘솟는 그의 기억력은 도시와 계곡 그리고 모든 지방을 떠올리고 있었다. 그는 모든 고장의 사정에 밝았고, 도로와 물가의 오솔길들, 촌락들, 작은 마을들, 농가들, 따스하게 접대해 주는 숙박 장소들을 알고 있었다. 그는 심각하게 고민을 하면서 다음 방랑 계획을 짜기 시작했다. 이곳 레히슈테텐에서는 더는 머무를 수 없게 되었기 때문이었다. 부인이 지나치게 곤혹스러운 상황만 만들지 않는다면 그래도 친구를 위해서 이번 일요일까지는 머물 생각이었다.

어쩌면 무두장이 친구에게 부인의 행실과 관련해 주의를 주어야 할지도 모르겠다는 생각이 들기도 했다. 하지만 그는 다른 사람들의 문제에 끼어드는 것을 좋아하지 않았고, 다른 사람들이 더 나아지거나 더 현명해지도록 돕고 싶다는 욕구도 없었다. 상황이 이렇게 되어 버린 것은 그로서도 안타까운 일이었다. 게다가 전에 옥센 호텔에서 여종업원으로 일했던 그녀에 대해 결코 호감을 가질 수 없었다. 그는 무두장이 친구가 가정과 결혼의 행복에 대해 위엄 있게 했던 연설을 떠올리면서 조금은 쓴웃음을 짓지 않을 수 없었다. 누군가가 자신의 행복이나 미덕에 대해 자랑하고 떠벌리는 경우, 대부분 사실과 다르다는 것을 그는 잘 알고 있었다. 양복 수선 재단사가 한때 경건했던 것도 마찬가지였다. 사람은 다른 사람의 어리석음을 구경할 수도 있고 또 비웃거나 동정할 수도 있지만, 그들이 결국 자신들의 길을 가도록 내버려 둘 수밖에 없는 법이다.

크눌프는 깊은 생각에 잠긴 채 한숨을 내쉬며 이 근심거리를 한쪽으로 치워 버렸다. 그리고 다리 맞은편에 있는 밤나무 고목의 움푹한 부분에 몸을 기대고 서서, 자신의 방랑에 대해 계속 생각해 보았다. 그는 슈바르츠발트를 가로질러 이동하고 싶었다. 하지만 그곳 고지대는 지금 계절에는 몹시 추울 것이고, 땅에는 아직 눈까지 많이 쌓여 있어 장화를 망치게 될지도 모른다. 게다가 밤에 묵을 수 있는 곳들이 서로 멀리 떨어져 있었다. 아니, 그런 곳으로 가는 것은 가능하지 않은 일이었다. 차라리 골짜기들을 따라 내려가면서 작은 도시들에 머물러야 할 것이다. 여기서 가장 가까운 곳에 있는 안전한 휴식처는 강을 따라 네 시간 정도 내려간 곳에 위치한 히르셴밀레였다. 그곳이라면 날씨가 사나워질 경우 이틀 정도 신세 지며 머물 수 있을 것이다.

크눌프는 이런 생각에 몰두해 있다가 누군가를 기다리고 있다는 사실조차 거의 잊고 있었다. 그때 짙은 어둠이 깔려 있고 세

찬 바람이 불어 대는 다리 위에 야위고 겁에 질린 사람 형체 하나가 모습을 드러내고는 그를 향해 머뭇거리며 다가왔다. 그는 즉시 그녀를 알아보았다. 기쁘기도 하고 고마운 마음이 들어 그는 그녀를 향해 달려가며 모자를 흔들었다.

"와주어서 고마워요, 베르벨레. 이제 당신이 올 거라고는 거의 기대하지 않았거든요."

그는 그녀의 왼편으로 가서 그녀를 이끌며 길을 따라 강의 상류 쪽을 향했다. 그녀는 주저하면서 수줍어했다.

"이렇게 하는 것은 옳지 않아요." 그녀는 몇 번이고 이렇게 말했다. "우리를 보는 사람이 아무도 없어야 할 텐데!"

그러나 크눌프는 물어보고 싶은 것이 많았다. 얼마 지나지 않아 아가씨의 발걸음은 안정을 되찾고 규칙적이 되었다. 마침내 그녀는 오랜 친구가 된 것처럼 나란히 서서 경쾌하게 걸음을 옮겼다. 그녀는 크눌프가 던지는 질문들과 맞장구에 신이 나서 고향, 아버지와 어머니, 남동생과 할머니, 오리와 닭들, 우박과 질병, 결혼식과 교회 헌당 기념 축제 등에 대한 이야기를 열성적으로 들려주었다. 체험이 담긴 작은 보물 창고를 열어 보였던 것인데, 그녀 자신이 생각했던 것보다 훨씬 큰 것이었다. 마침내 그녀는 어떻게 부모가 그녀를 일하도록 내보냈는지, 또 어떻게 고향을 떠나게 되었는지에 대해, 그리고 현재 하는 일과 주인집의 가정사에 대해서도 이야기했다.

그러는 동안 베르벨레는 길에 대해 신경을 쓰지 않았는데, 그들은 이미 시내에서 한참이나 벗어나 있었다. 그녀는 지금 이 순간만은 낯선 타향에서 침묵하고 참아야 했던 길고 우울한 일주일에서 해방되어 연신 수다를 떨며 아주 즐거워하고 있었다.

"그런데 우리가 어디쯤 와 있는 거죠?" 그녀가 갑자기 놀라며 물었다. "우리 도대체 어디로 가고 있는 거죠?"

"괜찮다면 게르텔핑겐에 가려고 해요. 거의 다 왔어요."

"게르텔핑겐이라고요? 거기서 뭘 하려고요? 이제 차라리 돌아가는 게 낫겠어요. 귀가 시간이 늦겠어요."

"몇 시까지 돌아가야 하죠, 베르벨레?"

"10시요. 시간이 거의 다 되었을 거예요. 즐거운 산책이었어요."

"10시까지는 아직 멀었어요." 크눌프가 말했다. "당신이 제시간에 귀가할 수 있도록 신경 쓰겠어요. 하지만 우리가 이렇게 젊은 시절에 만나는 것도 마지막일 텐데, 오늘 함께 춤을 추는 모험을 해보는 것은 어때요? 혹시 춤추는 것을 싫어하나요?"

그녀는 긴장하고 놀란 표정으로 그를 바라보았다.

"아, 춤추는 거야 언제나 좋아해요. 하지만 도대체 어디서 춤을 추겠다는 거죠? 이 한밤중에 바깥에서요?"

"잘 들어 봐요, 이제 곧 게르텔핑겐에 도착해요. 그곳에 있는 술집 '사자'에서는 음악을 연주해요. 그곳에 들어가 딱 한차례만 춤을 추는 거죠. 그리고 나서 귀가하면 우리는 멋진 저녁을 보낸 셈이죠."

베르벨레는 다소 망설이는 기색을 보이며 걸음을 멈추었다.

"재미있겠군요." 그녀가 천천히 말했다. "하지만 사람들이 우리에 대해 어떻게 생각하겠어요? 저는 그런 여자로 보이고 싶지 않아요. 그리고 사람들이, 우리 두 사람이 사귄다고 생각하는 것도 원치 않고요."

그러면서 그녀는 갑자기 거만하게 웃음을 터뜨리며 외쳤다. "그러니까 말이죠, 제가 나중에 애인을 사귀고자 할 때, 상대가 무두장이여서는 곤란해요. 당신을 모욕하려는 건 아니지만, 사실 무두일은 청결하지 않잖아요."

"아마도 당신 생각이 맞겠지요." 크눌프는 유순하게 대답했다. "당신이 나와 결혼해 줄 것이라 기대하지 않아요. 내가 무두장이라는 것, 그리고 당신이 그토록 자부심이 강하다는 것, 여기에는 그 사실을 아는 사람이 없어요. 그리고 나는 손을 깨끗이 씻었어요. 그러니 나와 함께 춤추고 싶은 마음이 있다면, 당신과 춤을 추고 싶군요. 그렇지 않다면 돌아가도록 합시다."

그들은 밤의 어둠 속에서 덤불숲 사이로 희미한 합각지붕을 드러내고 있는, 마을의 첫 번째 집을 보았다. 그때 크눌프가 갑자기 "쉿!" 하면서 손가락을 들어올렸다. 마을 쪽에서부터 아코디언과 바이올린이 연주하는 춤곡이 울려왔던 것이다.

"그렇다면 좋아요!" 처녀가 웃었고, 그들은 더욱 빠르게 걸음을 옮겼다.

술집 '사자'에는 네다섯 쌍만이 춤을 추고 있었는데, 모두 크눌프가 알지 못하는 젊은이들이었다. 술집의 분위기는 조용하고 차분했다. 누구도 그다음 춤에 합류한 낯선 한 쌍을 희롱하지 않았다. 그들은 느린 민속춤과 폴카를 함께 추었다. 다음은 왈츠였는데, 베르벨레는 왈츠 춤곡을 잘 몰랐다. 그래서 그들은 앉아 구경을 하면서 맥주를 한 잔 마셨다. 크눌프가 가진 돈으로 살 수 있는 것은 그것이 전부였다.

베르벨레는 춤을 추면서 점차로 몸이 달아올랐고, 반짝거리는 눈으로 작은 홀을 바라보고 있었다.

"이제는 정말 귀가해야 할 시간이군요." 9시 반이 되었을 때 크눌프가 말했다.

자리에서 일어나는 그녀는 조금은 슬퍼 보였다.

"아, 정말 유감이군요." 그녀가 나지막하게 말했다.

"아직 더 있을 수도 있어요."

"아니, 이제는 돌아가야 해요. 즐거운 시간이었어요."

그들은 밖으로 나왔다. 그런데 막 문 아래에 이르렀을 때, 아가씨는 갑자기 생각이 하나 떠올랐다.

"우리가 악사들에게 아무것도 주지 않았네요."

"그렇군요." 크눌프가 다소 당황스러워하며 말했다. "저들은 아마 20페니히는 받아야 할 거예요. 그런데 유감스럽게도 나는 지금은 한 푼도 없는 형편입니다."

그녀는 조금 서두르면서 주머니에서 실로 뜬 조그만 돈지갑을 꺼냈다.

"왜 진작 얘기해 주지 않으셨어요? 여기 20페니히가 있어요. 가져다주세요!"

그는 동전을 집어 들고서 악사들에게 전해 주었다. 그러고 나서 그들은 밖으로 나왔는데, 짙은 어둠 속에서 길을 알아볼 때까지 잠시 문 앞에 서 있어야 했다. 바람은 더욱 거세졌고, 빗방울마저 조금씩 떨어지고 있었다.

"우산을 펴는 게 나을까요?" 크눌프가 물었다.

"아녜요. 바람이 심하게 불어서 우산을 펴면 앞으로 나갈 수 없을 거예요. 저 안에서는 정말 좋았어요. 거의 춤 선생만큼 춤을 잘 추시더군요, 무두장이 씨."

그녀는 명랑하게 계속 수다를 떨었다. 그러나 그녀의 친구는 말이 없어졌는데, 아마 피곤한 탓도 있고 또 다가온 이별이 두려운 때문인 듯도 했다.

갑자기 그녀는 노래를 부르기 시작했다. "때로 나는 네카 강가에서 풀을 베죠, 때로는 라인 강가에서 베기도 하죠." 그녀의 목소리는 부드럽고 맑았다. 노래가 2절에 이르렀을 때는 크눌프도 끼어들어 화음을 넣어 불렀다. 낮은 베이스 화음이 무척 안정되고 깊고 아름다워서 그녀는 유쾌한 마음으로 귀를 기울였다.

"자, 이제 향수병이 사라졌나요?" 노래가 끝나고 그가 물었다.

"오, 그럼요." 그녀가 밝게 웃었다. "우리 다시 한 번 이렇게 산책을 해야겠어요."

"유감스럽지만," 그가 낮은 목소리로 대답했다. "이번이 마지막일 것 같군요."

그러자 그녀가 멈춰 섰다. 그녀는 정확하게 귀담아 듣지는 못했지만, 그의 우울한 어조가 바로 느껴졌던 것이다.

"아니, 도대체 무슨 일이죠?" 그녀가 약간 놀란 듯 물었다. "제가 싫어진 건가요?"

"그렇지 않아요, 베르벨레. 하지만 나는 내일 이곳을 떠나야 합니다. 일을 그만두겠다고 했거든요."

"그게 무슨 소리죠? 정말인가요? 정말 유감스러운 일이군요."

"나 때문에 유감스러워할 필요는 없습니다. 어차피 오래 머물 생각이 아니었어요. 그리고 나는 한낱 무두장이일 뿐인걸요. 당신은 곧 애인을 사귀어야 해요, 젊고 멋진 애인을요. 그러면 향수병도 더는 없을 거예요. 두고 보세요."

"아, 그런 말 하지 마세요! 당신이 내 애인은 아닐지라도, 당신을 몹시 좋아한다는 걸 아시잖아요."

두 사람은 잠시 침묵했다. 그들의 얼굴을 향해 바람이 획 하고 불어왔다. 크눌프는 더욱 천천히 발걸음을 옮겼다. 그들은 이미 다리 근처에 와 있었다. 마침내 그가 멈춰 섰다.

"이제 작별을 고해야겠어요. 여기서부터 남은 거리는 당신 혼자 가는 게 좋겠어요."

베르벨레는 정말 슬픈 표정이 되어 그의 얼굴을 바라보았다.

"그러니까 방금 하신 말이 진심이군요? 그렇다면 저도 고맙다는 말을 해야겠어요. 오늘 밤은 결코 잊지 못할 거예요. 그리고 모든 일이 잘되기를 빌게요."

그는 그녀의 손을 잡아 자신에게로 끌었다. 그녀는 겁내고 놀라워하면서 그의 두 눈을 바라보았다. 그는 비에 젖은 그녀의 땋은 머리를 두 손으로 잡고 속삭이듯 말했다.

"그럼 안녕, 베르벨레. 이제 작별에 앞서 당신과 입을 맞추고 싶군요. 나를 완전히 잊지 않도록 말입니다."

그녀는 약간 움찔하면서 뒤로 물러서려 했지만 그의 눈길은 선량하고 슬퍼 보였다. 그녀는 그의 두 눈이 참으로 아름답다는 사실을 그제야 깨닫고 있었다. 그녀는 두 눈을 감지 않은 채 진지하게 그의 입맞춤을 받았다. 그리고 나서 그가 옅은 미소를 지으며 머뭇거리자, 그녀의 눈에는 눈물이 고였다. 그녀는 마음을 담아 그에게 다시 입을 맞추었다.

이어 그녀는 재빨리 그 자리를 떠나 이미 다리 위에 이르고 있었다. 그녀는 갑자기 몸을 돌리더니 되돌아왔다. 그는 여전히 그 자리에 서 있었다.

"무슨 일인가요, 베르벨레?" 그가 물었다. "당신은 지금 집으로 돌아가야 해요."

"그래요, 바로 돌아갈 거예요. 나를 나쁘게 생각하시면 안 돼요!"

"절대 그러지 않을 거요."

"그런데 도대체 어떻게 된 건가요, 무두장이 씨? 조금 전에 돈이 없다고 했잖아요? 떠나기 전에 임금을 받나요?"

"아뇨, 더 받을 임금은 없습니다. 그러나 상관없어요, 난 어떻게

든 살아갈 테니까요. 그러니 당신은 전혀 걱정할 필요가 없어요."

"아니, 그렇지 않아요! 당신은 주머니 속에 뭔가를 좀 갖고 있어야 해요. 자요!"

그녀는 그의 손에 커다란 동전 하나를 쥐어 주었다. 그는 그것이 은화 1탈러라는 것을 알았다.

"나중에 돌려주거나 부쳐 주시면 돼요."

그는 그녀의 손을 잡으며 만류했다.

"이렇게 하면 안 돼요. 당신 돈을 그렇게 낭비해서는 안 됩니다! 이것은 1탈러 아닙니까? 다시 가져가세요. 아니, 당신은 이러면 안 됩니다! 그렇습니다. 사람이 이성을 잃으면 안 되는 법이죠. 혹시 50페니히나 더 작은 동전을 갖고 있다면, 그 정도는 기꺼이 받겠어요. 내가 지금 곤경에 처해 있으니까요. 하지만 그 이상은 곤란합니다."

그들은 조금 더 실랑이를 벌였다. 베르벨레는 돈지갑을 보여주어야만 했다. 왜냐하면 그녀는 1탈러 은화 말고는 가진 것이 없다고 말했기 때문이었다. 하지만 사실은 그렇지 않았다. 그녀는 당시에 여전히 통용되던 1마르크와 작은 20페니히 은화 하나를 더 가지고 있었던 것이다. 그는 20페니히 은화를 하나 갖겠다고 했으나, 그녀는 너무 작은 액수라고 우겼다. 그러자 그는 아예 아무것도 갖지 않겠다고 했으나 결국은 1마르크 동전을 가졌고, 이제 그녀는 뛰다시피 집으로 달려갔다.

가는 도중에 그녀는 그가 왜 한 번 더 키스해 주지 않았을까

하고 계속 생각해 보았다. 한순간 섭섭하게 여겨지기도 했으나, 그다음 순간에는 바로 그 점이 특별히 사랑스럽고 예의 바르게 느껴졌다. 그녀는 결국 나중의 경우로 생각하기로 마음먹었다.

크눌프가 집에 도착한 것은 그로부터 한 시간쯤 지나서였다. 그는 위층 거실에 아직 불이 켜져 있는 것을 보았다. 그러니까 여주인은 아직까지 거실에 앉아 그를 기다리고 있었던 것이다. 그는 화가 나서 침을 내뱉고는 그 순간에 하마터면 바로 그곳을 떠나 그대로 어둠 속으로 달아나 버릴까도 생각했다. 그러나 그는 피곤했고, 금방이라도 비가 내릴 것 같았다. 또 무두장이 친구에게 그렇게 무례하게 굴고 싶지 않았다. 게다가 그는 이날 저녁만큼은 조금은 장난기마저 동했다.

그래서 열쇠를 숨겨 둔 곳에서 꺼내 마치 도둑처럼 조심스럽게 현관문을 열고 안으로 들어와 문을 닫은 후, 입술을 굳게 다문 채 아무 소리도 내지 않고 문을 잠그고는 열쇠를 원래 자리에 조심스럽게 가져다 놓았다. 그러고 나서 신발을 손에 들고 양말 바람으로 계단을 올라갔다. 반쯤 열린 거실의 문틈으로 불빛이 보였고, 오래 기다린 끝에 잠들어 버린 여주인이 안쪽 소파에 누워 내쉬는 깊은 숨소리가 들렸다. 그는 소리를 내지 않고 자기 방으로 올라가 안으로부터 문을 단단히 잠근 후 잠자리에 들었다. 하지만 내일은 그곳을 떠나겠다는 결심을 하고 있었다.

크눌프에 대한 나의 추억

내가 쾌활한 청소년 시기를 보내고 있었고 또 크눌프도 아직 살아 있었을 때의 일이다. 우리, 그 녀석과 나는 방랑에 나섰다. 한여름 철에 어느 비옥한 고장을 두루 돌아다녔는데, 걱정거리도 거의 없었다. 낮에는 황금빛 들판을 어슬렁거리며 돌아다니거나, 선선한 호두나무 아래 또는 숲 가장자리에 누워 휴식을 취했다. 그러다 저녁이 되면 나는 크눌프가 농부들에게 이야기를 들려주고, 아이들에게 그림자놀이를 가르쳐 주고 또 소녀들을 위해 여러 노래를 불러 주는 것을 귀 기울여 들었다. 나는 정말 즐겁게 귀를 기울였고, 질투하는 마음도 없었다. 다만 그가 소녀들에게 둘러싸여 갈색 얼굴에 광채를 발할 때, 그리고 소녀들이 많이 웃고 놀리면서도 꼼짝 않고 그에게 시선을 고정하고 있을 때면,

저 녀석은 보기 드문 행운아라는 생각이, 또 나는 그 반대라는 생각이 들기도 했다. 그러면 나는 가끔 잉여의 존재로 남아 있지 않고자 슬그머니 자리를 뜨곤 했다. 그리고 교회 목사님이 사는 곳을 찾아가 인사를 드린 후 지혜로운 상담과 하룻밤 숙박을 청하거나, 아니면 호젓하게 포도주 한 잔을 마시려고 술집에 가 앉았다.

내 기억으로는 어느 날 오후에 우리는 한 교회 묘지 옆을 지나가게 되었다. 묘지는 작은 교회당과 더불어 인근 마을로부터 멀리 떨어진 들판 한가운데에 고독하게 들어서 있었다. 담장 위에는 짙은 덤불이 드리워 있어서 묘지는 뜨거운 대지에 진정 평화롭고 정겹게 자리 잡고 있었다. 입구에는 커다란 밤나무가 두 그루 서 있었다. 그런데 입구가 잠겨 있어서 나는 그냥 지나쳐 가려고 했다. 하지만 크눌프는 생각이 달랐고, 담을 뛰어넘을 채비를 하는 것이었다.

내가 물었다. "벌써 또 휴식이야?"

"그렇게 해야겠어. 안 그러면 곧 발바닥이 아플 것 같아."

"좋아, 하지만 하필이면 교회 묘지에서?"

"물론이지. 자네는 따라오기만 해. 내가 알기로 농부들은 보통 자신의 향락을 위해 지나치는 법이 없어. 하지만 그들도 땅속에서 휴식을 취할 때는 편안함을 원하지. 그래서 그들은 수고를 아끼지 않고 무덤과 주변에 무언가 깨끗한 것을 심는 거야."

그래서 나도 함께 담을 넘었고, 그의 말이 옳다는 것을 알았다. 담을 기어오르는 것은 충분히 가치가 있었던 것이다. 그 안에는 묘지들이 곧게 또는 굽은 채 줄지어 나란히 늘어서 있었다. 대부분의 묘에는 하얀 나무십자가가 세워져 있었고 묘지 위나 주변은 온통 녹색 풀과 색색의 꽃들로 채워져 있었다. 메꽃과 제라늄이 활짝 피어 있었고, 뒤쪽 어두운 그늘에서는 철 지난 계란풀이 만발했다. 또 장미 덤불에는 만개한 장미꽃이 고운 자태를 자랑했고, 말오줌나무와 라일락은 가지와 잎이 무성하게 우거져 있었다.

우리는 그 모든 것을 잠시 둘러보고 나서 넓은 풀밭에 앉아 휴식을 취했다. 어떤 곳은 풀이 유난히 무성하고 야생화까지 피어 있었다. 그곳에 앉아 휴식을 가지니, 더위도 가시고 기분까지 좋아졌다.

크눌프는 바로 옆의 십자가에 적힌 이름을 읽고는 말했다.

"이 사람은 엥겔베르트 아우어, 예순 살이 넘게 살았어. 그리고 지금은 아름다운 꽃 미뇨네트 아래에 누워 안식을 취하고 있군. 나도 언젠가 때가 되면 미뇨네트를 갖고 싶은데, 우선은 여기서 한 송이 가져야겠어."

내가 말했다. "그 꽃은 내버려 두고 다른 꽃을 가져. 미뇨네트는 금방 시들어 버리거든."

하지만 그는 한 송이를 꺾어 옆 잔디에 던져둔 모자에 그 꽃을 꽂았다.

"여기는 정말 조용하군!" 내가 말했다.

그러자 그가 말했다.

"그래, 정말 조용해. 그런데 조금만 더 조용하면, 우리는 저 아래에 누워 있는 사람들 말소리도 들을 수 있을 거야."

"아니지. 저들은 이미 할 말을 다 했어."

"과연 그럴까? 사람들은 늘 죽음은 잠과 같은 것이라고 말하지. 그런데 잠을 자면서 우리는 종종 말을 하기도 하고, 때로는 노래도 흥얼거리지 않나."

"자네는 그럴지 모르지."

"그럼, 당연하지. 나는 만일 죽게 되면, 일요일에 소녀들이 이곳을 둘러보다가 어느 무덤에서 꽃 한 송이를 꺾을 때까지 기다릴 거야. 그때 아주 조용한 노래를 부르기 시작하는 거야."

"그래, 무슨 노래를 부르겠다는 거야?"

"무슨 노래냐고? 어떤 노래든 부르는 거야."

그는 땅 위에 몸을 뻗고 눕더니, 두 눈을 감고 나지막하고 어린아이 같은 목소리로 즉시 노래를 부르기 시작했다.

나는 일찍 죽은 몸,
나에게 노래를 불러 다오, 처녀들아,
작별의 노래를 불러 다오.
내가 다시 돌아온다면,
내가 다시 돌아온다면,
나는 멋진 소년이 되어 있을 거야.

나는 그 노래가 마음에 들었지만 웃지 않을 수 없었다. 그는 아름답고 부드럽게 노래를 불렀다. 가사의 의미는 때로 불완전했지만 멜로디는 정말 아름답고 사랑스러웠다.

"크눌프." 내가 말했다. "아가씨들에게 너무 많은 약속은 하지 말게. 너무 약속을 많이 하면 자네 말을 더 이상 귀담아 듣지 않을 거야. 다시 돌아온다는 말이 옳기는 하지만, 확실히 아는 사람은 아무도 없어. 게다가 자네가 정말 멋진 소년이 될지는 그야말로 아무도 모르는 일이야."

"확실하다고는 할 수 없지, 그 말은 맞아. 하지만 정말 그렇게 되었으면 좋겠다는 거야. 아직 기억해? 그저께 말이야, 우리가 길을 물어보았던, 소와 함께 있던 그 소년 말이야. 난 그런 소년이 되고 싶어. 자네는 그렇지 않아?"

"아니, 그렇지 않아. 언젠가 한 노인을 알게 되었는데, 아마 일흔 살이 넘었을 거야. 그런데 정말 눈매가 차분하고 선한 분이어서, 선한 것과 지혜로운 것과 평화로운 것만 가진 것처럼 생각되는 분이었어. 그때부터 나도 언젠가 저런 분이 되었으면 좋겠다는 생각을 가끔씩 하게 되었지."

"그래, 자네에게는 아직 그런 면이 부족하다고 할 수 있지. 그건 그렇고 소원이란 것은 참 이상한 거 같아. 내가 만일 지금 이 순간 고개를 한 번만 끄덕이는 걸로 예쁘고 작은 소년이 될 수 있고, 자네가 고개를 한 번 끄덕이는 걸로 멋지고 온화한 노인이 될 수 있다면, 만일 그렇다면 우리 중 누구도 고개를 끄덕이지 않을 거야. 우리는 지금 이 모습 그대로 남아 있기를 기꺼이 바랄 거야."

"그 말도 맞아."

"그럼. 그런데 다른 경우도 옳다고 할 수 있어. 나는 자주 이런 생각을 해. 이 세상에서 가장 아름답고 멋진 것이 있다면 바로 날씬한 금발의 아가씨라고 말이야. 하지만 그것은 틀린 생각이야. 검은 머리의 아가씨가 거의 더 아름다운 경우를 종종 보게 되거든. 그리고 이런 생각이 들 때도 있어. 무엇보다도 아름답고 멋진 존재는 공중을 자유롭게 날아다니는 예쁜 새라고 말이야. 또 다른 때에는 나비, 예컨대 날개 위에 빨간 눈 모양이 그려진 하얀 나비만큼 경이로운 것은 없는 것 같기도 해. 그런가 하면 저 높은 구름 속에서 비치는 저녁노을도 정말 아름다운 것 같아. 모든 것이 눈부시게 은은한 빛을 발하고, 모든 것이 상쾌하면서 순수한 모습을 띠는 순간이거든."

"정말 그래, 크눌프. 적절한 순간에 바라보면 모든 것이 아름다운 법이지."

"그렇군. 하지만 또 다른 생각이 들기도 해. 가장 아름다운 것이란 사람들로 하여금 즐거움뿐만 아니라 슬픔 또는 두려움까지도 항상 느끼게 만드는 그런 것이라는 생각도 들어."

"어째서 그런 거야?"

"내 생각을 말하자면 이런 거야. 정말 아름다운 소녀가 하나 있다고 할 경우, 만일 그 소녀가 지금이 가장 한창때이고 그 순간이 지나면 늙고 죽게 될 것이라는 사실을 모른다면, 사람들은 아마 그 소녀가 그렇게 아름답다고 여기지 못할 거야. 어떤 아름다운 것이 영원히 그 모습을 유지한다면 나는 아마 기뻐하겠지. 하지만 그런 경우 좀 더 냉정하게 바라보면서, 저것은 언제든지 볼 수 있는 거야, 꼭 오늘 보아야 할 필요는 없어, 라고 생각할 거야. 반대로 어떤 것이 연약해서 오래 머물 수 없다면, 그것을 바라보면서 기쁨만 느끼는 것이 아니라 연민도 함께 느끼는 거지."

"그렇겠군."

"그래서 나는 밤에 어딘가에서 벌어지는 불꽃놀이보다 더 아름다운 순간은 없다고 생각해. 파란색과 녹색의 조명탄들이 어둠 속으로 높이 올라가 가장 아름다운 순간에 작은 곡선을 그리면서 사라지는 거야. 그래서 사람이 그 광경을 보고 있으면 행복감도 느끼지만 동시에 금방 사라지기 때문에 두렵기도 한 법이지. 행복과 두려움이라는 감정은 서로 연결되어 있는 거야. 그래서 불꽃이 오래 지속되는 경우보다 훨씬 더 아름답게 느껴지는 것이지. 그렇지 않은가?"

"그래, 아마도 그런 것 같군. 하지만 모든 것이 다 그렇지는 않은 것 같아."

"어째서 그렇지 않다는 거야?"

"예를 들어 두 사람이 서로 좋아 결혼한다거나, 또는 두 사람이 서로 우정을 맺는다거나 하는 경우는 오래 지속되고 금방 종말을 맞지 않는다는 바로 그 점 때문에 아름다운 법이지."

크눌프는 나를 주의 깊게 바라보았다. 그는 검은 속눈썹을 깜박이며 생각에 잠긴 채 말했다. "나도 그렇게 생각해. 하지만 그것도 다른 모든 것과 마찬가지로 언제나 종말을 맞는 법이지. 우정을 망가뜨릴 수 있는 것은 아주 많아, 사랑도 마찬가지야."

"그건 맞는 말이야. 하지만 실제로 일어나기 전에는 그런 일은 생각하지 않잖아."

"잘 모르겠어. ……이보게, 나는 살아오면서 두 번의 사랑을 경험했어, 진정한 사랑을 말하는 거야. 나는 이 두 번의 사랑이 모두 영원한 것이고 오직 죽음으로만 끝날 것이라고 확신했어. 그런데 두 번의 사랑은 모두 끝났고, 나는 아직 죽지 않았어. 고향 도시에 있을 때 친구가 하나 있었지. 우리는 살아 있는 동안은 서로 헤어져 연락도 않고 지낼 거라고는 생각지도 않았어. 하지만 우리는 이미 오래전에 헤어졌고 연락도 닿지 않는다네."

이어 그는 침묵했고, 나는 그의 이야기에 무슨 말을 해야 할지 몰랐다. 모든 인간관계에 잠재되어 있는 그런 고통을 나는 아직은 실제로 겪어 본 적이 없었다. 또 나는 두 사람이 아무리 긴밀하게 연결되어 있다고 하더라도 그 사이에는 언제나 깊은 심연이 입을 벌리고 있고, 그 심연은 오직 사랑에 의해서만, 그리고 단지 매시간 비상 다리를 통해 간신히 건너갈 수 있을 뿐이라는 사실을 아직은 경험해 보지 못했던 것이다. 나는 친구의 말을 곰곰이 생각해 보았다. 그중에서도 불꽃놀이에 관한 이야기가 내 마음을 가장 깊이 사로잡았다. 나도 여러 번 똑같은 느낌을 받았기 때문이다. 조용하고 매혹적인 형형색색의 불꽃이 어둠 속으로 높이 솟아올랐다가 너무 빨리 그 속에 잠겨 버리는 모습은, 마치 아름다울수록 더욱 안타까움을 남기고 더 빠르게 사그라져 버릴 수밖에 없는 모든 인간적인 쾌락을 상징하는 듯했다. 나는 이런 생각을 크눌프에게도 이야기했다.

그러나 그는 별다른 말이 없었다.

"그래, 그렇지." 그는 다만 이렇게 대답할 뿐이었다. 그러고 나서 한참 뒤 감정을 억누른 목소리로 그가 말했다. "이리저리 고민하고 생각만 하는 것은 아무 가치가 없어. 사람은 생각하는 대로 행하는 것이 아니거든. 오히려 사람이 행동할 때는 사실 깊이 생각도 하지 않고 마음이 원하는 대로 행동하는 법이지. 말했듯이 친구가 된다거나 사랑에 빠지는 것도 아마 그럴 거야. 하지만 결국 각각의 개인은 자신의 몫을 철저히 혼자 지고 가는 것이고 다른 사람과 공유할 수 없는 거야. 친구나 사랑하는 사람이 죽는 경우에도 그래. 사람들은 하루, 한 달 또는 일 년 정도 통곡하고 애도하겠지. 하지만 죽은 자는 영원히 죽어 떠나간 거야. 관 속에 누운 사람은 고향도 없고 아는 사람도 없는 떠돌이 견습공이나 마찬가지라는 거야."

"그렇게 말하지 말게, 크눌프. 내게는 그다지 기분 좋은 이야기가 아니야. 우리는 종종 삶은 결국 어떤 의미가 있어야 하고 또 어떤 사람이 사악하고 적대적이지 않고 선량하고 우호적이라면 그 나름의 가치가 있다고 이야기하지 않았나. 그런데 지금 자네가 이야기하는 바는, 모든 것이 다 똑같고 우리가 도둑질을 하거나 살인을 해도 아무 상관이 없다는 이야기잖아."

"아니, 그렇게 말할 수는 없지, 이 친구야. 자네가 만약 할 수 있다면, 앞으로 우리가 길에서 만나게 되는 사람 몇을 때려죽일 수 있을까! 아니면 노랑나비에게 파랗게 변하라고 요구해 보라고. 그 녀석이 자네를 보고 비웃을 거야."

"나도 그런 뜻으로 한 얘기는 아니야. 하지만 이래도 저래도 상관이 없다면, 선량하고 정직하게 살고자 노력하는 것도 아무 의미가 없지. 파란색이든 노란색이든 다 똑같고 선한 것이든 악한 것이든 다 똑같다면, 당연히 선량함이란 존재하지 않는 것이 아닐까? 그러면 사람이란 숲 속의 짐승이나 다를 바가 없지. 그저 본성대로 행동할 것이고, 무슨 공적을 쌓거나 죄를 짓는 일 같은 것도 없겠지."

크눌프는 한숨을 내쉬었다.

"그래, 거기에 대해 누가 뭐라고 할 수 있겠어? 어쩌면 자네 이야기가 맞을 거야. 그렇게 되면 사람들은 의지라는 것이 아무 가치가 없고 또 모든 것이 우리와는 상관없이 주어진 행로를 따라 흘러간다는 것을 깨닫겠지. 그리고 그 때문에 몹시 상심하는 경우가 종종 일어나겠지. 하지만 사람이 어쩔 수 없이 잘못되는 경우에도 여전히 한 가지 죄과는 남아 있어. 그 사람은 내면에서 스스로 그것을 느끼거든. 반면에 선한 일을 하면 우리가 만족을 느끼고 또 양심의 가책도 없으므로 선한 일은 또한 옳은 일이 될 수밖에 없는 거야."

나는 그의 얼굴을 보고 그가 이제 이 대화에 싫증이 났다는 사실을 알 수 있었다. 그에게는 흔한 일이었다. 철학적인 토론을 시작하고서는 여러 명제들을 세우고, 그 명제들을 지지하기도 하고 또 반박하기도 하다가 갑작스럽게 중단해 버리는 것이었다. 처음에는 그가 나의 불충분한 대답이나 반박 때문에 피곤해져서 그러는 것이라고 생각했다. 그러나 아니었다. 그는 사색적으로 기우는 자신의 성향이 결국 스스로가 가진 지식이나 화술로는 충분히 감당할 수 없는 영역으로 자신을 몰아간다고 느꼈던 것이다. 그는 정말 많은 책을 읽었고, 그중에서도 특히 톨스토이의 책을 많이 읽었지만, 옳은 추론과 궤변을 항상 정확하게 분별할 수 있는 것은 아니었고 스스로도 그렇게 느끼고 있었기 때문이다. 그는 마치 재능 있는 아이가 어른들에 대해 말하듯이 학자들에 대해 이야기했다. 말하자면 그는 학자들이 자신보다는 더 많은 능력과 수단을 갖추고 있음을 인정해야만 했다. 하지만 학자들이 그 많은 능력을 활용해 어떤 올바른 것도 시작하지 못했고 또 그렇게 재능이 출중함에도 불구하고 어떤 수수께끼도 풀어 내지 못했다는 사실을 들어, 그들을 경멸했던 것이다.

이제 그는 팔베개를 하고 다시 자리에 누워, 새카만 딱총나무 이파리들 사이로 뜨겁고도 푸른 하늘을 바라보며 라인 지방의 오래된 민요를 혼자 흥얼거리고 있었다. 마지막 절의 가사를 나는 지금도 기억하고 있다.

그동안 나는 빨간 정장을 입었지.

이제는 검은 정장을 입어야 한다네,

6년, 7년 동안,

나의 연인이 썩어 없어질 때까지.

우리는 저녁이 되자 관목 덤불 주변의 어두운 곳에 마주 앉아 각자 커다란 빵 한 덩어리와 소시지 반 조각씩을 들고 먹으면서 밤이 오는 광경을 지켜보았다. 조금 전까지만 해도 낮은 언덕들은 석양을 받아 노랗게 빛나고 있었고 솜털처럼 부드럽고 밝은 빛 속에 아련히 녹아 있었는데, 지금은 이미 어둡고 뚜렷한 윤곽을 드러내면서 하늘을 배경으로 나무들과 산등성이, 덤불들을 검게 그려 놓고 있었다. 또 하늘에는 낮의 푸른빛이 여전히 남아 있기는 하지만 이미 밤의 검푸른 빛이 더 짙게 드리워 있었다.

아직 빛이 남아 있는 동안에는 우리는 작은 책에 실린 재미난 이야기들을 서로 소리를 내어 읽었다. 책 제목은 『독일 손풍금 천사의 노래』였는데, 아주 미숙하고 웃기는 시시껄렁한 노래들이 작은 목판화들과 함께 실려 있었다. 그러나 그것도 낮의 빛이 사라지면서 끝났다. 식사를 다 마치고 나자, 크눌프는 음악을 듣고 싶다고 했다. 나는 주머니에서 빵부스러기가 잔뜩 묻은 하모니카를 끄집어내어 깨끗하게 닦은 후 자주 들었던 노래 몇 곡을 연주했다. 우리는 한참을 그렇게 어둠 속에 앉아 있었다. 이제 어둠은 우리 눈앞에서 멀리 다양한 모양의 능선을 이루고 있는 대지 위로 퍼져 갔고, 하늘에서도 창백한 빛이 사라지고 점점 어두워지면서 별들이 하나둘씩 천천히 빛을 발하기 시작했다. 우리의 하모니카 소리는 경쾌하고 가냘프게 들판을 향해 달려가다가 저 멀리 허공 속으로 사라졌다.

"잠을 자기에는 아직 너무 이른 시간이야." 나는 크눌프에게 말했다. "이야기를 하나만 들려줘. 실화가 아니어도 좋고, 동화도 괜찮아."

크눌프는 생각에 잠겼다.

"좋아." 그가 말했다. "이야기이기도 하고 또 동화이기도 해. 그 두 가지가 함께 들어 있어. 사실은 꿈 이야기거든. 지난가을에 내가 꾼 꿈인데, 그 후에도 두 번이나 아주 비슷한 꿈을 꿨어. 그 이야기를 들려줄게.

그러니까 내 고향과 비슷한 어느 작은 도시에 골목이 하나 있었어. 집들이 모두 골목을 향해 합각合閣지붕을 뻗치고 있는데, 그 지붕들은 평소에 보던 것보다는 더 높게 솟아 있었어. 나는 그런 집들 사이를 걷고 있었던 거야. 마치 아주 오랜 시간이 지난 후에 마침내 고향에 돌아온 것 같았어. 그런데 아주 기쁘지만은 않았어. 뭔가 이상한 구석이 있었으니까. 혹시 다른 곳에 와 있는 것은 아닌지, 이곳이 정말 고향인지 도무지 확신할 수가 없었거든. 어떤 곳들은 원래 모습 그대로여서 금방 알아볼 수 있었어. 하지만 많은 집들이 낯설고 친숙하지 않았어. 또 광장으로 가는 다리와 길도 찾을 수가 없었고, 대신 어느 낯선 정원을 지나고 또 어떤 교회 옆을 지나게 되었어. 쾰른이나 바젤에 있는 교회와 비슷했고, 커다란 탑 두 개가 세워져 있었지. 하지만 우리 고향에 있는 교회는 원래 탑이 없고 그저 임시 지붕을 얹은 뭉툭한 형태의 건물이었거든. 그 교회를 건축한 사람들이 애초에 잘못 짓는 바람에 탑을 제대로 완성하지 못했으니까.

내가 만나는 사람들도 마찬가지였어. 어떤 사람들은 멀리서 보면 잘 아는 사람들이었어. 나는 그들의 이름을 알고 있었고, 그들을 소리쳐 부르기 위해 이미 입에 그 이름이 막 맴돌았어. 하지만 어떤 이들은 내가 이름을 부르기 전에 집으로 들어가거나 옆 골목으로 사라지는 것이었어. 그리고 누군가가 가까이 와서 내 곁을 지나갈 때면 그 사람은 달라져서 낯선 사람이 되는 거야. 그 사람이 날 지나쳐서 다시 멀어지고 나면 나는 그 뒷모습을 보면서 내가 아는 그 사람이 분명하다고 생각하는 거였어. 또 어느 가게 앞에 나란히 서 있는 몇몇 부인들을 보았고, 심지어 그중 한 사람은 돌아가신 이모님처럼 보였어. 그런데 가까이 가보면 다시 그 사람들을 전혀 모르겠고, 그들이 내가 거의 알아들을 수 없는 아주 낯선 방언으로 이야기하는 것을 듣게 되는 거야.

마침내 이런 생각을 했어. 어서 다시 이 도시를 벗어나는 것이 좋겠어, 이곳은 나의 옛 고향이면서도 내 고향이 아니야. 하지만 나는 또다시 낯익은 집이나 낯익은 얼굴을 향해 달려가게 되고, 그들은 모두 나를 바보 취급했어. 그런데도 화가 나거나 기분이 언짢아지지는 않았고, 다만 슬프고 몹시 두려울 뿐이었어. 나는 기도문을 하나 내뱉고 싶었고 온 힘을 다해 기도문을 기억해 내려고 했지만, 막상 떠오르는 것은 쓸모없고 어리석은 일상어들뿐이었어 — 예를 들면 '매우 존경하는 귀하' 또는 '현재 상황에서는' 같은 것들 말이야 — 나는 혼란스럽고 슬픔에 잠긴 채 그런 상투어들을 내뱉고 있었던 것이지.

그렇게 몇 시간이 더 흘러간 것 같아. 그러다가 나는 아주 열이 나고 지친 상태에서 아무 의욕도 없이 계속 비틀거리며 걸어갔어. 그사이 이미 저녁때가 되었고, 이번에 만나는 사람한테는 숙소나 길을 물어야겠다고 마음먹었지. 하지만 아무에게도 말을 걸 수 없었어. 마치 내가 공기라도 되는 것처럼 모두 내 곁을 지나쳐 가버리는 거야. 나는 곧 지치고 절망적인 기분이 되어 울음이 날 것만 같았지.

그때 갑자기 다시 길모퉁이를 하나 돌게 되었는데, 이번에는 내가 살던 골목이 눈앞에 펼쳐지는 거야. 골목의 모습이 약간 달라져 있고 화려한 장식이 덧붙여지기는 했지만, 이제는 그런 것들이 그렇게 마음에 걸리지 않았어. 나는 바로 그곳으로 달려갔고, 꿈속이어서 더 화려한 모습으로 나타나기는 했지만 한 집 한 집 분명하게 알아볼 수 있었어. 그리고 마침내 내가 자랐던 옛 고향 집도 발견했어. 그 집 역시 이상하게 높아 보였지만 그것 말고는 옛날과 거의 똑같은 모습이었어. 그러자 등줄기를 타고 마치 전율처럼 기쁨과 흥분이 올라오더군.

그런데 문가에 내 첫사랑의 여인이 서 있는 거야, 헨리에테라는 이름을 가진 아가씨였어. 다만 예전보다 더 크고 조금 달라보였지만, 무척이나 아름다워진 모습이었어. 가까이 다가가면서 나는 심지어 그녀가 기적처럼 아름답고 정말 천사 같은 모습이라는 것을 깨달았지만, 동시에 그녀의 머리가 헨리에테처럼 갈색 머리가 아니라 밝은 금발이라는 것도 알아차렸어. 그런데 아무리 달라진 모습이라 해도 그녀는 분명히 헨리에테였어.

'헨리에테!' 나는 그녀를 향해 이렇게 외치면서 모자를 벗어 들었어. 왜냐하면 그녀가 천상의 모습을 하고 있어서 여전히 나를 알아볼지 자신할 수가 없었거든.

그녀는 몸을 완전히 돌려 내 눈을 바라보았어. 하지만 그녀가 그렇게 내 눈을 들여다보자, 나는 깜짝 놀라고 부끄러워하지 않을 수가 없었어. 그녀는 내가 이름을 불렀던 헨리에테가 아니라 나와 여러 해 동안 사귀었던 두 번째 연인 리자베트였기 때문이야.

'리자베트!' 나는 이제 이렇게 외치면서 그녀를 향해 손을 내밀었어.

그녀는 나를 쳐다보았는데, 마치 신이 인간을 바라볼 때처럼 그 눈길이 내 가슴까지 파고드는 듯했어. 엄격하거나 어떤 교만한 눈길이 아니라 아주 평온하고 맑은 눈빛이었지. 참으로 영적이고 고귀한 눈길이었기에 나는 마치 한 마리의 개라도 된 듯한 느낌이었어. 그녀는 나를 바라보고는 심각하고 우울한 표정을 짓더니, 마치 무슨 뻔뻔한 질문이라도 받은 사람처럼 고개를 가로

저었어. 내가 내민 손을 잡아 주지도 않고 집으로 들어가서는 문을 닫아 버리더군. 자물쇠를 찰칵 채우는 소리까지 들렸어.

그래서 나는 몸을 돌이켜 그 자리를 떠났는데, 눈물이 흘러내리고 너무나 슬퍼서 거의 아무것도 볼 수 없었지만 도시가 다시 변했다는 사실을 깨닫고 기이한 느낌이 들었어. 이제는 모든 골목과 집들과 그리고 다른 모든 것들이 다시 예전과 똑같아지고, 섬뜩했던 상태가 완전히 사라져 버렸거든. 합각지붕은 더는 그렇게 높지 않았고 옛날과 같은 빛깔이었어. 사람들도 정말이지 그대로여서 나를 다시 알아보고는 기뻐하고 놀라워했고, 몇몇은 내 이름을 부르기까지 했어. 하지만 나는 전혀 대답을 할 수 없었고, 또 멈춰 서서 이야기를 할 수도 없었어. 대신 온 힘을 다해 그 친근한 거리를 내달려 지나가, 다리를 건너고 도시 바깥으로 나오게 되었지. 그리고 비탄에 잠겨 젖은 눈으로 그 모든 것들을 바라보았어. 이유는 알 수 없었지만, 이제 그곳의 모든 것은 잃어버린 것이고 수치심을 안고서 도망쳐야 한다는 생각만 들 뿐이었어.

그러다가 교외의 백양목 아래에 이르러 잠시 걸음을 멈추어야 했어. 그제야 내가 고향을 찾아 우리 집에 갔었는데 아버지와 어머니, 형제와 친구들 그리고 다른 모든 소중한 것에 대해서는 전혀 생각조차 하지 않았다는 사실을 깨달았거든. 마음 깊이 지금까지 경험해 보지 못했던 당혹감과 비애와 수치심을 느꼈어. 하지만 다시 돌아가 모든 것을 회복할 수는 없었지. 꿈은 끝나고,

나는 잠에서 깨어났으니까."

크눌프가 말했다. "모든 사람은 각자 영혼을 지니고 있고, 자신의 영혼을 다른 영혼과 뒤섞을 수는 없어. 두 사람은 서로 만나기도 하고, 함께 이야기할 수도 있고 또 서로 가까이 지낼 수도 있지. 하지만 그들의 영혼은 각자 자기 자리에 뿌리를 내리고 있는 꽃과 같아서, 어떤 영혼도 다른 영혼에게로 갈 수가 없어. 만일 가려거든 그 영혼은 자신의 뿌리를 떠나야 하는데, 그 또한 불가능한 일이지. 꽃들은 서로 다른 꽃들에게 가 닿고 싶은 마음에 향기와 씨앗을 보내지. 하지만 씨가 적당한 자리에 떨어지는가 하는 부분에서 꽃은 아무것도 할 수 없어. 그것은 바람이 하는 일이고, 바람은 불고 싶은 대로, 원하는 곳으로 이리저리 불어댈 뿐이야."

나중에 그는 이렇게 덧붙였다.

"내가 자네한테 이야기한 꿈도 아마 같은 의미인 것 같아. 나는 헨리에테에게도 또 리자베트에게도 의식적으로 부당한 짓을 한 적은 없어. 하지만 내가 두 사람을 한때 사랑했고 또 소유하고 싶어 했기 때문에 꿈속에서 그들이 그들과 비슷하면서도 그 누구도 아닌 형상이 되어 나타난 것 같아. 그 형상은 내 것이기는 하지만, 더는 살아 있지는 않지. 부모님에 대해서도 가끔 그런 생각을 했어. 부모님은 내가 그분들의 자식이고 그분들과 비슷하다고 생각하시겠지. 하지만 내가 그분들을 아무리 사랑한다고 해도 그분들에게 나는 도저히 이해할 수 없는 한 낯선 인간일 뿐이야. 내게는 가장 중요하고 어쩌면 내 영혼일지도 모르는 것들을 부모님은 하찮게 여기시고 또 그것을 나의 사춘기나 변덕 탓으로 돌려 버리시는 거야. 그렇지만 그분들은 여전히 나를 사랑하시고 기꺼이 모든 사랑을 베풀어 주시지. 아버지는 자기 자식에게 코와 두 눈, 심지어 지성까지 물려줄 수 있지만, 영혼은 물려줄 수가 없어. 각각의 사람에게 영혼은 새롭게 존재하는 거야."

나는 그의 이야기에 뭐라고 할 말이 없었다. 왜냐하면 당시만 해도 나는, 적어도 나 자신의 필요에 의해서는, 아직 그런 사고 과정을 거쳐 본 적이 없었기 때문이다. 그의 복잡한 생각이 내게는 사실 그리 심각하게 다가오지 않았다. 나는 마음이 그렇게 동요하지 않았고, 또 크눌프에게도 그런 이야기가 어떤 투쟁이라기보다는 일종의 놀이일 것이라고 짐작했다. 게다가 둘이서 잘 마른 잔디밭에 누워 밤이 깊어지고 잠이 오기를 기다리면서 일찌감치 나타난 별들을 바라보는 것은 평화롭고 멋진 일이었다.

내가 말했다.

"크눌프, 자네는 사상가야. 자네는 교수가 되었어야 했어."

그는 웃으며 고개를 가로저었다. 그러다가 생각에 잠겨 말했다.

"그보다는 한 번쯤 구세군에 가보고 싶다고 할 수 있지."

내가 보기에는 좀 심한 말이었다.

"자네 말이야." 내가 말했다. "나하고 농담할 생각하지 마! 성인도 한번 되어 보고 싶다고 하지그래?"

"맞아, 성인도 되어 보고 싶어. 누구든지 생각하고 행동하는 것이 정말 진실하다면 성스럽다고 할 수 있어. 사람이 어떤 일이 옳다고 여기면 반드시 하게 되는 법이지. 그리고 내가 언젠가 구세군에 가는 것이 옳다고 생각하게 되면, 아마 정말 행동으로도 옮길 거야."

"계속 구세군 이야기로군!"

"물론이지. 자네한테 그 이유를 알려 주지. 나는 그동안 많은 사람들과 이야기도 나눠 보고 연설도 많이 들어 보았네. 목사, 교사, 시장, 사회민주주의자, 자유주의자들이 하는 말을 들어 보았어. 그런데 마음속 깊은 곳에서 정말로 진실한 사람, 다시 말해 위기의 순간에 자신이 깨달은 지혜를 위해 스스로를 희생할 것이라 믿어지는 사람은 하나도 없었어. 하지만 구세군에서는 여러 가지 음악을 연주하고 소란을 벌이기도 하지만 난 이미 서너 번 정말 진실한 사람들을 만나 보고 이야기도 들어 보았거든."

"자네가 도대체 그것을 어떻게 안다는 거야?"

"그 정도야 당연히 알 수 있지. 예를 들면, 어느 마을에서 일요일에 연설을 하는 남자가 하나 있었어. 연설하는 장소가 야외였는데, 먼지도 날리고 날이 무더워 그는 금방 목이 완전히 쉬어 버렸지. 그렇지 않아도 그리 강인해 보였던 사람은 아니었어. 한마디도 더 말하기 힘든 상황이 되면, 그 사람은 세 동료에게 찬송을 부르게 하고는 그사이에 물을 한 모금 마시는 거야. 그런데 마을 주민 절반이 주위에 둘러서서 애들이고 어른이고 그를 바보라고 생각하며 비난을 했지. 뒤쪽에서는 젊은이 하나가 채찍을 들고 서서 이따금씩 연사를 분통 터지게 하려고 지독하게 날카로운 소음을 냈고, 그때마다 다른 사람들은 모두 웃어 대는 거야. 하지만 그 가련한 연사는 전혀 바보가 아니었음에도 불구하고 화를 내지 않았어. 그는 작은 목소리로 그 소란스러운 분위기를 오히려 버텨 냈고, 다른 사람이라면 울먹거리거나 욕을 퍼부었을 순간에도 미소를 짓는 것이었어. 이봐, 그런 행동은 정말 형편없는 보수를 받기 위해서나 재미를 위해서 할 수 있는 것이 아니야. 그 사람은 마음에 매우 경건한 본성과 확신을 갖고 있는 것이 분명해."

"그렇다고 해두지. 하지만 한 가지 사례가 모든 사람에게 다 들어맞는 것은 아니야. 그리고 자네처럼 섬세하고 예민한 사람은 그런 소란 속에서는 견뎌 내지 못할 거야."

"아니, 어쩌면 가능할 수도 있어. 섬세함과 예민함을 합한 것보다 더 나은 무엇인가를 깨닫고 또 그런 것을 지닌 사람이라면 말이야. 물론 한 가지 사례가 모두에게 다 들어맞는 것은 아니야. 하지만 진리는 다 들어맞는 법이지."

"아, 진리! 자네는 할렐루야를 노래하는 바로 그 사람들이 진리를 갖고 있다는 것을 어떻게 안다는 거야?"

"그야 알 수 없지, 자네 말이 맞아. 하지만 내가 말하려는 것은 다만 이거야. 그것이 진리라는 것을 알게 되는 날에는 나 역시 그들을 따르겠다는 거지."

"정말 그렇다면야! 하지만 자네는 날마다 진리를 하나 발견하고는 다음 날에는 그것을 더 이상 인정하지 않지 않나."

그는 무척 당황스러워하며 나를 바라보았다.

"자네는 지금 조금 심한 말을 했어."

나는 사과를 하려고 했으나, 그는 사과를 받아들이지 않고 말없이 있었다. 잠시 후 그는 나지막하게 잘 자라고 인사를 하고는 조용히 자리에 누웠다. 하지만 나는 그가 벌써 잠들었을 것이라고는 생각되지 않았다. 나 자신도 여전히 말짱한 정신으로 한 시간 넘게 팔꿈치를 베고 누워 밤 풍경을 바라보고 있었다.

이튿날 아침, 나는 크눌프의 기분이 좋다는 것을 즉시 알아차렸다. 내가 받은 느낌을 전하자, 그는 어린아이 같은 두 눈을 빛내며 말했다.

"바로 맞혔어. 그런데 자네는 누군가가 그렇게 기분 좋은 날을 맞이하는 경우 그 이유가 무엇인지 알아?"

"몰라, 이유가 뭐지?"

"밤에 잠을 잘 자고 정말 멋진 꿈을 꾸었기 때문이야. 하지만 그 꿈을 절대로 기억하고 있어서는 안 돼. 오늘 내가 바로 그런 사람이야. 정말 멋지고도 재미있는 꿈을 꾸었는데, 전부 잊어버렸거든. 기억하는 것은 다만 정말 멋진 꿈이었다는 것뿐이야."

그리고 우리가 다음 마을에 도착해 아침 우유를 배 속에 집어넣기도 전에, 그는 이미 활기차고 경쾌하고 유려한 목소리로 차

가운 아침 풍경을 향해 서너 곡의 최신 노래를 불렀다. 아마도 기록되거나 인쇄되어 소개되지는 않을 듯한 노래들이었다. 하지만 크눌프는 위대한 시인은 아닐지라도 작은 시인이었고, 그가 직접 부르는 소박한 노래들은 종종 가장 아름다운 노래들의 어여쁜 형제자매인 것처럼 들렸다. 내가 기억하는 몇몇 부분과 가사들은 정말 아름다웠고, 나는 지금도 그 노래들을 기억 속에 소중히 간직하고 있다. 그의 노래들은 하나도 기록되지는 않았다. 그의 노래들은 살랑거리는 미풍처럼 순진무구하게 어떤 의무감도 없이 태어나고, 존재했다가 사라졌다. 하지만 그의 노래들은 나와 그 자신에게뿐 아니라 어린아이와 어른 할 것 없이 많은 다른 이들에게 아름다움과 따스함을 선사했다.

화사하게 나들이옷을 차려 입은 아가씨가
문밖을 나서듯이,
그대는 홍조를 띠면서도 당당하게
전나무 숲 위로 모습을 드러낸다네.

그날 크눌프는 태양에 대해 노래했는데, 태양은 그의 노래에 거의 늘 등장하여 찬사의 대상이 되었다. 그리고 독특하게도 그의 대화는 복잡한 사색을 담고 있어 무거웠지만, 그의 노래는 마치 밝은 여름옷을 입은 깨끗한 아이들이 이리저리 뛰노는 것처럼 경쾌했다. 어떤 노래들은 또한 아무 의미 없이 장난스러웠고,

그저 현재의 들뜬 기분을 발산하려는 경우도 있었다.

그날 나는 그의 기분에 완전히 전염되었다. 우리는 만나는 사람들마다 인사를 건네고 농담을 주고받았다. 그래서 우리 뒤에서는 웃음이 터지기도 하고 욕설이 들려오기도 했고, 그날은 하루 종일 우리에게 축제일처럼 지나갔다. 우리는 학교 다닐 때 했던 장난이나 재미있는 이야기를 서로 들려주었고, 지나가는 농부들과 때로는 그들의 말과 소들에게까지 별명을 붙여 주었다. 어느 외진 정원 울타리 옆에 앉아 훔친 구스베리 열매를 배가 부르도록 먹었고, 또 거의 매시간 휴식을 취해 가며 힘과 장화 바닥을 아꼈다.

크눌프를 알게 된 지 그리 오래되지는 않았지만, 그가 그토록 멋지고 사랑스럽고 재미있는 사람인 줄은 처음 알게 된 것 같았다. 그러면서 나는 오늘부터 우리가 함께 지내고 방랑을 하면서 흥미진진한 삶이 본격적으로 시작되리라고 기대했다.

그날 낮에는 무더운 날씨를 피해 걷기보다는 주로 잔디밭에 누워 있었다. 그러다가 저녁 무렵이 되어 구름이 몰려들고 날씨가 험악해지자, 우리는 밤을 보낼 만한 장소를 찾아보기로 결정을 내렸다.

크눌프는 점차 말이 줄어들었다. 그는 다소 피로해 있었으나, 나는 그렇다는 것을 거의 눈치채지 못했다. 그는 내가 웃으면서 노래하면 나와 함께 진심으로 웃음을 터뜨렸던 것이다. 나는 더욱 기분이 고조되고, 내면에서부터 기쁨의 불꽃이 하나씩 타오르는 것 같았다. 아마 크눌프의 내면에서는 이와는 달리 이미 축제의 등불이 꺼져 가기 시작했던 것 같다. 당시에 나는 기분이 좋은 날이면 언제나 밤이 깊어질수록 더 생기가 넘쳐서 끝을 내지 못하곤 했다. 심지어는 다른 사람들이 이미 오래전에 지쳐 잠들었는데도 혼자서 재미있는 일을 찾아 밤새도록 돌아다닌 적도 종종 있었다.

그날 저녁도 나는 이런 기쁨의 열병에 휩싸여 있었다. 그래서 우리가 골짜기 쪽의 어느 근사한 마을을 향해 가고 있을 때, 재미있는 밤을 고대했다. 우선 우리는 외딴곳에 있고 접근이 용이한 헛간을 야영지로 정한 다음, 마을에 들어가 훌륭한 음식점을 찾았다. 나의 친구에게 그날은 내가 초대한 손님이 되어 달라고 요청했다. 나에게는 아주 즐거운 날이었으므로 팬케이크와 맥주 몇 병을 사고자 했던 것이다.

크눌프 또한 초대를 기꺼이 받아들였다. 그러나 우리가 멋진 플라타너스 아래에 있는 정원 탁자에 자리를 잡고 나자, 그는 약간 당황하여 이렇게 말했다. "이보게, 우리 너무 많이 마시려는 건 아니겠지, 응? 맥주 한 병 정도는 기꺼이 마시겠어. 몸에도 좋고 기분도 좋게 해줄 테니까. 하지만 나는 그 이상은 마실 수가 없을 거야."

나는 그래도 좋다고 했다. 많이 마시든 적게 마시든 기분만 좋으면 상관없다고 생각했던 것이다. 우리는 따끈한 팬케이크에 갓 구워 낸 갈색 호밀 빵을 곁들여 먹었다. 물론 나는 금세 두 병째 맥주를 주문했다. 반면에 크눌프는 첫 번째 병을 아직 절반이나 남겨 놓고 있었다. 나로서는 또다시 풍성하고 고급스러운 테이블에 앉아 있으니 기분이 아주 유쾌해졌고, 그 기분을 그날 저녁에는 좀 느긋하게 즐기리라 생각하고 있었다.

그런데 크눌프는 자기 맥주병을 비우고 나자 내가 간청하는데도 불구하고 더는 마시지 않았다. 대신 마을을 조금 산책한 후 늦지 않게 잠을 자러 가자고 제안하는 것이었다. 바라던 바는 전혀 아니었지만, 바로 반대하고 싶지는 않았다. 내 술병이 아직 비지 않은 상태였으므로, 나는 그가 자신은 먼저 떠나고 나중에 다시 만나자는 의견을 냈을 때도 반대하지 않았다.

그러자 그는 정말 자리에서 일어났다. 나는 그가 별 모양의 꽃한 송이를 귀에 꽂은 채, 편안하고 자유로이 휴식을 취하는 걸음새로 몇 개의 계단을 내려간 후 넓은 골목으로 나가 천천히 마을을 향해 걸어가는 모습을 바라보았다. 그가 나와 함께 술 한병을 더 마시려 하지 않은 것은 유감이었지만, 그의 뒷모습을 보며 나는 그래도 즐거웠고 애정을 느꼈으며 '참 멋진 친구야!' 하고 생각했다.

그러는 동안 해가 이미 졌는데도 날씨는 더욱 무더워지고 있었다. 그런 날씨에 조용히 앉아 시원한 저녁 술을 즐길 수 있어 기분이 좋았다. 그래서 나는 테이블에 편안한 자세로 자리를 잡고 조금 더 앉아 있을 생각이었다. 그곳에서는 내가 거의 유일한 손님이었으므로 여종업원은 나와 수다를 떨 시간이 충분했다. 그녀에게 여송연 두 개를 더 주문했다. 하나는 원래 크눌프에게 주려고 주문한 것이었지만, 나중에 나는 그 사실을 잊어버리고 스스로 피워 버렸다.

한 시간쯤 지나자 크눌프가 되돌아와서 나를 데려가려고 했다. 하지만 나는 이번에는 더 머물러 있고 싶었다. 그는 피곤하고 졸렸기 때문에, 그가 먼저 숙소로 가서 잠자리에 들기로 합의했다. 그리하여 그는 다시 그곳을 떠났다. 그러자 여종업원은 즉시 크눌프에 대해 캐묻기 시작했다. 사실 그는 모든 여자들의 시선을 끄는 존재였다. 그는 내 친구였고 또 여종업원이 내 애인도 아니었으므로, 나로서는 별다른 이의가 있을 수 없었고 오히려 친구를 열성적으로 칭찬했다. 나는 기분이 좋았고, 모든 사람에게 호의를 느끼고 있었기 때문이다.

마침내 늦은 시각에 자리에서 일어났을 때는 천둥이 치고 플라타너스 사이에서 조용히 미풍이 불기 시작했다. 나는 계산을 하면서 아가씨에게 10페니히를 선사하고는 서두르지 않고 길을 나섰다. 걸어가면서 적당한 주량보다 한 병 정도 더 마셨다는 것을 느낄 수 있었다. 최근에는 독한 술을 전혀 마시지 않고 지내왔던 것이다. 하지만 어느 정도는 견딜 만했으므로 나로서는 기분이 좋을 따름이었다. 나는 가는 길 내내 흥겨워 혼자서 노래를 불렀고, 마침내 우리의 야영지를 찾아냈다. 조용히 헛간으로 들어섰다. 예상대로 크눌프는 이미 깊은 잠에 빠져 있었다. 나는 그가 갈색 겉옷을 펼쳐 놓고 셔츠 바람으로 그 위에 누워 고르게 숨을 쉬는 모습을 들여다보았다. 그의 이마와 드러난 목, 그리고 내뻗은 한 손이 희미한 어둠 속에서 창백하게 빛나고 있었다.

그러다가 나도 옷을 입은 채로 드러누웠다. 하지만 흥분한 상태인 데다 머릿속도 여러 생각으로 복잡해서 자꾸만 잠에서 깼고, 밖에서 이미 여명이 밝아 올 무렵에야 마침내 아주 깊고 혼곤한 잠에 빠져들었다. 깊이 잠들기는 했지만, 편안한 잠은 아니었다. 몸이 무겁고 나른했으며, 분명하지 않은 불쾌한 꿈들을 꾸었다.

아침에 나는 늦게 일어났다. 날이 이미 환하게 밝아 있었고, 밝은 빛 때문에 눈이 아팠다. 머릿속은 텅 비고 몽롱한 상태였고, 사지가 나른했다. 길게 하품을 하고 눈을 비비고 나서 팔을 쭉 뻗자 관절에서 두둑 소리가 났다. 그러나 피곤한 상태인데도 불구하고 전날의 변덕스러움이 아직 여운을 남기고 있어, 이 불쾌한 기분을 가까이에 있는 맑은 우물가로 가서 씻어 내고자 했다.

그러나 일이 그렇게 되지는 않았다. 주위를 둘러보는데 크눌프가 보이지 않았다. 그의 이름을 부르고 휘파람을 불면서, 처음에는 그다지 예감이 나쁘지 않았다. 하지만 아무리 이름을 부르고 휘파람을 불며 찾아보아도 소용이 없자, 문득 그가 나를 떠나간 것이라는 생각이 들었다. 그렇다, 그는 떠난 것이다. 아주 은밀히 떠나가 버린 것이다. 그는 더는 나와 함께하고 싶지 않았던 것이다. 어쩌면 전날 내가 술을 마신 것이 그에게는 역겨웠을 수도 있고, 어쩌면 그가 그 전날 보여 주었던 자유분방함이 다음 날 생각해 보니 부끄럽게 여겨진 탓일 수도 있었다. 단순한 변덕 때문일 수도 있었고, 나와의 사귐에 대한 회의, 또는 갑자기 혼자 있고 싶은 욕구가 일어났기 때문일 수도 있었다. 그러나 하여튼 내가 술을 마신 것은 잘못한 것 같았다.

마음속에서 흥겨움은 갑자기 사라지고, 나는 수치심과 슬픔에 마구 휩싸였다. 지금 내 친구는 어디에 있는 것일까? 나는 친구가 했던 이야기를 반박하면서 내가 그의 영혼을 조금은 이해하고 그의 삶에 관여할 수 있다고 생각했었다. 그런데 그는 이제 떠나갔고, 나는 홀로 실망한 채로 서서 그가 아니라 나 자신을 비난했다. 크눌프는 모든 사람이 고독한 가운데 살고 있다고 이야기했으나, 나 자신이 그것을 맛보리라고는 전혀 믿지 않았다. 그런데 이제 나는 그 고독을 느끼고 있었다. 고독은 쓰라린 것이었고, 그 첫날만 그런 것이 아니었다. 고독은 이제는 많이 희미해지기는 했지만, 그날 이후 나를 완전히 떠나지 않았다.

종말

10월의 어느 청명한 날이었다. 햇살을 가득 머금은 가벼운 대기가 가끔씩 불어오는 가벼운 바람결에 따라 움직였다. 들판과 뜰에서는 가을철 모닥불에서 피어오른 푸르스름한 연기가 가느다란 띠를 이루면서 머뭇거리는 동작으로 다가와, 밝은 시골 풍경을 잡초와 어린 나무가 타는 향긋한 냄새로 가득 채우고 있었다. 마을 정원마다 진한 빛깔의 과꽃 덤불, 뒤늦게 핀 창백한 장미와 다알리아가 자태를 자랑했고, 울타리를 따라 이미 희뿌연 잡초들 사이에서는 새빨간 자작나무 버섯이 이곳저곳에 불타오르듯 돋아나 있었다.

불라흐로 가는 시골길 위에는 의사 마홀트가 탄 작은 마차가 천천히 달리고 있었다. 길은 완만하게 산 위로 나 있었다. 왼쪽에는 풀을 베어 낸 경작지와 감자밭이 펼쳐져 있었는데, 감자밭에서는 아직 수확이 이루어지고 있었다. 오른쪽에는 어린 전나무 숲이 거의 숨막힐 정도로 빽빽하게 늘어섰는데, 촘촘한 줄기와 앙상한 가지들이 갈색 벽을 이루었고, 바닥에는 같은 갈색의 시들고 마른 전나무 잎들이 두툼하게 쌓여 있었다. 시골길은 연한 청색의 하늘을 향해 똑바로 뻗어 있어, 마치 저 고개 위에서 세계가 끝나기라도 하는 듯했다.

의사는 말고삐를 느슨하게 손에 잡고서 늙은 말이 원하는 대로 가도록 내버려 두었다. 그는 죽음을 앞두고 있는 한 부인을 왕진하고 돌아오는 길인데, 그 부인은 더는 손을 쓸 수 없는 상태인데도 불구하고 마지막 순간까지 끈질기게 살아남고자 온 힘을 다했다. 의사는 지친 상태였고, 이 쾌적한 날의 귀가를 조용히 즐기고 있었다. 그의 사고는 잠시 잠든 상태가 되어, 약간 멍하고 아무 의지도 없이, 들판의 모닥불 향기에서 솟구치는 소리를 따라가고 있었다. 학교 다니던 시절 가을 방학을 맞아 보내던 나날의 즐겁고도 아련한 추억들이 떠올랐고, 더 멀리 거슬러 올라가 울림은 풍부하지만 형체 없이 희미한 유년 시절까지도 생각났다. 그는 시골에서 자라났기 때문이었다. 그의 감각은 시골 풍경에 깃들어 있는 계절의 모든 변화와 들일에서 느껴지는 흥취에 익숙하게 또 기꺼이 젖어 들고 있었다.

그는 막 잠이 들려고 하다가, 마차가 갑자기 멈춰 서는 바람에 깨어났다. 가느다란 도랑 하나가 길을 가로막고 나 있었는데, 앞바퀴가 도랑에 걸린 것이었다. 덕분에 말은 반갑다는 듯이 고개를 숙이고 기다리면서 휴식을 즐겼다.

마홀트는 바퀴 소리가 갑자기 잠잠해진 탓에 몸을 일으켰다. 그는 말고삐를 움켜잡고 몽롱한 상태에서 잠시 벗어나, 여전히 찬란한 햇빛이 비치는 숲과 하늘을 바라보며 미소를 짓고는, 친근하게 혀를 차면서 말을 채근하여 계속 앞으로 나아가도록 했다. 그러고 나서 몸을 꼿꼿이 펴 자세를 바로잡았다. 낮에 조는 것을 좋아하지 않았기 때문이다. 이어 그는 여송연에 불을 붙였다. 마차는 천천히 앞으로 나아갔다. 들판 쪽에서 차양 넓은 모자를 쓴 두 여자가 길게 열 지어 쌓여 있는 불룩한 감자 자루들 뒤쪽에서 불쑥 일어서며 인사를 했다.

마침내 고갯길의 정상이 가까워졌다. 말은 기운이 나서, 또 이제 이 익숙하고 기분 좋은 산등성이의 긴 내리막길을 달려가리라고 잔뜩 기대하고서 고개를 처들었다. 그때 저 위쪽의 멀지 않은 밝은 지평선에 한 사람이 모습을 드러냈다. 한순간 푸른 하늘빛에 온통 둘러싸인 채 자유롭게 우뚝 선 방랑자 하나가 아래로 내려오면서 이내 회색이 되고 작아졌다. 방랑자는 점점 마차와 가까워졌다. 짧게 수염이 나 있고 허름한 옷을 입은 야윈 남자로 이 시골길을 잘 알고 온 것이 분명했다. 방랑자는 지치고 피곤한 걸음걸이였지만 예의 바르게 모자를 벗고는 안녕하세요, 하고 인사를 하는 것이었다.

"안녕하시오." 의사 마홀트는 방랑자의 인사에 화답하면서, 이미 지나쳐 버린 낯선 남자를 바라보았다. 그러다가 그는 갑자기 말을 멈춰 세우고는, 앉은 자리에서 일어나서 마차의 삐걱거리는 가죽 덮개 위로 뒤쪽을 향해 외쳤다.

"이봐요, 당신 말이오! 잠깐 이쪽으로 와보세요."

먼지투성이 여행자는 걸음을 멈추고 뒤돌아보았다. 그는 희미하게 그쪽을 향해 미소를 지어 보이더니, 다시 몸을 돌리고 그대로 자기 길을 가려는 듯했다. 그러나 잠시 생각에 잠기더니 순순히 의사 쪽으로 되돌아왔다.

이제 그는 나지막한 마차 옆에 섰는데, 손에는 모자를 들고 있었다.

"어디로 가는 길인지 물어봐도 되겠소?" 마홀트가 큰 소리로 물었다.

"길을 따라 가고 있어요. 베르히톨트제크 쪽으로 갑니다."

"혹시 우리 서로 아는 사이 아니오? 다만 당신 이름이 기억나지 않는군요. 내가 누구인지 혹시 아시지 않소?"

"마홀트 의사 선생인 것 같군요."

"내 그럴 줄 알았소! 그럼 당신은? 성함이 어떻게 되죠?"

"의사 선생께서는 나를 이미 알고 있을 거요. 플로허 선생 반에서 함께 공부한 적이 있었거든요, 의사 선생. 당신은 그때 내가 예습한 라틴어를 베끼기까지 했죠."

마홀트는 재빨리 마차에서 내려와 남자의 두 눈을 바라보았다. 그러다가 웃음을 터뜨리며 남자의 어깨를 두드렸다.

"맞아!" 그가 말했다. "그렇다면 자네는 그 유명한 크눌프군, 우리는 동창생이지. 어디 악수 한번 하세, 이 친구야! 우리가 서로 보지 못한 지 10년은 지난 게 분명해. 그런데 아직도 방랑 중인가?"

"여전히 그렇다네. 사람은 나이 들수록 익숙한 것을 계속하고 싶어 하는 법이지."

"맞는 얘기야. 그런데 이번 여행의 목적지는 어딘가? 고향을 다시 찾아가는 건가?"

"제대로 맞혔네. 게르버자우로 가고자 하네. 거기서 처리해야 할 일이 좀 있거든."

"그렇군. 그런데 그곳에 아직 일가친척이 살고 있는 건가?"

"이제는 아무도 없다네."

"그런데 자네는 그리 젊어 보이지는 않는군, 크눌프. 우리 둘 다 겨우 사십대에 지나지 않는데 말이야. 그리고 자네가 날 그냥 지나치려고 한 것은 옳지 않아. 그런데 내가 보기에 자네는 의사가 필요한 것 같기도 하군."

"그렇지 않아. 나는 아무 문제가 없네. 그리고 문제가 있다 해도 어떤 의사라도 고칠 수 있는 그런 것이 아니야."

"그거야 두고 보면 알겠지. 일단은 마차에 올라타고 나와 함께 가도록 하세. 그러면 이야기를 나누기가 더 쉬워질 거야."

그러나 크눌프는 약간 뒤로 물러서더니 모자를 다시 썼다. 의사가 마차에 태우려 하자, 그는 당황하는 표정을 지으면서 만류하는 것이었다.

"아, 무엇 때문에? 그럴 필요 없네. 우리가 여기 서서 이야기를 나누는 동안 말이 도망갈 것도 아니니까."

그러는 사이 그는 발작적으로 기침을 했고, 이미 상황을 파악한 의사는 즉시 그를 붙들어 마차에 앉혔다.

"자." 의사가 마차를 다시 움직이면서 말했다. "이제 우리는 곧 고개 정상에 올라설 거야. 그다음에는 길도 수월하고, 반 시간이면 우리 집에 도착할걸세. 자네는 그렇게 기침을 하면서 계속 이야기할 필요는 없네. ……뭐라고? ……안 돼, 그러면 지금 자네에게 전혀 좋지 않아. 사람이 아프면 침대에 누워 있어야 해, 이렇게 시골길을 돌아다니면 곤란하지. 자네가 예전에는 라틴어 시간에 나를 정말 많이 도와주었어, 이제는 내가 자네를 한번 도울 차례야."

그들은 높은 언덕을 넘은 후, 날카로운 브레이크 소리와 함께 길고 완만하게 뻗은 내리막길로 접어들었다. 저 아래쪽에는 이미 과일 나무들 너머로 불라흐의 지붕들이 눈에 들어왔다. 마홀트는 고삐를 다잡고 마차를 모는 데 신경을 썼고, 크눌프는 지친 상태에서 마차를 타고 가는 기쁨을, 그리고 친구가 강요하는 환대를 어느 정도는 편안한 마음으로 즐기고 있었다. 그러면서 뼈마디만 잘 지탱해 준다면 내일이라도, 늦어도 모레는 다시 게르버자우를 향해 떠나야겠다고 생각했다. 그는 더는 세월을 허송할 수 있는 청춘이 아니었다. 이제는 병들고 나이 든 사람이었고, 그의 마지막 소원은 죽기 전에 고향을 한 번 더 보고 싶다는 것이었다.

불라흐에서 의사 친구는 우선 그를 거실로 안내해 마실 우유를 주고 또 햄을 얹은 빵을 먹게 했다. 그러면서 그들은 여러 이야기를 나누었고 서서히 예전의 친밀함을 회복했다. 그러고 나서야 의사는 그에게 이것저것 캐물었는데, 환자는 의사 친구의 심문을 온순하게 참아 내면서도 약간은 냉소적이 되었다.

"자네 대체 어디가 고장 났는지 알고 있나?" 마홀트가 진찰을 마치면서 물었다. 그는 가벼운 어투로 심각하지 않게 그 말을 했는데, 그런 그가 크눌프는 고마웠다.

"그럼, 이미 알고 있네, 마홀트. 폐결핵이라는 거야. 그렇게 오래 버틸 수 없다는 것도 잘 알고 있어."

"에이, 그야 누가 알겠는가! 하지만 자네는 침대에 누워 간호를 받아야 할 몸이라는 사실도 알고 있어야 해. 우선은 여기 우리 집에 머물도록 하게. 그동안 나는 가까운 병원에 자리가 있는지 알아보겠네. 자네는 지금 제정신이 아니야, 이 친구야. 이번 병마를 잘 이겨 내려면 정신을 바짝 차려야만 하네."

크눌프는 다시 양복을 챙겨 입었다. 그는 야윈 잿빛 얼굴에 장난기 어린 표정을 지으며 의사를 쳐다보더니, 상대를 기분 좋게 하는 목소리로 말했다. "나 때문에 고생이 많네, 마홀트. 하지만 나한테 너무 많은 기대를 걸어서는 안 되네."

"그거야 두고 보면 알겠지. 이제 자네는 뜰에 햇살이 비치는 동안 볕을 좀 쬐며 앉아 있도록 하게. 리나가 자네를 위해 손님방에 잠자리를 준비해 줄 거야. 우리는 자네를 잘 관찰해야겠어, 크눌프. 평생을 햇빛과 공기 속에서 지낸 자네 같은 사람이 하필폐가 망가졌다는 것은 정말 뭔가 문제가 있는 거야."

의사 친구는 이 말을 남기고 나갔다.

가정부 리나는 떠돌이 나그네를 손님방에 들이는 것을 반기지 않았고, 의사를 만류했다. 하지만 의사는 그녀의 말을 가로막았다.

"알았으니 그만해요, 리나. 저 친구는 결코 오래 살지 못해요. 우리 집에서 잠시나마 편안히 지내게 해주려는 거요. 그건 그렇고 늘 깔끔한 친구였어요. 그러니 저 친구가 잠자리에 들기 전에 목욕을 할 수 있게 해줍시다. 내 잠옷 하나를 꺼내 주고, 겨울용 슬리퍼도 하나 갖다 주는 게 좋겠어요. 그리고 잊지 말아요. 저 사람은 내 친구라는 사실을."

크눌프는 열한 시간 동안 내리 잠을 잤다. 그리고 짙은 안개가 낀 아침까지 혼곤한 상태로 침대에 누워 있었다. 그제야 그는 차츰 자신이 누구 집에 와 있는지 기억해 낼 수 있었다. 마홀트는 해가 떠오르고 나서야 그에게 일어나도 좋다고 허락했다. 그리고 두 사람은 식사를 마치고 나서 햇살이 가득한 발코니에서 포도주를 한 잔씩 앞에 두고 앉았다. 크눌프는 좋은 식사를 대접 받고 또 포도주 반 잔을 마시자 원기를 회복하고는 말이 많아졌다.

의사 또한 한 시간을 휴식 시간으로 비워 두었다. 그는 이 독특한 학교 친구와 한 번 더 이야기를 나누고 싶었고, 또 친구의 비범한 삶에 대해 무언가 이야기를 더 듣고 싶었던 것이다.

"그래, 자네는 그동안 살아온 삶에 대해 만족하나?" 의사가 미소를 지으며 물었다. "그렇다면 정말 잘된 일이야. 그런데 만일 그렇지 않다면 자네 같은 경우 정말 안타깝다고 해야겠지. 반드시 목사나 선생이 될 필요는 없었겠지만, 자네 정도면 아마 자연을 연구하는 학자나 시인쯤은 될 수 있었을 거야. 나야 자네가 재능을 얼마나 잘 계발하고 활용해 왔는지 제대로 알 수는 없지. 하지만 자네는 그 재능을 자신만을 위해 사용했어, 그렇지 않은가?"

크눌프는 엷게 수염이 난 턱을 손바닥으로 받친 채, 포도주 잔을 통과한 햇빛이 식탁보를 비추며 붉은색의 유희를 벌이는 광경을 바라보았다.

"다 들어맞는 이야기는 아니야." 그가 천천히 입을 열었다. "자네가 말하는 내 재능이라는 것이 뭐 그리 대단한 것은 아니니까. 나는 약간 멋스럽게 휘파람을 불 수 있고, 아코디언도 연주할 줄 알고, 때때로 시도 지을 수가 있어. 예전에는 달리기도 잘했고, 춤도 못 추는 편은 아니었지. 재능이라고 해보았자 그게 전부야. 그리고 나 혼자만 즐거워했던 것도 아니야. 대부분 동창 친구들도 함께 있었고, 때로는 나이 어린 아가씨들이나 어린아이들도 함께 있었지. 나의 작은 재능은 그들에게 즐거움을 선사했고, 또 그들은 가끔 내게 고마워했어. 그러니 그 문제에서는 우리가 그 정도로 만족할 수 있겠지."

"좋아." 의사가 말했다. "그렇다고 할 수 있겠군. 하지만 한 가지 더 물어볼 게 있네. 자네는 예전에 5학년까지 나와 함께 라틴어 학교에 다녔고, 모범생은 아니었어도 우수한 학생이었다고 나는 아직도 정확히 기억하네. 그러다가 자네가 어느 날 갑자기 학교를 떠나 버렸어. 사람들 말로는 자네가 공립학교에 다닌다는 거야. 그렇게 해서 우리는 서로 헤어졌던 것이지. 그때는 라틴어 학교 학생이 공립학교에 다니는 친구를 사귈 수는 없었으니까. 어째서 그렇게 되었던 거야? 나중에 누군가 자네 이야기를 할 때마다 나는 늘 이렇게 생각했지. 그 친구가 그때 계속 라틴어 학교에 다녔더라면 모든 것이 분명히 달라졌을 거라고. 그래, 도대체 어떻게 되었던 거야? 라틴어 학교에 넌더리가 났던 건가? 아니면 자네 아버지가 학비를 마련해 줄 수 없었던 건가? 아니면 무슨 다른 이유가 있었나?"

환자인 친구는 야윈 갈색 손으로 포도주 잔을 집어 들었다. 그러나 그는 포도주를 마시지는 않고 다만 잔을 통해 초록빛 정원을 바라보다가, 조심스럽게 다시 탁자에 내려놓았다. 그러고는 아무 말없이 두 눈을 감고는 생각에 잠겼다.

"자네는 그 얘기를 끄집어내어 기분이 언짢은가?" 의사 친구가 물었다. "그렇다면 꼭 대답하지 않아도 상관없네."

그러자 크눌프는 다시 눈을 뜨더니 친구의 얼굴을 한참이나 살펴보았다.

"그렇지 않아." 그는 여전히 망설이며 말했다. "꼭 얘기를 해야할 것 같아. 지금까지 누구에게도 그 이야기를 한 적이 없었거든. 하지만 이제는 누군가가 그 이야기를 들어 주면 아주 좋을 수도 있겠어. 물론 단순한 어린 시절 이야기일 뿐이지만, 나한테는 아주 중요한 일이었다네. 몇 년을 두고서 괴로워했던 일이기도 하지. 그런데 하필 자네가 그것을 물어보다니, 참으로 이상한 일이야!"

"어째서?"

"최근에 그 일에 대해 다시 깊이 생각해 보아야 했거든. 그리고 바로 그 일 때문에 게르버자우로 가는 길이었어."

"그렇군. 그럼 얘기해 보게."

"이보게, 마홀트, 그때 우리는 좋은 친구였지. 적어도 3학년 또는 4학년 때까지는 말이야. 그 이후에는 함께 만나는 일이 뜸해졌지. 그리고 자네는 때때로 우리 집 앞에서 휘파람을 불었어, 물론 나는 아무 대답도 하지 않았지만."

"세상에, 맞아, 그랬었지! 그랬다는 걸 잊은 지 20년은 더 된 것 같군. 이것 봐, 자네는 정말 기억력이 대단하군! 그래, 계속해보게."

"그때 무슨 사정이 있었는지 이제 자네에게 말해 줄 수 있겠네. 여자들 때문이었어. 나는 상당히 일찍부터 여자들에 대해 두루두루 호기심이 많았어. 자네 같은 아이들은 여전히 황새가 아기를 물어다 준다고 또는 우물에서 아이를 주워 오는 것이라고 믿고 있을 때, 나는 이미 사내아이와 여자아이들이 서로 어떻게 다른지를 많이 알고 있었어. 당시 내 주요 관심사는 그런 것이었기 때문에 아이들끼리 하는 인디언 놀이에도 잘 끼지 않았던 거야."

"그때 자네는 겨우 열두 살이었잖아, 안 그래?"

"거의 열세 살이었지. 자네보다 한 살 더 많았으니까. 한번은 아파서 침대에 누워 있었는데, 서너 살 연상인 사촌 누나가 우리 집을 방문했어. 그녀는 나와 놀아 주기 시작했지. 나는 다시 건강을 되찾고 자리에서 일어난 후, 어느 날 밤 그녀의 방에 찾아갔어. 그때 여자가 어떻게 생겼는지를 알게 되었고, 너무 놀라 도망쳐 나왔다네. 그 이후 나는 사촌 누이와 한마디도 나누고 싶지 않았어. 사촌 누이가 싫어졌고 두려워졌거든. 하지만 그 사건은 정말이지 머릿속을 떠나지 않았고, 그때부터 한동안 다른 여자아이들 꽁무니만 쫓아다녔지. 그런데 무두장이 하지스에게는 내 또래인 딸이 둘 있었어. 그리고 이웃집의 다른 여자아이들도 무두장이 집에 놀러 오곤 했었지. 우리는 어두컴컴한 창고에서 숨바꼭질을 하고 연신 킥킥거리고 간지럼을 태우고 은밀한 장난을 치기도 했어. 대개 나는 거기 모인 아이들 중에서 유일한 사내아이였지. 나는 가끔 여자아이의 머리를 땋아 주기도 하고 어떤 때는 여자아이의 키스를 받기도 했지. 우리는 모두 아직은 성숙한 상태가 아니었고 또 제대로 알았던 것은 아니지만, 언제나 사랑의 감정이 가득했지. 여자아이들이 야외에서 목욕을 할 때면 나는 덤불에 숨어 그들을 지켜보았어. ……그러던 어느 날, 새로운 여자아이가 하나 나타났어. 교외에 살고 있었고, 아버지가 직조공인 여자아이였어. 프란치스카라는 이름이었는데, 나는 그 아이를 보고는 첫눈에 좋아하게 되었지."

그때 의사가 끼어들었다. "그 여자아이 아버지 이름이 뭐였더라? 나도 그 여자아이를 알 것 같은데."

"미안하지만, 그것은 자네한테 얘기하고 싶지 않네, 마홀트. 내가 하려는 이야기와는 상관없는 것이거든. 그리고 그녀에 관한 일을 누가 아는 것도 바라지 않아. ……그러니까 얘기를 계속하겠네! 그녀는 나보다 키도 크고 힘도 셌어. 우리는 때때로 서로 다투고 치고받기도 했지. 그러다가 그녀가 아플 정도로 세차게 자기 몸으로 날 밀어붙이면, 나는 정신이 혼미해지고 취하기라도 한 듯 기분이 좋았어. 그 여자아이와 사랑에 빠졌던 거야. 그런데 그녀는 나보다 두 살 연상이었어. 그녀는 이제 곧 애인을 하나 사귀려 한다고 줄곧 말하곤 했는데, 그때 내 유일한 소원은 내가 바로 그녀의 애인이 되었으면 하는 것이었지. ……한번은 그녀가 혼자서 강가 피혁 처리장에 앉아 물에 발을 담그고 있었어. 방금 목욕을 하고 나와서 짧은 내의만 입고 있었지. 나는 다가가서 그녀 옆에 앉았어. 그리고 갑자기 용기가 나서 그녀의 애인이 되고 싶고 꼭 되어야 한다고 고백했지. 하지만 그녀는 두 갈색 눈으로 애처롭게 나를 바라보더니, 이렇게 말하는 거야. '너는 아직 반바지나 입고 다니는 애송이야. 그런 네가 애인이나 사랑에 대해 도대체 뭘 알겠어?' 나는 안다고 말했어, 나도 다 안다고 말이야. 그러면서 만약 그녀가 애인이 되어 주지 않겠다면 물속에 빠뜨리고 나도 함께 빠져 버리겠다고 했어. 그러자 그녀는 나를 찬찬히 바라보았어, 여인의 눈길로 말이야, 그러면서 이렇게 말하는 거야. '그럼 한번 볼까. 너 키스나 할 줄 알아?' 나는 그렇다고 대답하고 그녀의 입술에 재빨리 키스를 하고는, 이 정도면 되겠지, 하고 생각했어. 그런데 그녀는 내 머리를 잡아 힘껏 붙들더니 성숙한 여인이 하듯이 확실하게 키스를 하는 거였어. 나는 정신이 아득해 아무것도 들리지도 않고 보이지도 않았어. 키스가 끝나자 그녀가 낮은 목소리로 말했지. '너는 나랑 잘 맞을 것 같구나, 얘야. 하지만 안 되겠어. 나는 라틴어 학교에 다니는 학생을 애인으로 삼을 수는 없거든. 거기는 제대로 된 사내다운 남자가 없어. 나는 정말 사내다움을 갖춘 남자를 애인으로 삼고 싶거든. 대학에서 공부하는 사람이 아니라 기술자나 노동자 말이야. 그러니 안 되겠어.' 그러면서도 그녀는 나를 무릎 위로 끌어당겨 단단하고 따스한 품 안에 안아 주었고, 나는 너무나 황홀하고 기분이 좋아서 그녀를 떠난다는 생각 따위는 도저히 할 수 없었어. 그래서 프란치스카에게 라틴어 학교는 더는 다니지 않을 것이고 기술자가 되겠다고 약속했지. 그녀는 웃기만 했어. 그러나 내가 계속 고집을 부리자, 마지막으로 키스를 해주면서 약속했어. 만약 내가 더는 라틴어 학교에 다니지 않는다면 애인이 되어 주겠다는 거야. 그러면 그녀와 잘 지내게 될 것이라고 했어."

크눌프는 잠시 이야기를 멈추고 기침을 했다. 의사 친구는 그 모습을 유심히 지켜보았다. 두 사람은 한동안 침묵했다. 그러다가 크눌프가 말을 이었다.

"자, 이제는 자네도 그 이야기를 알게 되었네. 물론 일은 기대했던 것만큼 빨리 진행되지는 않았어. 아버지에게 이제는 라틴어 학교에 더는 다니고 싶지도 않고 또 다닐 수도 없다고 말씀드렸더니 따귀를 몇 대 때리셨지. 나는 당장 어떻게 해야 할지 알 수 없었어. 종종 학교에 불을 질러 버려야겠다고까지 생각했지. 참 어린애다운 생각이었지만, 내게는 정말 심각한 문제였거든. 마침내 유일한 탈출구가 떠올랐어. 간단히 말해 학교에서 더 이상 모범생으로 행동하지 않는 거였어. 자네는 전혀 기억이 나지 않나?"

"그래, 이제야 기억이 희미하게 나는군. 자네는 한동안 거의 날마다 학교에 남아 벌을 받았지."

"그래. 난 수업을 빼먹고, 수업 시간에 엉터리 대답을 했어. 숙제도 하지 않고, 노트를 잃어버리기도 하고. 날마다 무슨 일인가 저질렀는데, 나중에는 그렇게 하는 데 재미까지 느껴지더라고. 하여튼 그때 나는 선생님들에게 무척 골칫거리였지. 그때부터 라틴어는 물론 그 모든 것에 대해 관심을 잃어버렸어. 자네도 알다시피 나는 언제나 후각이 예민했고, 무엇인가 새로운 것을 발견하면 한동안 다른 것들은 다 잊어버리는 경향이 있었지. 체조를 발견하고서도 그랬고, 그다음에는 송어를 잡을 때 그리고 식물학을 공부할 때도 그랬어. 당시에는 여자들이 바로 그 대상이었어. 거기서 따끔한 맛을 보고 정신을 차리거나 직접 경험을 하기 전까지는 다른 것은 전혀 중요하게 생각되지 않았던 거야. 그런데 전날 저녁에 소녀들이 목욕하는 것을 훔쳐보고 그것을 은밀하게 떠올리느라 정신없는 사람이, 학생이랍시고 교실 의자에 웅크리고 앉아 동사의 어미 변화를 연습하고 있는 것 자체가 정말 우스운 일이지. ……하여튼 각설하고! 선생님들은 어쩌면 무슨 일이 있었는지 눈치채셨던 것 같아. 선생님들은 대체로 나를 귀여워해 주셨고 또 가능한 한 보호해 주셨거든. 그래서 계획이 수포로 돌아갈 뻔했지. 하지만 나는 프란치스카의 남동생과 친구가 되어 어울리기 시작했어. 그는 공립학교에 다녔고 졸업반이었는데 아주 형편없는 녀석이었어. 그 녀석한테서 많은 것을 배웠지만 좋은 건 하나도 없었고, 녀석에게 시달림도 많이 당했지. 반년 정도가 지나서 마침내 내 목표가 이루어졌어. 아버지는 나를 반쯤 죽도록 두들겨 패셨지만 나는 학교에서 쫓겨났고, 프란치스카의 동생과 같은 공립학교에 다니게 되었던 거야."

"그런데 그 여자아이는? 그 여자아이는 어떻게 되었지?" 마홀트가 물었다.

"그래, 그 문제는 정말 비참하게 끝나고 말았지. 그녀는 결국 내 애인이 되지 않았거든. 가끔씩 그녀의 남동생과 함께 집에 들르면, 그녀는 예전보다 더 별 볼일 없다는 듯 나를 더 무시하는 거였어. 공립학교를 두 달 정도 다니고 나서 가끔씩 밤에 몰래 집을 빠져나오는 버릇이 생겼을 무렵에 비로소 진실을 알게 되었던 거야. 어느 날은 밤늦게 공원을 헤매고 다니다가, 전에도 종종 그랬던 것처럼 벤치 위에서 어떤 연인들이 내는 소리를 듣게 되었어. 가까이 다가가 보니, 프란치스카가 어느 기계 견습공과 함께 있더라고. 그들은 나를 전혀 신경 쓰지도 않았는데, 견습공은 그녀의 목에 팔을 감은 채 손에 담배를 들고 있었고, 그녀는 블라우스 단추를 열어 놓고 있었어. 한마디로 끔찍한 광경이 눈앞에 벌어졌던 거야. 내 모든 노력은 그런 식으로 허사로 돌아갔어."

마홀트는 친구의 어깨를 두드리며 말했다.

"이봐, 어쩌면 그렇게 된 것이 자네한테는 최선이었잖아."

그러나 크눌프는 세차게 고개를 가로저었다.

"아냐, 전혀 그렇지 않아. 만일 그때의 상황이 달라질 수 있다면 오른손이라도 내주겠어. 프란치스카에 대해서는 아무 말도 말아 주게, 그녀에 대한 험담은 하고 싶지 않아. 그런데 일이 제대로 흘러갔더라면, 나는 아름답고 행복한 방식으로 첫사랑을 알게 되었을 거야. 그랬더라면 아마 나한테도 긍정적으로 작용해서 공립학교도 잘 다니고, 아버지와도 대체로 좋은 관계를 유지할 수 있었을 거야. 왜냐하면 말이야, 글쎄, 뭐라고 해야 할까? ……그래, 그때 이후로도 나는 많은 친구들과 지인들, 여러 동료들과 여인들의 사랑까지 얻게 되었어. 하지만 더는 사람들이 하는 말을 절대로 믿지 않게 되었고, 나 자신도 다른 사람에게 어떤 약속도 하지 않게 되었어. 더 이상은 한 번도 그렇게 하지 않았지. 나는 나한테 어울린다고 여기는 삶을 살았지. 그래서 자유와 아름다움은 부족하지 않을 정도로 맛보았어. 하지만 여전히 홀로 남게 되었네."

크눌프는 술잔을 잡더니 마지막 남은 한 모금의 포도주를 조심스럽게 마시고는 자리에서 일어섰다.

"자네가 허락한다면 다시 좀 누워야겠네. 그 이야기는 더는 하고 싶지 않아. 자네도 분명 해야 할 일이 더 있겠지."

의사가 고개를 끄덕였다.

"그런데 잠깐만! 오늘 자네를 위해 병원에 병실 하나를 얻을 수 있도록 편지를 한 통 쓰려고 한다네. 자네에게 어울리는 일은 아니겠지만 다른 방도가 없네. 자네는 빨리 제대로 간호를 받지 않으면 망가지고 말 거야."

"뭐라는 건가?" 크눌프가 이상할 정도로 격한 목소리로 말했다. "그렇다면 그냥 망가지도록 내버려 두게! 그 어떤 것도 소용없다는 건 자네도 잘 알 것 아닌가. 왜 내가 지금 병원에 감금당해야 한다는 거야?"

"그러지 말게, 크눌프, 제발 이성을 찾게! 자네가 이런 상태로 돌아다니도록 내버려 둔다면, 나는 정말 형편없는 의사일 거야. 오버슈테텐에는 분명 자네를 위한 자리가 있을 거야. 그리고 내 편지도 한 통 가져가도록 하게. 일주일 후에는 내가 직접 가서 자네를 살펴보도록 하겠네. 약속하지."

정처 없는 방랑자 친구는 다시 자리에 주저앉았다. 그는 거의 울먹일 것처럼 보였고, 마치 추위를 많이 타는 사람처럼 야윈 두 손을 맞잡은 채 비벼 대고 있었다. 그러더니 애원하는 눈길로, 또 어린아이 같은 표정을 하고서 의사의 눈을 바라보았다.

"그렇다면 말일세." 그가 아주 낮은 목소리로 말을 이었다. "내 가 이러는 건 옳지 않지. 자네는 날 위해 이렇게 많은 일을 해주 고, 붉은 포도주까지 대접해 주었으니까. ……나에게는 모든 것 이 과분할 정도로 편안하고 좋았네. 그런데 화내지 말게, 자네에 게 더 큰 부탁이 하나 있어."

마홀트는 안심시키듯 그의 어깨를 두드렸다.

"기운 내, 이 친구야! 자네 목덜미를 잡고 괴롭히는 사람은 아 무도 없으니까. 그래, 부탁이라는 것이 뭔가?"

"화가 난 것은 아니지?"

"전혀 그렇지 않아. 화낼 이유가 없잖아?"

"그렇다면 부탁하겠네, 마홀트. 자네는 나를 위해 꼭 호의를 베 풀어 주어야 하네. 나를 오버슈테텐으로 보내지 말아 주게! 꼭 병원에 가야 한다면 게르버자우로 가고 싶어. 그곳에는 나를 아 는 사람들도 있고 또 내 고향이니까. 어쩌면 빈민 구제를 받으려 해도 그렇게 하는 것이 나을 거야. 내가 태어난 곳이기도 하고, 게다가……"

그의 눈은 열렬하게 간청하고 있었고, 그는 흥분하여 말을 잇 지 못했다.

저 친구는 열이 있어. 마홀트는 그렇게 생각하면서 조용히 말했다. "부탁할 것이 그게 전부라면, 그 정도는 금방 해결될 거야. 자네 생각이 정말 맞아. 게르버자우 병원에 편지를 쓰도록 하겠네. 이제 들어가서 좀 눕도록 하게. 자네는 이미 지쳐 있고 이야기를 너무 많이 했어."

의사는 친구가 몸을 질질 끌며 안으로 들어가는 뒷모습을 지켜보았다. 그 모습을 보다가 그는 불현듯 크눌프가 송어 잡는 법을 가르쳐 주던 그 여름이 떠올랐다. 열정적인 열두 살짜리 소년이 또래 친구들을 대하던 영리하고 위엄 있는 모습이었다.

"불쌍한 녀석." 의사는 측은하다는 생각으로 마음이 심란해졌고, 일하러 가기 위해 재빨리 자리에서 일어섰다.

이튿날 아침, 사방에 안개가 짙었고 크눌프는 하루 종일 침대에 누워 있었다. 의사 친구가 몇 권의 책을 가져다주었지만 거의 손도 대지 않았다. 영 책 읽을 마음이 들지 않았고 기분이 울적했다. 세심한 돌봄, 간호, 편안한 침대, 좋은 음식을 누리면서 자신의 마지막이 다가오고 있다는 것을 이전보다 더욱 분명하게 느꼈기 때문이다.

계속 이렇게 누워만 있다가는 더는 일어나지 못하게 될 것이라는 생각이 들자, 그는 언짢은 기분이 들었다. 삶에 더는 관심이 가지 않았다. 시골길도 지난 몇 년 동안 그 매력을 많이 잃어버렸다. 하지만 죽기 전에 게르버자우를 다시 한 번 보고, 또 그곳에서 강과 다리들, 광장, 예전에 아버지가 가꾸던 정원, 그리고 또 저 프란치스카에 이르기까지, 그 모든 것들과 은밀히 작별을 나누고 싶었다. 고향을 떠난 이후 그가 경험한 사랑들은 모두 망각 속으로 사라졌다. 뿐만 아니라 오랜 방랑의 세월도 이제는 기억 속에서 퇴색했고, 중요하지 않다고 여겨졌다. 반면에 어린 시절의 그 비밀스러운 순간들은 새로운 광채와 마력을 발하는 것이었다.

그는 소박한 손님방을 주의 깊게 관찰했다. 지난 몇 년 동안 이렇게 호사스러운 방에 묵어 본 적이 없었다. 그는 침대 시트와 염색하지 않은 부드러운 담요, 섬세한 베개 커버 등을 엄격한 시선으로 꼼꼼히 살펴보기도 하고, 손끝으로 직접 만져 보기도 했다. 단단한 나무로 된 바닥도 관심을 끌었고, 유리 모자이크로 만든 틀 속에 끼워 벽에 걸어 둔 베네치아 총독 관저의 사진도 눈길을 사로잡았다.

그러다가 그는 눈을 뜬 채로 다시 오랫동안 누워 있었다. 그러나 그는 그 무엇도 바라보지는 않았고, 지친 상태에서 자신의 병든 몸속에서 조용히 진행되고 있는 일에만 신경을 집중했다. 그러다가 그는 느닷없이 다시 일어나 침대 아래로 재빨리 몸을 굽히고는, 급한 손짓으로 부츠를 끄집어내어 꼼꼼하고 전문가다운 태도로 살펴보았다. 부츠는 더는 양호한 상태가 아니었지만, 아직은 10월이었으므로 첫눈이 올 때까지는 버틸 수 있을 것 같았다. 그 이후에는 어차피 모든 것이 끝나 있을 것이다. 마홀트에게 낡은 신발을 하나 얻으면 어떨까, 하는 생각이 떠올랐다. 하지만 그것은 곤란했다. 그렇게 하다가는 의심을 사게 될 것이다. 병원에서는 사실 신발이 필요 없었던 것이다. 그는 조심스럽게 부츠 표면 가죽의 해진 부분을 손으로 만져 보았다. 기름을 잘 발라 주면 적어도 한 달은 틀림없이 버틸 것이다. 그러니까 부츠에 대한 걱정은 쓸데없는 것이었다. 어쩌면 그의 낡은 부츠가 그보다 더 오래 살아남아, 그가 시골길에서 모습을 감춘 후에도 계속 사용될지도 모르는 일이었다.

그는 부츠를 내려놓고 나서 깊이 숨을 쉬어 보려 했으나, 고통이 느껴졌고 기침이 나왔다. 그래서 기침이 멎기를 조용히 기다리면서 자리에 누운 채 짧게 숨을 내쉬었다. 그는 마지막 소원이 이루어지기 전에 자신의 상태가 악화되지 않을까 두려워졌다.

그는 가끔씩 그래 왔던 것처럼 죽음에 대해 생각해 보려고 했다. 그러나 곧 머릿속이 피곤해지면서 얕은 잠에 빠져들었다. 그러다가 한 시간 정도 지나서 깨어났는데, 며칠 동안 잠을 잔 것처럼 개운하고 맑은 기분이었다. 그는 친구 마홀트를 생각하면서, 떠날 때는 감사의 표시를 남겨야겠다고 생각했다. 의사 친구가 어제 시에 대해 묻기도 해서 자신의 시 중에서 한 편을 적어주고 싶었다. 그러나 완전하게 기억나는 시가 단 한 편도 없었고, 어떤 시도 마음에 들지 않았다. 그는 시상이 떠오를 때까지 창문을 통해 근처 숲에서 안개가 피어 오르는 모양을 한동안 바라보았다. 그러다가 어제 집 안에서 주워 챙겨 둔 몽당연필로 침대옆 탁자 서랍에 깔려 있는 깨끗한 흰 종이 위에 몇 줄의 시를 적었다.

꽃들은 모두

안개 자욱해지면

시들어야 하는 운명,

사람들 또한

죽을 수밖에 없고,

무덤 속에 눕게 된다네.

사람들 또한 꽃과 같아

봄을 맞으면

모두 다시 돌아온다네.

그때는 사람들은 더는 아프지 않고,

모든 것을 용서받는다네.

그는 잠시 멈추고 자신이 쓴 것을 읽어 보았다. 제대로 된 시가 아니었고 운율도 맞지 않았다. 하지만 말하고 싶었던 내용은 다 들어 있었다. 그는 연필을 입술에 적시고 그 아래에 이렇게 적었다. '고귀한 마홀트 의사 선생에게, 감사의 마음을 전하며 친구 K.'

이어 그는 시를 적은 종이를 작은 서랍 안에 집어넣었다.

다음 날이 되자 안개는 더욱 짙어졌다. 그러나 공기가 너무 차가웠고, 해는 점심때에나 볼 수 있을 듯했다. 크눌프가 간절히 요청했으므로 의사는 일어나도 좋다고 허락했다. 그러면서 게르버자우 병원에 그를 위한 병실이 있고 지금 그곳에서 그가 오기를 기다리고 있다고 말해 주었다.

"그렇다면 점심을 먹고 나서 바로 출발하도록 하겠네." 크눌프가 말했다. "네 시간 정도 소요될 거야. 아니면 다섯 시간 정도."

"쓸데없는 소리!" 마홀트가 웃으며 외쳤다. "자네 이제 도보 여행은 절대 하지 말아야 하네. 다른 방도를 찾지 못한다면 나와 함께 마차를 타고 가도록 해. 이장 어른에게 사람을 한번 보내야겠어. 어쩌면 그 사람이 과일이나 감자를 싣고 시내로 나갈지 모르거든. 하루 정도 늦는다 해도 괜찮을 거야."

크눌프는 그렇게 하기로 했다. 그리고 이장의 하인이 다음 날 두 마리의 송아지를 싣고 게르버자우로 간다는 이야기를 전해 듣자, 크눌프는 그와 함께 가기로 했다.

"그런데 자네는 좀 더 따뜻한 코트가 한 벌 필요할 거야." 마홀트가 말했다. "내 코트를 하나 걸치면 어떨까? 너무 헐렁할 것 같은가?"

크눌프는 아무런 이의를 제기하지 않았다. 그래서 의사 친구는 코트를 하나 가져오게 해서 그에게 입혀 보았는데, 제법 잘 어울렸다. 의사의 코트는 좋은 천으로 만들어졌고 잘 보관된 것이었다. 크눌프는 어린애 같은 허영심이 다시 발동해 즉시 단추를 옮겨 달기 시작했다. 의사는 재미있어 하면서 그가 하는 대로 내버려 두었고 셔츠 깃 하나를 더 내주었다.

오후에 크눌프는 아무도 모르게 은밀히 새 옷을 입어 보았다. 입은 모습이 아주 멋졌기 때문에 그는 최근 들어 면도를 하지 않왔다는 것이 애석하게 여겨지기 시작했다. 가정부에게 의사의 면도기를 빌려 달라고 할 생각은 감히 하지 못했다. 그러나 그는 마을의 대장장이를 알고 있었고, 그에게서 빌려야겠다고 생각했다.

그는 곧 대장장이를 찾아가 작업장 안으로 들어서면서 수공업자들이 하는 오래된 인사를 했다. "낯선 대장장이가 일자리를 구하러 왔습니다."

대장장이는 차가운 눈길로 찬찬히 그를 살폈다.

"자네는 대장장이가 아니야." 그가 평온한 목소리로 말했다. "그런 거짓말은 다른 사람에게나 하는 것이 좋겠어."

"맞아." 방랑자가 웃으며 말했다. "자네는 여전히 눈썰미가 좋군, 장인 양반. 그런데도 나를 알아보지 못하다니. 이보게, 나는 전에 악사였고, 자네는 토요일 저녁에 하이터바흐에서 내 아코디언 연주에 맞추어 여러 번 춤을 추었지."

대장장이는 눈살을 찌푸리고 줄질을 몇 번 더 하고 나더니, 크눌프를 밝은 쪽으로 데리고 나와 자세히 살펴보았다.

"그래, 이제야 알겠군." 그는 짧게 웃음을 터뜨렸다. "그러니까 자네는 크눌프야. 오랫동안 보지 못했더니 정말 나이 들어 보이는군. 여기 불라흐는 무슨 볼일로 왔나? 내가 10페니히 동전 하나와 과일주 한 잔 정도는 대접해 줄 수 있네."

"정말 고맙군, 대장장이 친구. 그건 받은 걸로 해두지. 하지만 내가 원하는 것은 다른 것이네. 자네 면도날을 15분 정도만 빌리고 싶어. 오늘 저녁에 춤추러 갈 생각이거든."

대장장이는 집게손가락을 들어 위협하는 제스처를 취했다.

"이런 늙다리 거짓말쟁이 친구 같으니라고. 자네 모습을 보니 춤 같은 걸 출 형편은 아닌데."

크눌프는 재미있어 하며 킥킥거렸다.

"자네는 모든 것을 금방 알아차리는군! 자네 같은 사람이 관리가 되지 않았다니 참 유감이야. 그래, 난 내일 병원에 입원해야 하는 신세야. 마훌트가 나를 그곳으로 보내려 하고 있어. 그래서 지저분한 몰골로 가고 싶지 않아서 그래, 자네도 이해하겠지. 면도칼을 좀 빌려 주게, 반 시간 후에는 다시 돌려주겠네."

"그래? 그런데 면도칼을 가지고 도대체 어디로 가려는 건가?"

"의사 선생 집으로. 지금 거기에 묵고 있거든. 자, 빌려 주는 거지?"

대장장이는 그의 말이 썩 믿기지 않는 모양이었다. 계속 의심하는 눈치였다.

"자네에게 빌려 주기는 하겠네. 하지만 이보게, 이건 그저 평범한 칼이 아니고 진짜 '졸링겐 면도날'이야. 꼭 돌려줘야 한다네."

"그야 믿어도 좋네."

"그래, 믿겠네. 그런데 자네는 좋은 코트를 걸치고 있군, 친구. 면도하는 데는 그 옷이 필요하지는 않을 거야. 그러니 이렇게 하기로 하세. 자네는 그 옷을 여기 벗어 두고 갔다가, 면도날을 갖고 와서 다시 챙겨 가는 거야."

방랑자 사내는 얼굴을 찡그렸다.

"좋아. 그런데 자네는 아주 고상한 성격은 아니군, 대장장이. 하지만 어떻게 하든지 나야 상관없네."

그러자 대장장이는 면도칼을 가져왔고, 크눌프는 담보로 코트를 맡기기는 했지만 그을음으로 지저분한 대장장이가 그 옷을 손대지는 못하도록 했다. 그리고 반 시간 후에 되돌아와 졸링겐 면도칼을 되돌려 주었다. 이제 덥수룩한 턱수염은 없어졌고, 그는 완전히 다른 사람이 되어 있었다.

"이제 귀 뒤에 카네이션 한 송이만 꽂으면 장가들어도 되겠군." 대장장이가 완전히 감탄한 목소리로 말했다.

그러나 크눌프는 더는 농담을 할 기분이 아니었다. 그는 코트를 다시 입고서 간단히 고맙다는 인사를 하고 그곳을 나왔다.

돌아오는 길에 집 앞에서 의사 친구를 만났다. 친구는 놀라서 크눌프를 잡아 세웠다.

"자네는 도대체 어디를 그렇게 나돌아 다니는 거야? 그런데 자네 모습은 정말 놀랍군! ……아하, 면도를 했군! 세상에, 자네는 아직도 철부지 그대로야!"

그러면서도 의사 친구는 마음에 들어 했다. 크눌프는 그날 저녁에도 또다시 붉은 포도주를 대접 받았다. 두 동창생은 작별을 기념했는데, 가능하면 유쾌한 분위기를 유지했고 그 누구도 불안감 따위는 내비치려고 하지 않았다.

다음 날 아침 이른 시간에 이장의 하인이 마차를 끌고 의사의 집 앞까지 왔다. 마차 위의 격자 칸막이 안에는 송아지 두 마리가 무릎을 떨며 선 자세로 차가운 아침 풍경을 뚫어지게 응시하고 있었다. 풀밭에는 첫 서리가 내려 있었다. 크눌프는 앞쪽 마부석 옆자리에 앉았고, 무릎 위에 담요를 하나 덮었다. 의사 친구는 크눌프의 손을 힘껏 잡아 주고, 마부에게 반 마르크를 주었다. 마차는 덜거덕거리며 출발하여 숲을 향해 나아갔다. 그러는 동안 하인은 파이프에 불을 붙였고, 크눌프는 졸린 눈을 깜빡이면서 담청색으로 밝아오는 차가운 아침 풍경을 바라보았다.

시간이 조금 지나자 해가 떠올랐다. 한낮이 가까워지면서 날씨가 따뜻해졌다. 마부석 위의 두 사람은 즐겁게 환담까지 나누었다. 게르버자우에 도착하자, 하인은 마차와 송아지들을 그대로 태우고 우회하여 병원까지 데려다 주겠다고 했다. 그러나 크눌프는 바로 만류했고 두 사람은 시내로 들어가는 입구에서 다정하게 작별 인사를 나누었다. 크눌프는 그 자리에 서서 마차가 가축시장의 단풍나무 아래로 사라질 때까지 그 모습을 바라보았다.

이어 그는 미소를 지으며 정원들 사이로 난 울타리 길로 접어들었다. 그 길은 그 고장 사람들만 아는 길이었다. 그는 다시 자유로운 몸이 된 것이다! 병원에서 사람들이 그를 기다린다는 사실에도 아랑곳하지 않았다.

귀향자는 고향의 빛과 향기, 소리와 냄새를 다시 한 번 만끽했고, 고향에서 느끼는 아주 흥분되고 만족스러운 친밀감을 즐기고 있었다. 가축시장에서 벌어지는 농부들과 시민들의 소란, 양지 바른 곳에 서 있는 갈색 밤나무들이 던지는 그림자, 어두운 빛깔의 가을 나비들이 뒤늦게 시내 담벼락에서 벌이는 장례 비행, 시장 분수대가 사방으로 물을 뿜어 대는 소리, 양조업자의 아치형 창고 입구에서 풍겨 오는 포도주 향기와 그곳에서 들려오는 둔탁한 망치질 소리, 그리고 하나하나 떠오르는 친근한 거리 이름들, 그것은 또다시 시끌벅적한 기억들을 떠오르게 했다. 정처 없이 방랑자로 살았던 남자는 이제 집에 돌아와 있다는 것, 모든 길모퉁이와 연석들까지 알고 기억하고 친숙하다는 사실에서 비롯된 다양한 마력을 전신의 감각으로 조금씩 맛보았다. 그는 오후 내내 어슬렁거리며 지치지도 않고 모든 골목길을 쏘다녔고, 강가에서 칼 연마공의 작업 소리를 듣기도 했다. 작업장 창문을 통해 선반공이 일하는 모습을 지켜보기도 하고, 새로 칠한 문패 위에 쓰인 잘 아는 집의 친숙한 이름들을 읽어 보기도 했다. 그는 시장 분수대의 돌로 만든 통 속에 손을 담가 보았다. 그러나 갈증은 아래쪽에 있는 수도원의 조그만 분수로 가서야 해결할 수 있었다. 수도원의 그 분수는 예전과 마찬가지로 그 흘러간 세월에도 불구하고 고색창연한 건물의 1층에서 비밀스럽게 솟아나서는, 기이할 정도로 명랑한 어둠 속에서 석판 사이를 졸졸거리며 흘렀다. 귀향자는 강가에 오랫동안 서서 흘러가는 물 위의 목재 난간에 몸을 기대었다. 물속에는 어두운 색의 해초가 기다란 이파리를 너풀거리고 있었고, 이리저리 휩쓸려 다니는 조약돌 위로는 물고기들이 거무스름하고 가느다란 등을 보이며 조용히 떠 있었다. 그는 오래된 널빤지 다리 위로 올라가 어린 시절에 그랬던 것처럼 가운데쯤에서 무릎을 꿇고 앉아 보았다. 널빤지 다리의 미세하고도 탄력 있는 반동을 몸으로 직접 느껴 보고 싶었던 것이다.

귀향자는 서두르지 않고 산책을 계속했고, 교회의 보리수나무와 좁은 잔디밭, 예전에 즐겨 목욕하던 상류의 물방아 둑을 비롯해 어느 것 하나 빠뜨리지 않고 찾아보았다. 그는 아주 오래전에 아버지가 살았던 작은 집 앞에서 걸음을 멈추고, 잠시 옛집의 문에 정겹게 몸을 기대어 보았다. 또 정원 쪽으로 가서 멋없는 새 철망 울타리 너머로 새로 일구어놓은 채소밭을 들여다보았다. 빗물에 깎여 뭉툭해진 돌계단과 문 옆의 둥그스름하고 우람한 모과나무는 예전 모습 그대로였다. 이곳에서 크눌프는 라틴어 학교에서 쫓겨나기 전에 가장 행복한 시절을 보냈다. 이곳에서 그는 완전한 행복과 부족함을 모르는 충만함, 쓴맛이 없는 복된 삶을 맛보았다. 여름에 버찌를 훔쳐 먹는 즐거움과, 비록 잠시 동안이기는 했지만 정원사가 되어 꽃들, 사랑스러운 계란풀, 홍겨운 메꽃, 매력적이고 벨벳 같은 팬지꽃을 관찰하고 돌보는 행복에 젖었던 때도 있었다. 토끼장, 작업장과 연 만드는 일, 라일락의 줄기심으로 만든 수도관, 그리고 널빤지 조각을 이용한 가래, 실감개로 만든 물레방아가 모두 그의 소유였다. 그는 어느 집 지붕 위의 고양이든 다 알고 있었고, 모든 정원의 과일을 맛보았으며, 어떤 나무든지 올라가 그 꼭대기에 있는 녹색 꿈의 둥지를 소유했었다. 이 작은 세계는 그의 것이었고, 그가 아주 친밀하게 속속들이 알고 사랑하던 세계였다. 이곳에서는 모든 관목과 모든 정원이 소중한 의미와 가치를 지녔고, 그를 위한 이야기를 품고 있었으며, 모든 빗줄기와 모든 눈송이까지도 그에게 말을 걸었더랬다. 이곳에서는 공기와 대지가 그의 꿈과 희망 속에 살아 있었고, 그의 꿈과 희망들에 응답하면서 함께 호흡했었다. 그리고 크눌프는 오늘날까지도 이 고장에서는 그 어떤 집주인이나 정원 주인도 자신보다 이 모든 것들을 더 깊이 소유해 보지는 못했을 거라고 생각했다. 크눌프에게는 그 모든 것이 그 어떤 사람에게보다 더 값진 것이었고, 더 많은 말을 하고 응답했으며, 더 많은 추억들을 일깨워 주었다.

주위의 가까운 지붕들 사이로 한 좁다란 집의 잿빛 합각지붕이 뾰족하게 높이 솟아 있었다. 한때 무두장이 하지스가 살던 집이었다. 크눌프가 여자아이들과 처음으로 은밀한 장난을 하고 애정 관계를 경험하면서, 유년기의 놀이와 유년기의 행복과 작별을 고했던 곳이다. 그곳에서 그는 밤에 여러 번, 사랑의 환락에 대한 예감이 싹터 오는 것을 느끼면서 어두워진 골목길을 지나 집으로 돌아온 적이 있었다. 또 무두장이 딸들의 머리채를 풀어 주기도 하고 아름다운 프란치스카의 키스를 받고 비틀거리기도 했던 곳이다. 그는 나중에 저녁때, 또는 내일이라도 그곳에 가볼 생각이었다. 그러나 지금은 그곳의 기억들이 그에게 그리 유혹적이지는 않아서, 그는 이전에 유년기의 추억 가운데 한 시간이라도 더 떠올릴 수 있다면, 대신 이곳의 기억들을 전부, 기꺼이 희생할 수도 있을 것 같았다.

　그는 한 시간 넘게 정원 울타리 곁에 머물며 그 안을 들여다보았다. 그런데 그가 보고 있는 것은 딸기 덤불이 새로 심어져 있고 벌써부터 황량한 가을 분위기가 느껴지는 정원이었지만, 정작 눈에 선하게 떠오른 것은 이 새롭고 낯선 정원이 아니었다. 그는 아버지의 옛 정원, 작은 화단에 심어진 그의 어린 시절의 꽃들, 부활절 주일에 심은 앵초와 유리알 같은 봉선화 그리고 그가 수없이 도마뱀을 잡아다가 풀어 놓았던 작은 돌무더기를 보고 있었다. 불행히도 그 도마뱀들은 한 마리도 거기 머물며 그의 가축이 되려 하지 않았지만, 그래도 도마뱀을 새로 잡아 올 때마다 그는 매번 기대와 희망으로 마음이 부풀어 올랐다. 오늘 그에게 이 세상의 모든 집과 정원들, 모든 꽃과 도마뱀들 그리고 새들을 선사한다 해도 그 옛날 한 송이 여름 꽃이 그의 정원에서 자라나 사랑스러운 꽃잎을 피워 내던 그 매혹적인 광채에 비한다면 아무것도 아닐 것이다. 그가 여태까지 그 모습을 정확하게 기억하고 있는 까치밥나무 덤불도 마찬가지였다! 그 덤불은 지금은 사라지고 없어졌는데, 영원히 상하지 않은 모습으로 존재할 수 없었던 것이다. 누군가가 그것들을 뽑고 파내어 태워 버렸을 것이다. 나무와 뿌리와 시든 잎들이 함께 불에 타버렸을 것이고, 아무도 슬퍼하지 않았을 것이다.

　그렇다, 이곳은 마홀트가 종종 그를 찾아와 함께하던 곳이기도 하다. 그는 이제 의사요 어엿한 신사가 되어 있고, 마차에 올라 여기저기에 있는 환자들을 방문하고 있다. 그는 아마 지금까지도 선량하고 올바른 사람으로 남아 있을 것이다. 하지만 그 사람도, 그 영리하고 건장한 남자도 그 옛날의 경건하고 수줍음 많고 기대에 차 있던 아름다운 소년에 비한다면 무엇이겠는가? 이곳에서 크눌프는 그에게 파리를 잡아 가두는 새장을 만드는 법, 메뚜기를 넣어 둘 널빤지 탑을 만드는 법을 가르쳐 주었다. 그는 마홀트의 선생이었고, 그보다 더 뛰어나고 더 영리하며 더 경탄의 대상이 되던 친구였다.

이웃집의 라일락 나무는 고목이 되어 이끼가 끼고 말라 있었다. 또 다른 집의 정원에 세워져 있던 판잣집도 허물어진 채였다. 사람들이 그 자리에 자신들이 원하는 그 무엇을 세운다고 해도 결코 예전처럼 그렇게 아름답고, 행복하고, 훌륭할 수는 없을 것이다.

날이 어두워지고 공기가 서늘해지기 시작하자, 크눌프는 풀이 무성하게 자란 정원의 샛길에서 벗어났다. 도시의 모습을 바꾸어 버린 새 교회의 종탑에는 종이 새로 설치되었는데, 그곳에서 종소리가 크게 울려왔다.

이제 크눌프는 무두장이 장인의 작업장 문을 통과해 무두장이네 정원으로 들어섰다. 하루 일과가 끝난 시간이어서인지 아무도 보이지 않았다. 그는 인기척을 내지 않고 부드러운 땅을 밟으면서, 곳곳에 짐승 가죽을 양잿물에 담가 저장한 채 입을 벌리고 있는 웅덩이들을 지나 작은 담장이 서 있는 곳에 이르렀다. 담장 근처에는 강물이 이미 어두운 빛을 띠고 이끼 낀 녹색 돌들 위로 흘러가고 있었다. 그곳은 언젠가 그가 저녁 시간에 프란치스카와 함께 맨발을 물속에 넣고 철벙거리며 앉아 있던 장소였다.

크눌프는 당시 그녀가 그의 기다림을 헛되게 하지 않았더라면 모든 것이 달라졌을 것이라는 생각이 들었다. 비록 라틴어 학교를 졸업하거나 대학에서 학업을 계속할 기회는 놓쳤겠지만, 무엇인가가 될 만한 능력과 의지는 충분히 가질 수 있었을 것이다. 삶은 얼마나 단순하고 명료했던가! 당시에 그는 자신을 함부로 방기하면서 더는 어떤 것에 대해서도 관심을 갖지 않았다. 삶은 그의 그런 감정에 동의했고, 그에게 아무것도 요구하지 않았다. 그는 국외자, 배회하는 사람, 구경꾼으로서 삶을 살았는데, 아름다운 젊은 시절에는 사랑을 받았지만 병들고 나이가 들면서 혼자가 되어 있었다.

심한 피로감이 몰려와, 그는 나지막한 담장 위에 주저앉았다. 강물이 쏴 소리를 내며 그의 생각 속으로 어둡게 흘러 들어왔다. 그때 그의 위쪽에 있는 창문에서 불이 환하게 밝아졌고, 너무 늦은 시간이어서 들어와 있어서는 곤란하다고 경고했다. 그는 소리 없이 무두장이네 정원에서 벗어나 문밖으로 빠져나온 후, 코트의 단추를 채우고는 잠자리를 생각해 보았다. 그에게는 의사가 준 돈이 있었다. 그는 잠시 생각을 하다가 어느 여인숙을 찾아갔다. '천사장'이나 '백조장'으로 갈 수도 있었지만, 그곳에 가면 아는 사람들이 있을 터이고 친구들을 만날 가능성도 있었다. 지금은 그럴 기분이 아니었다.

고향 도시는 많이 변해 있었다. 예전 같으면 아주 사소한 변화까지 그의 관심을 끌었을 테지만, 지금은 옛 시절을 추억하게 하는 것 말고는 그 무엇도 보고 싶지 않고, 알고 싶지 않았다. 그리고 몇 마디 질문 끝에 프란치스카가 더는 살아 있지 않다는 사실을 알게 되자 그 모든 것이 광채를 잃었고, 오로지 그녀 때문에 이곳에 온 것 같은 생각이 들었다. 사실 이곳에서 골목길과 정원들을 헤집고 다니며 그를 아는 사람들에게서 조롱 섞인 동정을 받는 것은 아무 의미가 없었다. 게다가 그는 좁은 우편도로 골목에서 우연히 수석 보건의와 마주치게 되자, 저 위쪽의 병원에서 그가 도착하지 않았음을 깨닫고 찾고 있을 수도 있다는 생각이 갑자기 들었다. 그는 즉시 어느 빵집에서 롤빵 두 덩이를 사서 코트 주머니에 쑤셔 넣고, 정오가 되기도 전에 시내를 벗어나 가파른 산길로 접어들었다.

숲의 가장자리에서 길이 마지막으로 크게 굽어지는 곳까지 올라가니, 먼지투성이인 남자 하나가 돌무더기 위에 앉아, 자루가 긴 망치로 회청색 패각 석회암을 두들겨 조각내고 있었다.

크눌프는 남자를 보고 인사를 건네며 걸음을 멈추었다.

"안녕하시오." 남자는 이렇게 말하면서 고개도 들지 않은 채 망치질을 계속했다.

"내 보기에는 날씨가 곧 변할 것 같군요." 크눌프가 계속 말을 걸어 보았다.

"그럴 수도 있겠죠." 돌을 두드리던 남자는 이렇게 웅얼거리듯 말하고는 길 위에 비치는 환한 대낮의 햇살에 눈부셔 하면서 잠시 위를 올려다보았다.

"그런데 어디엘 가는 길이오?"

"교황을 만나러 로마로 가는 길입니다." 크눌프가 말했다. "아직은 한참 가야겠죠?"

"오늘 안에는 절대로 도착하지 못할 거요. 그리고 여기저기서 걸음을 멈추고 일하는 사람들을 방해하면서 간다면, 몇 년이 지나도 도착하지 못할 거요."

"아, 그렇게 생각해요? 글쎄요, 다행스럽게도 그리 서두를 일은 아니니까요. 그런데 당신은 참 부지런한 분이군요, 안드레스 샤비블레 씨."

석공은 손을 눈 위에 대고는 방랑자를 유심히 쳐다보았다.

"당신은 나를 아나 봅니다." 그가 조심스럽게 말했다. "나도 알 것 같은데, 다만 이름이 떠오르지 않는군요."

"그렇다면 1890년 당시에 우리가 언제나 자리를 차지했던 술집 '게'의 늙은 주인에게 물어봐야겠군요. 지금은 주인이 더는 살아 있지 않겠지만."

"이미 오래전에 타계했어요. 그런데 이제야 생각이 나는군, 이 친구야. 자네는 크눌프야. 이리로 잠깐 와서 앉지그래, 그동안 잘 지냈나?"

크눌프는 친구 곁으로 가서 앉았다. 그는 너무 급하게 올라와서 아직도 숨을 헐떡거렸다. 그런데 이 높은 곳에 오르니 파란 빛으로 반짝이는 강, 수많은 적갈색의 지붕들 그리고 그 사이사이 작은 섬처럼 자리 잡은 푸른 나무들이 어울려 있는 저 아래의 작은 도시가 얼마나 아름다운지 비로소 느낄 수 있었다.

"자네는 이 높은 곳에서 잘 지내고 있군." 크눌프가 심호흡을 하며 말했다.

"그럭저럭 지내고 있어, 내 처지를 불평할 수야 없지. 자네는 어떤가? 예전에는 자네가 산을 더 쉽게 올랐었지, 안 그래? 지금은 숨을 너무 헐떡이는군, 크눌프. 고향을 다시 찾아온 건가?"

"그렇다네, 샤이블레. 이번이 마지막 방문이 될 거야."

"도대체 그게 무슨 뜻이야?"

"내 허파가 다 망가졌다네. 자네도 어쩔 수 없는 일이 아니겠나."

"이 친구야, 자네가 계속 고향에 머물렀더라면 그리고 열심히 일하면서 아내와 자식도 얻고 편안한 거처를 가졌더라면, 아마 이 지경이 되지는 않았을 거야. 그래, 이런 내 생각이 어떤지는 자네가 진작부터 알았지. 이제는 너무 늦은 것 같군. 그런데 상태가 그렇게 좋지 않은가?"

"아, 모르겠어. ……아니, 알아, 이미 알고 있는 셈이지. 완전히 내리막길이야, 그것도 날마다 조금씩 더 빨라지고 있어. 그래도 세상에 홀로 남았고 누구에게도 짐이 되지 않으니 정말 다행스럽다고 해야겠지."

"그렇게 생각할 수도 있지. 그거야 자네 문제이니까. 그렇지만 나로서도 정말 안타깝군."

"그렇게 생각할 필요 없어. 사람은 언젠가는 죽어야 하고, 석공도 마찬가지야. 그래, 이 친구야, 우리 둘이 이렇게 여기 앉아 있지만, 이제는 둘 다 많은 공상을 할 수도 없게 되었네. 자네도 예전에는 다른 생각을 품은 적이 있었는데 말이야. 그때 자네는 철도 방면에서 일하려 하지 않았던가?"

"아, 그거야 다 옛날 얘기지."

"자네 아이들은? 모두 건강한가?"

"그렇다고 해야겠지. 맏아들 야코프는 이미 제 밥벌이를 하고 있어."

"그런가? 아, 세월이 정말 빠르군. 그래, 이제 난 좀 더 올라갔으면 하네."

"그렇게 바쁘지도 않잖아. 우리는 정말 오랜만에 만났는데! 말해 보게, 크눌프, 뭐 도와줄 일은 없는가? 지금 수중에 가진 것은 없지만, 반 마르크는 있을 거야."

"그야 자네가 써야지, 이 친구야. 정말 고맙네만, 괜찮네."

크눌프는 뭔가 더 얘기하려 했지만, 가슴 부위가 심하게 아파 왔다. 그는 입을 다물었고, 석공은 자신의 과실주 병을 마시라고 건네주었다. 그들은 잠시 저 아래 시내를 내려다보았다. 물레방아 주위의 수로에서 햇빛이 강렬하게 반사되었고, 돌다리 위에서는 짐마차 한 대가 천천히 지나가고 있었다. 그리고 제방 아래서는 하얀 거위 떼가 한가로이 헤엄쳐 다니고 있었다.

"이제 충분히 휴식을 취한 것 같으니 가봐야겠네." 크눌프가 다시 말을 시작했다.

석공은 생각에 잠긴 채 고개를 가로저었다.

"이보게, 자네는 이런 가련한 떠돌이가 아니라 더 큰 사람이 될 수 있었을 거야." 석공이 천천히 입을 열었다. "자네를 생각하면 정말 안타까운 생각이 들어. 자네 알지, 크눌프, 나는 분명 독실한 신자는 아니야, 하지만 성경에 있는 말은 진심으로 믿는다네. 자네도 그 점을 생각해 보아야 해. 자네도 자기 삶에 책임을 져야 할 거야, 그렇게 대충 넘어갈 수 있는 문제가 아니야. 자네는 다른 많은 사람들보다 뛰어난 재능을 타고났어, 그런데도 자네는 무엇도 되지 않았어. 이렇게 말한다고 화내지는 말게."

크눌프는 미소를 지었다. 눈에서는 예전의 악의 없던 장난기가 희미하게 빛나고 있었다. 그는 친구의 팔을 다정하게 두드리며 자리에서 일어났다.

"이제 곧 알게 되겠지, 샤이블레. 사랑하는 하느님은 아마 나더러 '너는 왜 판사가 되지 않았느냐?' 라고 묻지는 않으실 거야. 아마도 그분은 그저 이렇게 말씀하시겠지. '네가 다시 왔구나, 이 철부지야!' 그러면서 저 위에서 아이들을 돌보게 하거나 뭐 그런 쉬운 일을 맡기시겠지."

안드레스 샤이블레는 파란색과 하얀색 체크무늬가 그려진 셔츠 아래로 어깨로 으쓱해 보였다.

"자네하고는 진지한 얘기를 할 수가 없다니까. 그러니까 자네 생각은, 크눌프가 나타나면 하나님도 농담만 하실 거라는 얘기군."

"그렇지 않아, 하지만 그럴 수도 있지 않을까?"

"그런 식으로 말하면 안 되지!"

그들은 악수를 나누었다. 그때 석공은 바지 주머니에서 몰래 끄집어낸 작은 동전을 그의 손에 슬쩍 쥐여 주었다. 크눌프는 상대방의 기쁨을 망치지 않기 위해 굳이 거부하지 않고 그것을 받았다.

그는 정든 고향의 골짜기에 다시 한 번 눈길을 주고, 또 안드레스 샤이블레를 돌아보며 한 번 더 고개를 끄덕였다. 그러더니 그는 기침을 하기 시작했고, 걸음을 서둘렀다. 그의 모습은 곧 위쪽 산모퉁이를 돌아 시야에서 사라졌다.

그러고 나서 두 주가 흘러갔다. 그사이에 안개가 끼고 차가운 날들이 계속되면서도 여전히 햇빛 비치는 날들이 남아 있어서, 뒤늦은 초롱꽃이 피고 추운 가운데 나무딸기가 익기도 했다. 그러다가 갑작스럽게 겨울이 찾아왔다. 혹독한 추위가 사흘 동안 계속되더니, 이어 대기가 부드러워지면서 짧은 시간에 많은 양의 눈이 내렸다.

이 기간 내내 크눌프는 특별한 목적도 없이 고향을 떠나지 않고 계속 주변을 돌아다녔다. 그는 두 번이나 숲 속에 숨어 아주 가까운 거리에서 석공 샤이블레를 바라보고 관찰했는데, 또다시 그를 부르지는 않았다. 그는 혼자 생각해야 할 것이 너무 많았다. 그 길고도 힘겨우며 아무 의미가 없는 여행을 하는 동안, 그는 마치 질긴 가시덤불에 빠져드는 것처럼 마구 어긋나고 뒤엉켜 버린 자신의 삶 속에 깊이깊이 빠져들었다. 그러면서도 어떤 의미나 위로도 찾을 수 없었다. 그때 병마가 다시 찾아왔고, 어느 날인가는 하마터면 그 모든 것에도 불구하고 게르버자우를 다시 찾아가 병원 문을 두드릴 뻔했다. 그러나 며칠 동안 혼자 지내면서 다시 저 아래 시내를 바라보았을 때, 그는 모든 것이 낯설고 적대적인 것처럼 여겨져서 이제는 자신이 더 이상 그곳에 속한 사람이 아니라는 것을 분명하게 느꼈다. 때때로 그는 마을로 가서 빵 한 덩이를 사기도 했다. 들판에는 아직 개암나무 열매도 충분히 남아 있었다. 그는 벌목공들의 작은 통나무집이나 들녘의 짚단 사이에서 밤을 보냈다.

이제 그는 거센 눈보라 속을 헤치면서 볼프스베르크 산을 통과해 골짜기의 물레방앗간을 향해 가고 있었다. 그는 지치고 쇠약해졌지만, 마치 삶의 마지막 날들까지 더 힘차게 사용하면서 모든 숲 가장자리와 숲 속의 길들을 따라 걷고 또 걸어야만 한다는 듯 걸음을 멈추지 않았다. 병들고 지쳤는데도 두 눈과 코는 여전히 예전처럼 민첩했다. 더 이상 어떤 목표도 없었지만, 그는 마치 예민한 사냥개처럼 사방을 쳐다보고 냄새를 맡으며 모든 땅의 침몰한 부분, 모든 바람결, 모든 짐승의 흔적을 확인하며 다

넜다. 그의 의지는 이미 그를 떠났지만, 그의 다리는 저절로 걷고 있었다.

그러면서도 며칠 전부터 그는 생각 속에서 거의 언제나 하느님의 면전에서 끊임없이 대화를 나누고 있었다. 두려움 따위는 없었고, 하느님이 우리 인간에게 어떤 해를 가하지도 않는다는 것 또한 알고 있었다. 그렇지만 하느님과 크눌프는 그의 삶의 무익함에 대해, 그리고 그 삶이 어떻게 달라질 수도 있었는지, 또 이런 저런 일들이 왜 그런 식으로 진행될 수밖에 없었는지에 대해 이야기를 나누었다.

"그때였어요." 크눌프는 계속해서 고집을 부렸다. "제가 열네 살이었고 프란치스카가 저를 버리고 떠났던 그때 말입니다. 그때만 해도 저는 무엇이든 될 수 있었어요. 하지만 그 후에 제 속에서 무엇인가가 고장 났거나 망가졌던 것이죠. 그때부터 저는 아무 짝에도 쓸모없는 인간이 되었어요. ……아, 뭐라고요, 잘못이 있다면, 간단히 말해 제가 열네 살이었을 때 주님이 저를 죽게 내버려 두지 않았다는 것이죠! 만약 그때 죽게 버려두셨더라면, 제 삶은 잘 익은 사과처럼 아름답고 완전한 것이 되었을 겁니다."

그러나 사랑하는 하느님은 계속 미소만 지었고, 때로는 휘몰아치는 눈보라 속에 자신의 얼굴을 완전히 숨기기도 했다.

"자, 크눌프야." 하느님이 타이르듯 말했다. "네가 청년이었던 시절을 한번 생각해 보아라. 오벤발트에서 보냈던 여름과 레히슈테텐에서 보낸 시절도 생각해 보아라! 그때 너는 사슴처럼 춤을 추면서 몸의 마디마디에서 약동하는 아름다운 생명을 느끼지 않았느냐? 너는 소녀들의 눈에서 눈물이 흐를 만큼 멋지게 노래하고 하모니카를 불 수 있지 않았느냐? 너는 바우어스빌에서 보낸 일요일들을 기억하느냐? 그래, 그 모든 것이 아무것도 아니었다는 것이냐?"

크눌프는 깊이 생각해 보지 않을 수 없었다. 젊은 시절에 느꼈던 기쁨이 마치 먼 산에서 타오르는 불길처럼 어두우면서도 아름다운 빛을 발했고, 꿀과 포도주처럼 진하고 달콤한 향기를 풍겼으며, 이른 봄의 따스한 바람처럼 나지막한 울림으로 다가왔다. 아, 정말이지 그때는 아름다웠다. 기쁨도 아름다웠고 슬픔도 아름다웠으며, 어느 하루조차 빠뜨리기가 무척 아쉬운 시절이었다!

"그래요, 아름다웠습니다." 그는 그 사실을 인정했지만, 지친 어린아이처럼 심하게 울먹이면서 항변도 했다. "그때는 아름다웠습니다. 물론 죄책감과 슬픔도 이미 함께 있었습니다. 그래도 정말 그때는 좋은 시절이었습니다. 아마 그 당시의 저만큼 그렇게 좋은 술을 많이 마시고, 그렇게 즐겁게 춤을 추고, 그렇게 멋진 사랑의 밤을 보냈던 사람은 그리 많지 않을 것입니다. 하지만 그러고 나서, 그러고 나서는 모든 것이 끝나 버려야 했어요! 이미 행복 속에 가시가 박혀 있었던 셈이죠. 아직도 잘 알고 있습니다. 그 뒤로는 그토록 좋은 시절은 더는 오지 않았어요. 아니, 결코 오지 않았습니다."

사랑하는 하느님은 멀리 눈덩이 속으로 사라졌다. 크눌프는 잠시 멈추어 서서 다시 숨을 내쉬면서 조그만 핏덩이들을 눈 속에 뱉고 있었다. 그때 하느님이 돌연 다시 모습을 드러내 대답해 주셨다.

"말해 봐라, 크눌프, 너는 조금도 감사함이 없다는 거냐? 네가 얼마나 건망증이 심한지 웃지 않을 수 없구나! 네가 무도장의 스타였던 시절에 대해, 헨리에테에 대해 우리는 함께 추억하며 이야기했다. 그때가 정말 행복한 시절이었고 또 의미 있는 시절이었다고 네 스스로 인정할 수밖에 없지 않느냐. 그리고 헨리에테에 대한 네 추억이 그렇다면, 이 녀석, 리자베트에 대해서는 어떻게 추억하려는 것이냐? 그래, 네가 그 애는 완전히 잊어버릴 수 있었다는 것이냐?"

또다시 한 조각의 기억이 저 멀리 떨어져 있는 산맥처럼 크눌프의 눈앞에 나타났다. 그 기억의 조각은 이전의 기억만큼 기쁘고 재미있어 보이지는 않았지만, 그 대신 여인들이 눈물을 흘리면서 미소 짓는 모습처럼 훨씬 더 은밀하고 내면에서 솟아나는 광채를 발하고 있었다. 그리고 그가 오랫동안 까맣게 잊어버린 날들과 시간들이 무덤에서 부활하듯이 일어났다. 그 가운데 아름답고 슬픈 눈을 가진 리자베트는 작은 사내아이를 품에 안고서 서 있었다.

"저는 정말 나쁜 놈이었군요!" 크눌프는 다시 한탄하기 시작했다. "아니, 리자베트가 죽었을 때 저도 더 이상 살지 말아야 했어요."

그러나 하느님은 그가 더 말하도록 버려두지 않으셨다. 하느님은 밝은 눈으로 그를 뚫어질 듯이 쳐다보더니, 계속해서 말을 이었다.

　"그 정도면 충분하다, 크눌프! 너는 리자베트에게 심한 고통을 안겨 주었어, 그건 틀림없는 사실이야. 하지만 너도 잘 알듯이 그애는 네게서 나쁜 것보다는 사랑스럽고 아름다운 것을 더 많이 받았어. 그리고 그 애는 너에 대해 한순간도 화를 내지 않았어. 이 철부지야, 너는 도대체 이 모든 것에 어떤 의미가 있는지 아직도 모르겠다는 거야? 바로 그 때문에 네가 근심 걱정 모르는 방랑자가 되어 도처에서 어린아이 같은 행동과 어린아이의 웃음을 전달해 주어야 했다는 것을 깨닫지 못하겠느냐? 그래서 세상 곳곳의 사람들이 너를 얼마간 사랑하기도 하고 얼마간 조롱하기도 하며 또 네게 얼마간 고마워하도록 하기 위해서였다는 것을 깨닫지 못하겠느냐?"

　"결국 맞는 말씀이기는 합니다." 크눌프는 잠시 침묵하더니 나지막한 목소리로 시인했다. "하지만 그것도 모두 제가 젊었을 적 이야기, 옛날의 이야기죠! 저는 왜 그것들로부터 아무것도 배우지 못하고, 또 제대로 훌륭한 인간이 되지 못했을까요? 그럴 시간은 충분했는데 말입니다."

　잠시 눈보라가 멈추었다. 크눌프는 다시 걸음을 잠깐 멈추고, 모자와 옷 위에 두툼하게 쌓인 눈을 털어 내려고 했다. 하지만 그는 그렇게 하지 못했다. 이제 하느님은 바로 그의 앞에 서 계셨는데, 그 밝은 눈은 크게 열려 있고 태양처럼 빛나고 있었다.

"이제 그만 만족하도록 해라." 하느님이 타이르듯 말했다. "그 모든 한탄이 무슨 소용이 있겠느냐? 모든 일이 선하게 그리고 제대로 일어났고 그 어떤 것도 다르게 흘러가서는 안 되었다는 것을 정말 보지 못하는 것이냐? 그래, 너는 지금 어엿한 신사나 기술자가 되어 아내와 아이들을 두고 또 저녁에는 잡지를 읽고 싶다는 것이냐? 당장에 도망쳐 나와서 숲 속의 여우들 곁에서 잠을 자고 새덫을 놓거나 도마뱀을 길들이게 되지 않겠느냐?"

크눌프는 다시 걸음을 옮기기 시작했다. 지쳐서 비틀거리면서도 스스로는 아무것도 느끼지 못하고 있었다. 그는 이제 훨씬 기분이 좋아졌고, 하느님이 말씀해 주신 모든 것에 대해 감사하는 마음이 되어 고개를 끄덕였다.

"보아라." 하나님께서 말씀하셨다. "나는 오직 너의 있는 모습 그대로를 필요로 했다. 너는 나의 이름으로 방랑을 했던 것이고, 정착하려는 성향을 지닌 사람들에게 늘 자유에 대한 향수를 조금씩은 일깨워 주어야 했다. 너는 나의 이름으로 어리석은 일을 했던 것이고 조롱을 받기도 했다. 네 안에서 내가 조롱을 받은 것이고, 내가 사랑을 받은 것이다. 그러므로 너는 나의 자녀요, 나의 형제요, 나의 일부다. 네가 무엇을 누리든, 무엇으로 고통을 받든지, 나는 항상 너와 함께했었다."

"그렇군요." 크눌프가 무겁게 고개를 끄덕이면서 다시 입을 열었다. "정말 그렇군요. 마음 깊은 곳에서는 저도 그 사실을 늘 알고 있었습니다."

그는 눈 속에 편안하게 누워 휴식을 취했다. 그의 지친 사지는 아주 가벼워졌고, 그의 쓰라린 두 눈에는 미소가 감돌았다.

잠시 잠들기 위해 두 눈을 감았을 때도 그는 여전히 하나님의 음성을 들었고 그분의 밝은 두 눈을 보고 있었다.

"그렇다면 이제 더 한탄할 것이 없느냐?" 하나님의 음성이 들려왔다.

"더는 없습니다." 크눌프는 고개를 끄덕이며 수줍게 웃었다.

"그리고 모든 것이 좋다는 것이냐? 모든 것이 제대로 되었느냐?"

"그렇습니다." 그가 고개를 끄덕였다. "모든 것이 제대로 되었습니다."

하나님의 음성은 차츰 낮아지더니 때로는 어머니의 음성처럼, 때로는 헨리에테의 음성처럼, 때로는 리자베트의 선량하고 부드러운 음성처럼 들려왔다.

크눌프가 한 번 더 눈을 떴을 때는 머리 위에서 해가 빛나고 있었다. 그 빛이 너무 눈부셔서 재빨리 눈을 감아야 했다. 그는 손 위로 눈송이가 무겁게 쌓여 가는 것을 느끼고 털어 내려고 했다. 하지만 그의 내면에서는 잠들고 싶은 욕망이 다른 그 어떤 욕망보다 강렬해지고 있었다.

동방 순례

Die Morgenlandfahrt

1장

다른 사람들과 위대한 무엇을 함께 체험하는 것이 나의 운명이었다. 운 좋게도 나는 그 결맹[*]에 속할 수 있었고, 저 특이한 순례에 참가하는 것도 허용되었다. 당시에는 여행의 경이로운 기적이 유성처럼 빛났으나, 나중에는 놀랄 만큼 빨리 잊혔고 심지어는 혹평을 받기도 했다. 이런 연유로 나는 그 전설적인 순례 여행을 간략하게나마 기록해 보겠다는 결심을 했다. 순례 여행은 휘온[**]과 광란의 롤란트[***] 시대 이후 이 진기한 시대, 다시 말

---

[*] 같은 신념을 가진 사람들의 결사체로 유럽에는 이러한 비밀결사와 그에 관한 모티프가 많다.

[**] 13세기에 쓰인 고대 프랑스 서사시에 등장하는 영웅의 이름으로 프랑스식은 위옹.

[***] 카를 대제 시대의 12용사 중 하나로 르네상스 후기 이탈리아 서사시인 아리오스토의 영웅 서사시 『광란의 오를란도』의 소재가 된 인물.

해 세계대전*이라는 거대한 전쟁을 겪고 난 뒤 우울과 절망 속에서도 결실이 많았던 이 시대에 이르기까지, 더는 시도된 적이 없던 여행이었다. 내가 하려는 기록이 어렵다는 점에 대해서는 아무런 망상도 갖지 않았다고 생각한다. 정말 커다란 난관들이 있었다. 또한 주관적인 성격의 난관 역시 상당했겠지만, 그런 난관만 있는 것이 아니었다. 왜냐하면 나는 그 여행에서 추억을 되살릴 물건이나 기념품, 기록 또는 일기장 같은 것도 더는 갖고 있지 않을 뿐 아니라, 그 후 불안과 병, 커다란 재앙으로 점철된 시련의 세월을 거치면서 많은 기억들을 잊었기 때문이다. 운명이 가하는 타격들과 늘 새로운 낙심을 경험하면서 기억도 희미해지고, 이전에는 그렇게도 생생했던 추억들에 대한 믿음도 부끄러울 정도로 약해져 버렸다. 그런데 순전히 개인적인 이런 어려움은 차치하고도 한편으로는 한때 내가 결맹에서 했던 맹세가 내 두 손을 묶었다. 그 맹세는 개인적 체험을 이야기하는 것은 아무 제약 없이 허용하지만, 결맹의 비밀 폭로는 전적으로 금하기 때문이다. 결맹은 이미 오래전부터 가시적으로는 존재하지 않는 것으로 보였고 또한 회원 중 누구도 다시 만나 보지 못했지만, 세상의 어떤 유혹이나 협박도 나로 하여금 맹세를 깨뜨리게 하지는 못할 것이다. 오히려 그 반대다. 만약 내가 오늘이나 내일 군법회의에 회부되어 사형을 당할 것인가 아니면 결맹의 비밀을 폭로할 것인

◆ 여기서 세계대전은 제1차 세계대전을 의미.

가를 두고 선택의 기로에 선다면, 오, 나는 작열하는 환희를 느끼며 결맹에 대한 맹세를 결단코 죽음으로 지킬 것이다!

말이 나온 김에 언급할 것이 있다. 카이절링 백작[*]의 여행일기가 발표된 이후 몇 권의 책이 세상에 나왔는데, 책의 저자들은 무의식적으로, 다른 한편으로는 의도적으로 자신이 결맹의 형제이고 동방 순례에 참가한 듯한 인상을 주고 있다는 것이다. 심지어 오센도프스키[**]의 모험 가득한 여행기까지도 가끔은 이런 영예로운 의심을 받았다. 그러나 그들은 모두 이 결맹이나 우리의 동방 순례와는 아무런 관계가 없다. 설령 있다고 해도 그것은 소수 경건주의 종파의 목사들이, 그리스도와 사도들 그리고 성령과 관계를 맺고 있어 그들이 특별한 은총과 지위를 누린다는 주장처럼 미미하기만 하다. 카이절링 백작은 정말로 편안하게 배를 타고 세계를 일주했을 수도 있고, 오센도프스키가 자신이 묘사한 나라들을 실제로 횡단했을 수도 있다. 그러나 그들의 여행은 경이였다고 할 수 없으며, 새로운 영토를 발견한 것도 아니었다. 반면에 우리의 동방 순례는 어떤 단계에서는 현대 여행의 진부한 교통수단들인 철도나 기선, 전신, 자동차나 비행기 등을 모두 포기함으로써 실제로 영웅적이고 불가사의한 세계 속으로 뚫고 들

[*] Hermann Alexander Keyserling(1880~1946). 독일의 철학자로서 『어느 철학자의 여행일기』(1919)를 남겼다.
[**] Antoni Ferdynand Ossendowski(1876~1945). 폴란드의 저술가로 1922년에 극동 지방 여행기를 출판했다.

어갈 수 있었다. 당시는 세계대전이 끝난 지 얼마 안 되었을 때였고, 특히 패전국의 국민들은 비현실적인 상태에 놓여 있어 초현실적인 것이라도 수용할 마음을 갖추고 있었다. 물론 실제로는 아주 극소수의 지점에서만 한계를 뛰어넘고 다가오는 미래의 정신 영역으로 진입하는 것이 가능했다. 당시 위대한 알베르투스[*]의 지도 아래 달빛 바다를 건너 파마구스타[**]로 갔던 우리의 순례, 지팡구[***]에서 12도 지난 곳에서 나비 섬을 발견했던 일, 혹은 뤼디거[****]의 묘지에서 거행되었던 숭고한 결맹의 축제 — 이런 것들은 우리 시대 이 지구상에 사는 사람들에게는 단 한 번만 부여되는 행위이고 체험이었다.

이미 여기서 나는 이 보고를 하는 데 있어 가장 큰 장애물 하나에 부딪혔음을 보게 된다. 우리들의 행위가 이루어진 차원, 그러니까 그 행위들이 속한 영적인 체험 층위는, 만일 내가 독자들을 이 결맹의 핵심 비밀로 안내하는 것이 허용된다면 비교적 쉽게 독자를 이해시킬 수 있을 것이다. 하지만 그렇게 되면 많은 것, 혹은 모든 것이 독자에게는 믿을 수 없는 것으로 여겨질 것이고 또 영원히 납득할 수 없는 것으로 남을 것이다. 하지만 역설이

---

[*] Albertus Magnus(1200?-1280). '알베르투스 마그누스'로 불리며 토마스 아퀴나스와 함께 스콜라 철학을 완성한 독일의 신학자.
[**] 지중해 동쪽 키프로스 동부 해안의 항구도시.
[***] 포르투갈어로 '섬나라'라는 뜻으로 13세기 마르코 폴로의『동방견문록』에 처음 등장하는 일본을 일컫던 말.
[****] Johann Andreas Rüdiger(1673-1731). 독일의 철학자.

라는 것은 계속 감행되어야 하고, 그 자체로 불가능한 것은 항상 새롭게 시도되어야 하는 법이다. 나는 언젠가 이런 말을 한 동방의 지혜로운 친구 싯다르타와 의견을 같이한다. '말은 숨겨진 깊은 의미를 드러내 주지 못한다. 모든 것이 곧바로 조금씩 달라지고, 조금씩 왜곡되며, 조금씩 어리석어진다 ― 그렇다, 그것도 별 문제가 되지 않는다. 어떤 사람에게는 보배요 지혜인 것이 다른 사람에게는 허튼소리처럼 들린다는 것에도 나는 동감한다.' 이미 수백 년 전부터 우리 결맹의 회원들과 사가史家들은 이러한 어려움을 알고 있었고, 용감히 이 난관에 맞섰다. 그들 중 한 사람, 즉 가장 위대한 사람들 중 하나는 그것을 다음과 같이 표현해 불후의 시로 남겼다.

> 널리 여행하는 자는 종종 자신이 진리라고 여긴 것과는
> 거리가 먼 사물들을 보게 된다.
> 이제 고향의 초원으로 돌아가 그 이야기를 하면,
> 그는 거짓말쟁이라고 웃음거리가 되기 십상이다.
> 꽉 막혀 버린 사람들은 자기 눈으로 보고
> 스스로 분명하게 느끼지 못하면 믿으려 하지 않는 법.
> 나 생각하건대, 경험이 없는 자는
> 나의 노래를 결코 믿지 않으리라.✦

✦ 아리오스토의 서사시 『광란의 오를란도』 중 제7의 노래에 나오는 구절.

그런데 바로 이 '경험의 부재' 때문에 예전에는 수천 명의 사람들을 황홀경에 빠뜨렸던 우리의 여행이 오늘날에는 세상 사람들에게 잊혔고, 그것을 기억하는 것조차 금기가 되었다. 역사를 보면 이와 비슷한 사례가 아주 많다. 내가 보기에는 세계사 전체가 가끔은 인간의 가장 격렬하고 맹목적인 동경, 다시 말해 망각에 대한 동경을 반영하는 한 권의 그림책에 지나지 않는 것 같다. 세계사에서는 어느 시대든지 금지나 묵살, 조롱이라는 수단으로 이전 세대가 가장 중요하게 여겼던 것을 제거해 버리고 있지 않은가? 여러 해 동안 이어진 엄청나게 끔찍했던 전쟁을 모든 민족들이 몇 년이나 잊어버리고 부정하며 마술적으로 억누르고 쫓아버렸다. 그런데 그 민족들이 잠시 휴식을 취하고 나서는 수년 전에 그들 스스로 일으켜 고난을 겪었던 전쟁을 흥미진진한 소설의 힘을 빌려 다시 기억해 내려는 것을 우리는 막 경험하지 않았던가? 마찬가지로 오늘날 잊혀 버렸거나 또는 세상 사람들의 웃음거리가 된 우리 결맹의 활동과 고난도 언젠가는 다시 발견될 날이 올 것이다. 그리고 나의 이 기록은 그 일에 조금이나마 도움이 될 것이다.

동방 순례의 여러 특색 중 하나는, 우리의 결맹은 여행을 하면서 상당히 고차원적인 특정의 목적들(이 목적들은 비밀에 속해서 터놓고 말할 수 없다)을 추구했지만, 각 참가자는 개인적인 목적을 가질 수 있었고 또 가져야만 했다는 것이다. 개인적 목적을 추구하지 않은 사람은 순례 참가가 허용되지 않았기 때문이다. 우리 각자는 공동의 이상과 목적을 따르며 공동의 깃발 아래서 싸우는 것처럼 보이면서도, 또한 순수한 어린아이같이 자신만의 꿈을 가장 내면적인 힘, 또 궁극적인 위안으로 삼아 가슴속에 품었다. 내가 결맹의 일원으로 받아들여지기 전 최고 지도자의 질문을 받았을 때 내가 밝힌 개인적 여행 목적은 정말 단순했다. 그런데 결맹의 형제들이 설정한 여행 목적 중에는 나로서는 존중할 수 있지만 완전히 이해할 수는 없는 것들도 있었다. 예를 들어 어떤 사람은 보물을 찾고 있었는데, '도道'라고 이름 붙인 그 고상한 보물을 얻는 것 말고는 아무런 생각이 없었다. 또 어떤 사람은 특이한 뱀을 잡겠다는 생각에만 잡혀 있었는데, 그는 그 뱀이 마술적인 힘을 지녔다고 여겼고 쿤달리니⁺라고 불렀다. 반면에 나의 여행과 삶의 목표는 어느 정도 성장한 소년 시절부터 이미 꿈속에서 어른거렸던 것으로, 아름다운 공주 파트메⁺⁺를 만나 보고, 가능하면 그녀의 사랑을 구하는 것이었다.

내가 결맹에 가입하는 행운을 잡았던 당시는 이른바 세계대전이 끝난 직후로서, 우리 나라는 자칭 구세주, 예언자 또는 사도라고 하는 자들로 들끓었고 세계 종말에 대한 예감과 '제3제국'⁺⁺⁺의 도래에 대한 희망으로 가득 차 있었다. 그 당시 우리 민족은

⁺ 탄트라에 따르면 모든 인간에게 내재된, '뱀의 형상'을 지닌 신비한 힘을 의미.
⁺⁺ 『천일야화』에 등장하는 예언자 마호메트의 딸.
⁺⁺⁺ 히틀러가 집권한 국가사회주의 시기의 독일.

전쟁으로 뒤흔들렸고, 궁핍과 배고픔에 절망하고, 피와 재산을 바친 모든 희생이 덧없어 보여 실망한 나머지 많은 허망한 꿈들을 쫓았지만, 다양한 모양으로 진실하게 영혼을 고양시키는 일에도 마음을 열고 있었다. 바쿠스 축제처럼 광란의 춤을 추는 공동체들이 있는가 하면, 재세례파적인 투쟁 집단들이 있었고, 피안의 세계와 기적을 내세우는 이런저런 모임들도 있었다. 뿐만 아니라 당시에는 인도나 고대 페르시아, 다른 동방의 신비와 종교에 대한 호기심도 널리 퍼져 있었다. 이런 모든 것들로 인해 태고의 역사를 지닌 우리 결맹은 대부분의 사람들에게 갑작스럽게 번창한 수많은 광신자 집단의 하나로 보였고, 몇 년 후에는 그런 것들과 함께 일부는 완전히 잊혔고 또 다른 일부는 멸시와 나쁜 풍문의 대상이 되었다는 인상을 주었다. 그것은 신실함을 지킨 결맹의 사람들이라도 부인할 수 없었다.

수습 기간이 끝나고 나 자신을 최고 지도자에게 소개하던 순간을 너무나 생생히 기억한다. 결맹의 대변인으로부터 동방 순례 계획에 대한 설명을 직접 듣고서 그 계획에 심신을 바치겠다고 말하자, 동화의 나라로 향하는 그 순례에서 바라는 것이 무엇이냐는 정감 어린 질문을 받았다! 나는 얼굴이 좀 붉어지기는 했지만 주저하지 않고 솔직하게, 파트메 공주를 눈으로 직접 보는 것이 마음의 소원이라고 그 자리에 모인 간부들 앞에서 고백했다. 그러자 대변인은 복면을 한 간부 회원들의 제스처를 해석하고는 내 머리 위에 온화하게 손을 얹고 축복하면서, 나를 결맹의 형제로 받아들이는 공식 문구를 말했다. "아니마 피아"✦— 그는 내게 이렇게 말하면서 신앙에는 충실을, 위험에서는 영웅의 용기를, 동료들에게는 형제애를 가지라고 훈계했다. 수습 기간 동안 충분히 수련을 받은 나는 선서를 했고, 세상과 세상의 미신을 멀리하겠노라고 맹세했으며, 이어 손가락에 결맹의 반지를 꼈다. 반지에는 우리 결맹의 연대기 중 가장 아름다운 장에서 인용한 다음의 문장이 새겨져 있었다.

대지와 공기, 물과 불 속에서
영들이 모두 그에게 복종하리라.
아무리 사나운 맹수들이라도 그를 보면 무서워하고 온순해질 것이며,
적그리스도조차 그에게 다가오면 몸을 떨리라…… 등등.

결맹에 가입하고 나서 즉시 우리 초심자들에게 약속했던 깨달음을 하나 얻은 것도 나로서는 기쁨이었다. 결맹의 순례에 합류하고자 열 명씩 조를 이루어 나라 곳곳을 여행하는 모임들이 있었는데, 간부들의 지시에 따라 내가 한 모임에 연결되자마자 우리 순례의 비밀 하나가 확연히 드러났던 것이다. 내가 깨달은 사실은 이러했다. 언뜻 보기에 나는 동방으로 향하는 어떤 특정한

✦ *anima pia*, '경건한 영혼'이라는 뜻.

일회적 순례에 합류한 것 같았다. 그러나 더 높고 근원적인 의미에서 볼 때, 사실 이 동방 순례는 단지 나만이 하고 있는, 그리고 지금 현재에만 진행되는 여행이 아니었다. 믿음을 가진 자들과 귀의한 자들이 동방을 향해, 빛의 고향을 향해 나아가는 순례는 영원히 지속되어 오던 흐름이었다. 빛과 경이를 찾아가는 행렬이 모든 세기에 걸쳐 항상 존재했던 것이다. 그리고 결맹의 형제들 한 사람 한 사람, 모임들 하나하나뿐만 아니라 우리 결맹 전체와 그 거대한 순례 행렬은 영원한 영혼들의 강물, 동방을 향해, 고향을 향해 나아가는 정신들의 끝없는 노력으로 나타나는 하나의 물결에 지나지 않았다. 이러한 인식이 번개처럼 뇌리를 스쳐 갔다. 동시에 수습 기간 중 배운 그 참뜻을 이해하지 못하면서도 언제나 내 마음에 들었던 구절 하나가 마음속에 떠올랐다. 시인 노발리스의 말이었다. '우리는 도대체 어디로 가는가? 언제나 집으로 간다!'[+]

그러는 동안 우리 순례단도 방랑길에 올랐다. 얼마 지나지 않아 우리는 다른 모임들도 만나게 되었고, 모두가 하나 되어 공동의 목표를 추구한다는 감정이 우리를 더욱 행복감으로 충만케 했다. 우리는 결맹의 수칙을 충실히 지키며 순례자로서 살았다. 우리는 돈과 숫자와 시간으로 망가진 세상에서 탄생하여 삶의 참된 내용을 앗아 가는 문명의 이기들을 일절 사용하지 않았

+ 낭만주의 시인 노발리스의 소설 『푸른 꽃』에 나오는 구절.

다. 특히 철도나 시계 같은 기계들이 그랬다. 우리가 한결같이 지킨 또 하나의 원칙은, 무척이나 오래된 결맹의 역사와 믿음과 관련된 장소나 기념물을 모두 찾아보고 경배하는 것이었다. 우리는 여정에 속한 모든 경건한 장소와 기념물과 교회들, 공경할 만한 묘지들을 찾아가 참배했고, 작은 교회당과 제단들을 꽃으로 장식했다. 또 폐허에서는 노래와 침묵의 명상을 바치며 기념했고, 죽은 자들을 음악과 묵도로 축도했다. 이때 우리는 종종 믿음 없는 사람들에게 멸시를 당하고 방해를 받기도 했다. 그러나 사제들이 우리를 축복해 주고 손님으로 초대하는 일도 잦았고, 또 감격한 아이들이 우리 사이에 끼어 우리의 노래를 배우고, 떠나는 우리를 눈물을 글썽이며 배웅하는 경우도 많았다. 어떤 노인은 우리가 잊고 있었던 옛 기념물을 보여 주고 자기 고장의 전설을 들려주기도 했다. 또 어떤 청년들은 우리와 함께 길을 걸었고 결맹에 가입하고 싶어 했다. 그런 청년들에게 우리는 조언을 하고 초심자들이 초기에 지켜야 할 규율과 법도를 가르쳐 주기도 했다. 그리고 최초의 경이로운 일들을 맞이하기 시작했는데, 별안간 기적과 전설에 대한 이야기를 듣기도 했고 목전에서 보기도 했다. 내가 아직 초심자였던 어느 날 어떤 사람들이 말하기를, 거인 아그라만트[＊]가 우리 통솔자들의 천막으로 초대받아 와서 통솔자들에게 아프리카를 경유하는 길을 택해 거기서 무어인

[＊] 아리오스토의 서사시 『광란의 오를란도』에 등장.

의 포로가 된 결맹의 동지 몇을 구출하라고 설득했다 한다. 또한 사람들에게 재난을 미리 알려주고 위로해 주는 난쟁이 요정 '후 첼맨라인'[*]이 나타났고, 사람들은 우리의 행로가 블라우토프 방향이라고 추측하기도 했다. 그러나 내 눈으로 직접 본 최초의 경이로운 현상은 이런 것이었다. 우리는 슈파이헨도르프 지방의 반쯤 무너진 교회당에서 기도를 하며 휴식을 취하고 있었다. 단 하나 무사히 남아 있는 교회 벽에는 성자 크리스토포루스의 그림이 아주 크게 그려져 있었고, 성자의 어깨에는 어린 구세주가 오랜 세월 동안에 반쯤 지워진 채 앉아 있었다. 통솔자들은 이전에도 가끔 그러했듯이 곧장 길을 떠나지 않고 우리를 불러 모아 의견을 물었다. 마침 세 갈래로 갈라지는 길목에 교회당이 있었기 때문에 우리로서는 어느 쪽이든 택해야 했다. 우리 중에 단지 소수만이 바라는 바나 의견을 말했는데, 유독 왼쪽을 가리키며 완강히 그 길로 가자고 주장하는 사람이 있었다. 우리는 이제 침묵하면서 통솔자들의 결정을 기다렸다. 그때 벽에 그려진 성자 크리스토포루스가 길고 거친 지팡이를 잡은 팔을 들어 왼쪽, 즉 우리의 형제가 가고 싶어 하던 방향을 가리켰다. 우리 모두 말없이 그 광경을 바라보았고, 통솔자들은 조용히 왼쪽으로 방향을 돌려 그 길을 걸어갔다. 우리는 진정한 기쁨을 느끼며 따라갔다.

슈바벤 지방에 들어서고 얼마 지나지 않아 우리가 생각지 못

---

[*] 에두아르트 뫼리케의 동화 『슈투트가르트의 난쟁이』(1853)에 등장.

했던 어떤 힘이 뚜렷해지고 강해졌다. 우리는 그 힘의 영향을 이미 오래전부터 강하게 느껴 왔지만, 우호적인지 적대적인지 그 여부는 알 수 없었다. 그것은 옛부터 이 지방에서 호엔슈타우펜 가문의 기념물과 유물을 지키고 있는 왕관지기들의 힘이었다. 우리의 통솔자들이 그에 대해 더 많은 것을 알고 있었는지 또는 상부의 지시를 받고 있었는지, 나로서는 알 수 없었다. 그 힘이 우리에게 여러 번 격려와 경고를 현시한 사실만을 알 뿐이다. 예를 들면 보펑겐으로 가는 길의 언덕에서는 갑옷을 입은 백발의 기사가 우리에게 다가와 눈을 감고서 백발이 성성한 머리를 가로젓더니, 어느새 흔적도 없이 사라졌다. 통솔자들은 경고를 받아들였고, 우리는 자리에서 돌아섰으니 결국 보펑겐을 보지 못했다. 그런가 하면 우라하 근교에서는 왕관지기들이 보낸 사자가 땅속에서 솟아나듯 통솔자의 천막 한가운데로 나타나, 우리 일행에게 호엔슈타우펜 가문에 봉사하고, 특히 시칠리아 섬을 정복할 준비를 하라며 온갖 감언이설과 협박으로 통솔자들을 유인하려 했다. 통솔자들이 이에 따르기를 단호히 거절하자, 사자는 결맹과 우리의 여행길에 무서운 저주를 퍼부었다고 한다. 내가 보고하는 바, 다만 이러한 모든 일은 우리끼리 귓속말로 한 이야기였다. 통솔자들은 그런 일에 대해 아무 말도 하지 않았다. 그런데도 한동안 결맹이 왕조 재건을 위한 비밀결사라는 부당한 소문이 떠돌았던 까닭은 그 왕관지기들과 우리의 불안정한 관계가 빌미를 주었기 때문일 수도 있다.

언젠가 동료 중 하나가 결맹에 들어온 것을 후회하면서 자신의 맹세를 짓밟아 버리고 믿음이 없는 상태로 돌아가는 사태를 경험해야 했다. 그 친구는 내가 정말 좋아하던 젊은이였다. 그가 우리의 동방 순례에 참가한 개인적 동기는 예언자 마호메트의 관이 마법으로 자유로이 공중에 떠 있다는 말을 듣고 직접 보고 싶다는 소망을 가졌기 때문이다. 우리는 슈바벤 지방 또는 알레마넨 지방의 소도시에 며칠씩 머무른 적이 있었다. 토성과 달이 서로 대치하는 성좌가 나타나 행진을 멈추게 하였기 때문이다. 얼마 전부터 어쩐지 우울하고 자유로워 보이지 않던 그 불행한 젊은이는 학창 시절부터 계속 따르던 옛 스승 한 분을 바로 그곳에서 만났다. 그리고 스승은 젊은이로 하여금 저 믿음 없는 사람들의 눈으로 우리의 일을 바라보도록 하는 데 성공했다. 가련한 젊은이는 옛 스승을 방문하더니 끔찍하게 흥분되고 일그러진 표정이 되어 야영지로 돌아와 통솔자들의 천막 앞에서 소동을 피웠다. 대변인이 천막 밖으로 나오자, 젊은이가 그를 향해 분노에 차 고함을 질렀다. 아무리 가도 동방에는 당도할 것 같지 않은 이 바보 같은 순례 행렬을 따라가기가 지겹다, 멍청한 점성술 때문에 며칠씩 여행을 중단하니 진저리가 나고, 행진은 한가하게 빈둥거리는 어린애 장난 같고, 화려한 꽃 잔치는 무엇이며, 마술이나 떠받들고, 삶과 시문학을 뒤섞으니 ― 이 모든 것이 정말 지긋지긋하다는 것이었다. 그는 자신의 반지를 통솔자들의 발치에 내팽개치고는 작별을 고했는데, 신뢰할 만한 기차를 이용해 고향으로, 유익한 일로 되돌아갈 것이라 했다. 참으로 추하고 보기 딱한 광경이었다. 우리는 수치심과 동시에 이 눈먼 인간에 대한 연민으로 마음이 아팠다. 대변인은 그의 말을 온화하게 듣더니 미소를 지으며 몸을 굽혀 그가 내던진 반지를 집어 들었다. 이어 화가 나서 날뛰던 그가 부끄러워하지 않을 수 없을 정도로 밝고 차분한 목소리로 말했다. "그대는 우리와 작별하고서 기차로, 이성으로 그리고 유익한 일로 돌아가겠다고 했네. 그대는 결맹 그리고 동방으로 가는 행렬에 작별을 고한 것이고, 마법과 꽃의 축제 그리고 시와 작별한 것이네. 그대는 자유의 몸이 되었고, 그대의 맹세로부터 자유로워졌네."

"침묵의 의무에서도 벗어난 거요?" 변절자가 소리쳤다.

"침묵의 의무에서도 벗어났네." 대변인이 대답했다. "돌이켜 생각해 보게나. 그대는 믿음 없는 사람들 앞에서는 결맹의 비밀을 발설하지 않겠다고 맹세했었지. 그런데 보아하니 그대는 결맹의 비밀을 잊어버린 것 같으니 아무에게도 말할 수 없을걸세."

"내가 뭘 잊어버렸다고요? 난 아무것도 잊어버리지 않았어요!"

젊은이는 이렇게 소리쳤지만, 침착성을 잃은 것 같았다. 대변인이 그에게서 등을 돌리고 천막 안으로 들어가자, 젊은이는 갑자기 서둘러 달아났다.

우리는 그 일로 마음이 아팠다. 하지만 당시에는 하루하루가 여러 가지 체험으로 가득 찼고 나는 그에 관한 일을 이상할 정도로 빨리 잊었다. 얼마간의 세월이 흐르고 이제 우리 중 누구도 그를 생각하지 않을 때, 우리가 지나갔던 여러 마을과 거리에서 그 젊은이에 대해 사람들이 하는 이야기를 들었다. 어떤 사람이 그곳에 왔었는데(사람들은 그의 생김새를 정확히 묘사했고 그의 이름도 댔다), 도처에서 우리를 찾아다니고 있다는 것이었다. 처음에 그는 우리의 일행이었는데 행렬에서 낙오되어 길을 잃었다고 했다가, 이어 울음을 터뜨리더니 사실은 우리를 배반하고 도망쳤는데 이제는 결맹을 떠나 살 수 없음을 알았고 우리를 꼭 찾아내어 통솔자들 앞에서 무릎을 꿇고 용서를 빌겠노라고 했다는 것이다. 우리는 여기저기서 이러한 이야기를 반복해서 들었는데, 우리가 도착한 곳은 언제나 그 불쌍한 친구가 찾아왔다가 방금 떠나간 곳이었다. 우리는 대변인에게 이 일을 어떻게 생각하는지, 이 일이 어떻게 될 것인지를 물어보았다. "그가 우리를 찾아낼 것이라고 생각하지 않습니다." 대변인은 짤막하게 대답했다. 그리고 실제로 그 친구는 우리를 발견하지 못했고, 우리도 그를 다시 만나지 못했다.

언젠가 통솔자 중 한 사람과 친밀한 대화를 나누게 되자, 나는 용기를 내어 변절한 그 형제는 이제 어떻게 되는지 물었다. 나는 어쨌든 그 친구가 후회하고 있고 우리를 찾고 있으니 잘못을 만회할 수 있도록 도와주어야 할 것이며, 그러면 그는 틀림없이 가장 충실한 결맹의 형제가 될 것이라고 말했다. 통솔자의 대답은 이러했다. "그가 다시 돌아온다면, 우리로서도 기쁜 일이지요. 그러나 그 문제가 쉽게 해결될 수 있도록 우리가 그를 도와줄 수는 없습니다. 그는 믿음을 다시 찾는 일을 스스로 어렵게 만들었어요. 내가 우려하는 바는, 우리가 바로 그의 옆으로 지나간다 할지라도 그가 우리를 보지 못하고 알아채지도 못할 것이라는 점입니다. 그는 눈이 멀어 버린 것이지요. 후회만으로는 아무런 도움이 되지 못합니다. 은총은 후회로 살 수 있는 것이 아니며, 애초에 살 수 있는 대상도 아니지요. 이미 많은 사람들이 이와 비슷한 일을 겪었답니다. 위대하고 유명한 사람들이 이 젊은이와 같은 운명의 동지가 되었죠. 젊은 시절 한때 그들에게 빛이 비쳤고, 그들은 한때 눈이 열려서 별빛을 쫓아갔지요. 하지만 이성과 세상의 조롱이 찾아오고 또 연약함과 외관상의 실패들, 피로와 실망이 찾아오자 그들은 길을 잃고 다시 소경이 되었어요. 어떤 사람들은 일생 동안 계속해 우리를 찾고 또 찾았지만 더는 우리를 발견할 수 없었지요. 그러자 그들은 세상 사람들에게 우리의 결맹이 다만 아름다운 전설에 불과하니 유혹 되어서는 안 된다고 가르쳤습니다. 또 어떤 사람들은 아주 맹렬한 적이 되었고, 결맹에 대해 그들이 할 수 있는 비방을 다하고 해를 가했습니다."

행진을 하는 동안에 결맹의 다른 모임과 만나면 언제나 경이로운 축제의 날이 열렸다. 그럴 때면 때때로 수백 명 아니 수천 명을 헤아리는 일대 진영을 이루었다. 물론 행진은 모든 참가자가 크고 작은 짜임새의 대열로 같은 방향으로 나아갈 만큼 질서정연하지는 않았다. 오히려 수많은 무리가 동시에 길을 떠나 그들의 통솔자나 별을 따라 행진했고, 각 무리는 언제나 더 큰 집단으로 모여 한동안 거기에 속할 준비가 되어 있었다. 하지만 그 못지않게 언제든 집단에서 나와 독립적으로 계속 행진할 준비도 갖추고 있었다. 어떤 사람들은 혼자서 자신만의 길을 가기도 했는데, 나 역시 어떤 징표나 부름이 독자적인 길로 이끌 때는 혼자 행진하기도 했다.

며칠간 함께 행진하고 또 함께 야영도 했던 작은 정예 모임을 기억한다. 그들은 아프리카에 포로로 잡혀 있는 결맹의 형제들과 이사벨라 공주를 무어인들의 손에서 구할 사명을 지니고 있었다. 그들은 휘온의 호른을 갖고 있다고들 했는데, 그중에는 나와 친한 시인 라우셔, 화가 클링조어, 화가 파울 클레도 끼여 있었다. 그들은 아프리카와 포로가 된 공주 이야기만 했다. 그들의 성서는 돈키호테의 행적에 관한 책이었고, 그 인물에 대한 경의를 표하고자 스페인을 경유하는 길을 택할 생각까지 하고 있었다.

이러한 동료 모임을 만나 그들의 축제와 예배에 동참하기도 하고 우리 모임에 초대하여 그들의 행적과 계획을 듣고 작별할 때 그들을 축복하는 것은 언제나 아름다운 일이었다. 또 우리가 우리의 길을 가듯 그들도 그들의 길을 가며, 각자 자신의 꿈과 소원과 은밀한 욕망을 가슴 깊이 품으면서도 그 커다란 흐름 속에 함께하며, 그들 모두가 한집단에 속하여 마음에는 똑같은 외경심, 똑같은 믿음을 지니고 모두 동일한 맹세를 했다는 것을 알게 되는 것은 아름다운 일이었다. 나는 자신의 행복을 카슈미르에서 얻고자 하는 마술사 욥*을 만났다. 『모험가 짐플리치시무스』**

에 나오는 한 구절을 즐겨 인용하는 연기(煙氣)의 마술사 콜로피노를 만났고, 성지에서 올리브 밭을 가꾸며 노예를 거느리기를 꿈꾸는 무자비한 사나이 루이를 만났다. 그는 어린 시절의 꿈인 푸른 꽃을 찾아 나선 안젤름과 나란히 팔짱을 끼고 걸었다. 나는 '외국 여인'으로 알려진 니논***을 만나 사랑했다. 검은 머리칼 아래로 빛나는 까만 눈동자를 가진 여인이었다. 그녀는 내 꿈속의 공주 파트메를 질투했는데, 스스로는 몰랐겠지만 그녀 자신이 파트메였을 것이다. 예전에는 순례자와 황제, 십자군 기사들이 구세주의 묘지를 해방시키기 위해 혹은 아라비아의 마법을 배우기 위해, 우리가 순례했듯이 그 길을 갔었다. 스페인의 기사들, 독일의 학자들, 아일랜드의 승려들, 프랑스의 시인들이 같은 길을 순례했었다.

본래의 직업이 바이올린 연주자이자 야담가인 나에게 우리 모임의 음악을 담당하는 임무가 주어졌다. 덕분에 나는 위대한 시대가 왜소한 개인을 고양시켜 그 모든 힘을 발휘케 하는 바를 경험했다. 나는 바이올린을 연주하고 합창단을 지휘했을 뿐 아니라 옛날 가곡들과 합창곡들을 수집했다. 또 6중창과 8중창의 성가

◆ 헤세의 친구 요제프 엥글레르트. 그는 카슈미르와 벵골로 여행을 다녀왔다.
◆◆ 독일 작가 그리멜스하우젠의 소설로 '30년 전쟁'이라는 유럽 종교전쟁의 혼란상이 배경이다.
◆◆◆ '외국인'이라는 뜻을 가진 아우슬랜더 가문 출신으로 헤세의 세 번째 부인이 된 니논 돌빈을 암시한다.

곡과 중창곡을 작곡해 연습하기도 했다. 그러나 이에 관해서는 더는 이야기하지 않고자 한다. 나는 많은 동료들과 통솔자들을 아주 좋아하게 되었다. 그리고 당시에는 별로 눈에 띄지 않았다 해도 레오만큼 내 기억에 강하게 남은 사람은 없다. 레오는 하인 중 한 사람이었다. (물론 하인들도 우리와 마찬가지로 자원자들이었다.) 레오는 짐 운반하는 일을 도왔고, 대변인을 위한 개인적인 봉사 임무를 맡기도 했다. 눈에 잘 띄지 않는 이 남자에게는 어딘지 모르게 사람을 잡아끄는 면이 있었고 쉽게 사람의 마음을 얻는 힘이 있어 모두가 호감을 가졌다. 그는 즐겁게 자신의 일을 해냈다. 대개는 혼자 노래를 부르거나 휘파람을 불었고, 꼭 필요한 경우가 아니면 눈에 잘 띄지도 않는 그야말로 이상적인 하인이었다. 뿐만 아니라 동물들이 모두 그를 따랐다. 우리 곁에는 거의 언제나 개가 한 마리 있었는데, 레오 때문에 따라온 개였다. 레오는 새를 길들이고 나비를 유인할 줄도 알았다. 그가 동방에 끌린 까닭은 솔로몬의 암호 해독 열쇠로서 새들의 말을 알아듣는 방법을 배우겠다는 소망 때문이었다. 우리 결맹에는 개인적인 가치관과 결맹에 대한 충성심에는 아무런 문제가 없다 하더라도 어딘지 과장되고 잘난 체하고 공상하는 면을 가진 사람들이 적지 않았지만, 이 하인 레오는 소박하고 자연스러웠으며, 붉은 뺨을 가진 건강한 사람이자 다정하면서도 겸허한 사람이었다.

　이야기를 하다 보면 내 각각의 기억들이 서로 차이를 보여 어려움을 느낀다. 이미 언급했듯이 우리는 작은 모임으로 행진하기도 했고 소규모 부대를 형성하기도 했고 심지어 대부대를 이루기도 했다. 그러나 나는 단 한 명의 동료와 남게 되기도 했고, 어떤 때는 천막도 통솔자도 대변인도 없이 완전히 혼자서 어떤 지방에 머물기도 했다. 더구나 이야기를 한층 더 어렵게 하는 것은, 우리가 공간을 가로지르는 여행만 한 것이 아니라 시간을 가로질러 여행하기도 했다는 점이다. 우리는 동방을 향해 가고 있었지만, 또한 중세나 황금시대로도 여행했다. 이탈리아나 스위스를 지나가면서 때로는 10세기에서 밤을 지냈고 족장들이나 요정들의 집에서 머물기도 했다. 혼자 있을 때면 자주 나 자신의 과거 속 장소나 예전에 알고 지냈던 사람들을 다시 찾기도 했는데, 라인 강 상류에서 숲이 우거진 강변을 따라 예전 약혼자와 함께 거닐기도 했고, 튀빙겐이나 바젤 또는 피렌체에서 젊은 시절의 친구들과 술을 마시기도 했다. 또 소년 시절로 돌아가 학창 시절의 친구들과 나비를 잡거나 수달을 잡으려고 매복하기도 했다. 어떤 때는 즐겨 읽는 책들에 나오는 좋아하는 인물들을 만나기도 했는데, 알만수르*와 파르치팔,** 비티코,*** 골드문트,**** 산초 판자가 내 옆에서 나란히 말을 타고 달리기도 했고, 우리 모두가 바르

---

* 스페인을 정복한 아랍 군인의 후예. 코르도바의 우마이야 칼리프 왕조에서 실질적인 지배자의 권력을 행사한 총리.
** 볼프람 폰 에셴바흐가 13세기 초에 쓴 궁정 서사시 『파르치팔』의 주인공.
*** 오스트리아 작가 아달베르트 슈티프터가 쓴 역사소설 『비티코』(1867)의 주인공 기사의 이름.
**** 헤세의 장편소설 『나르치스와 골드문트』의 주인공.

메키데스*의 손님이 되기도 했다. 그러다 내가 어느 골짜기에서 다시 우리 모임으로 돌아와 결맹의 노래를 듣고 통솔자들의 천막을 마주 보고 야영하면, 어린 시절 속으로 걸어 들어갔던 일이나 산초와 말을 타고 달렸던 일이 우리 여행의 필연적인 일부임이 곧 분명해졌다. 우리의 목표는 그저 동방에 이르는 것만이 아닌 그 이상의 것이었기 때문이다. 우리에게 동방은 그저 어떤 나라, 어떤 지역만이 아니었다. 영혼의 고향이자 청춘이었고, 어디에나 있으면서 어느 곳에도 없는, 모든 시간이 하나가 되어 버린 그런 곳이었다. 어쩌다 단 한순간에만 이를 의식할 뿐이지만, 바로 여기에 당시에 맛보았던 나의 큰 행복이 깃들어 있다. 나중에 이 행복을 잃어버리자마자 아무 소용도 없고 위로도 되지 않는 그 연관성을 분명히 알 수 있었기 때문이다. 두 번 다시 얻을 수 없는 소중한 무엇이 사라지고 나면, 우리는 곧잘 꿈에서 깨어난 느낌을 갖게 된다. 내 경우에도 그런 느낌이 들어맞았다. 실제로 꿈에서 느끼는 행복과 같은 신비가 나의 행복을 이루었기 때문이다. 즉 상상할 수 있는 것을 동시적으로 경험하고, 내면과 외면을 유희하듯 손쉽게 뒤바꾸며, 시간과 공간을 연극 무대의 세트처럼 밀어 옮길 수 있는 자유로 구성되어 있었던 것이다. 우리 결맹의 형제들이 자동차나 배도 없이 세계를 두루 여행하고, 또 우

＊ 아랍 제국의 두 번째 칼리프 왕조인 아바스 왕조에서 최고 관직을 지낸 페르시아의 가문.

리가 전쟁으로 교란된 세계를 믿음으로 극복하여 낙원으로 변형
시켰듯, 우리는 과거에 존재한 것, 미래에 닥쳐올 것, 허구적으로
상상한 것을 창조적으로 현재의 순간으로 불러냈다.

그리고 슈바벤이나 보덴제 호반, 스위스나 그 밖에 가는 곳마
다 우리는 우리를 이해하는 사람들 혹은 우리와 우리의 결맹, 우
리의 동방 순례가 존재한다는 데 어떤 방식으로든 감사를 표하
는 사람들을 계속 만났다. 우리는 취리히 시내의 전차들과 은행
들 사이에서 노아의 방주⁺를 만나기도 했는데, 방주는 모두 같은
이름을 가진 몇 마리의 개들이 지키고 있었고 보다 냉철해진 시
대의 천박한 흐름 속에서 노아의 후예이자 예술 애호가인 한스
C가 용감하게 조종하고 있었다. 우리는 또 슈퇴클린의 마법실⁺⁺
한 층 아래에 있는 빈터투어를 찾아 중국 사원의 손님이 되기도
했다. 이곳에서는 청동의 마야 상 아래에서 분향 연기가 피어올
랐고, 떨리는 여운을 남기며 울리는 사원의 종소리에 맞추어 검
은 왕이 부는 애절한 플루트 소리가 들려왔다.⁺⁺⁺ 그리고 태양산
'존넨베르크' 기슭에서 우리는 시암 왕의 식민지 수온 말리⁺⁺⁺⁺

⁺ 헤세의 친구이며 후원자인 한스 C. 보드머가 헤세에게 빌린 17세기 건축 양식
의 취리히 소재의 집은 '방주'라는 이름을 갖고 있었다.
⁺⁺ 헤세의 친구이며 후원자였던 게오르크 라인하르트가 그림을 그리고 또 니콜라
우스 슈퇴클린의 그림들을 보관한 작은 아틀리에.
⁺⁺⁺ 게오르크 라인하르트는 가족과 친구들 사이에서 '검은 왕'으로 불렸고 플루
트도 연주했다고 한다.
⁺⁺⁺⁺ 취리히의 존넨베르크 거리에 있는 헤세의 후원자 프리츠 로이트홀트의 집.
로이트홀트의 가족은 여러 해 동안 시암에서 살았고 이 집은 시암어로 '재스민 정
원'이라는 뜻을 가진 '수온 말리'로 불렸다.

에 이르렀고, 그곳의 석불과 청동 불상들 사이에서 감사하는 참배객으로서 술잔을 올리고 분향을 했다.

브렘가르텐*에서 있었던 결맹의 축제는 가장 아름다웠던 경험 중 하나다. 그때 우리는 마법의 원에 단단히 둘러싸여 있었다. 우리는 성주인 막스와 틸리**의 영접을 받았다. 천장이 높은 홀의 그랜드피아노에서는 오트마르***가 모차르트를 연주하는 소리가 울렸다. 공원에는 앵무새와 다른 말하는 동물들이 운집한 것이 보였고, 분수대에서 요정 아르미다가 부르는 노랫소리가 들려왔다. 점성가 롱구스는 검은 고수머리를 이마 위로 나부끼며 하인리히 폰 오프터딩겐의 사랑스러운 얼굴 옆에서 고개를 끄덕이고 있었다. 정원에서는 공작새들이 울었고, 루이가 장화 신은 수고양이와 스페인어로 대화를 나누는 동안, 한스 레좀****은 삶의 가면극을 들여다보고 감동을 받아 카를 대제의 무덤으로 순례하겠다고 맹세하고 있었다. 그때는 우리의 순례가 승리를 구가하던 시절이었다. 우리가 함께 몰고 온 마법의 물결이 모든 것을 씻어 냈다. 그곳에 살던 토착민들이 무릎을 꿇고 아름다움에 경의를 표했고, 성주는 우리의 그날 저녁 행적을 노래로 지어 낭송했

◆ 베른 시 근교의 도시로 헤세의 친구인 막스 바스머의 대저택이 있어 헤세가 자주 방문했던 곳.
◆◆ 막스 바스머와 그의 첫 번째 부인 틸리.
◆◆◆ 헤세의 시를 가사로 담아 많은 곡을 만든 스위스 작곡가 오트마르 쇠크 (1886-1957)를 암시.
◆◆◆◆ 헤세의 친구 한스 모저Hans Moser로 추정.

다. 성벽 주위로는 숲의 동물들이 몰려와 귀를 기울였고, 강에서는 물고기들이 장엄한 행렬을 지어 반짝이면서, 던져 주는 과자와 술을 받아먹었다.

이 최고의 아름다운 체험들은 사실 그 정신에 직접 젖어 본 사람에게나 이야기할 수 있는 것이다. 그것들에 대해 내가 여기에서 행하는 묘사는 보잘것없고 어리석게 들릴지도 모른다. 하지만 브렘가르텐에서의 날들을 함께 체험하고 축제에 참가한 사람이라면 누구나 내 말 하나하나를 확인해 주고 더 아름다운 것을 셀 수 없이 많이 열거하여 보완해 줄 것이다. 높은 나뭇가지들 사이로 달이 얼굴을 내밀 때 공작새의 꼬리가 얼마나 아름답게 빛났던가. 암벽들 사이의 그늘진 강기슭에서는 물 위로 솟아 오른 요정들이 얼마나 아름다운 은빛으로 반짝였던가. 그리고 야윈 모습의 돈키호테는 너도밤나무 그림자가 드리운 샘가에서 홀로 얼마나 외로이 첫 야간 보초 근무를 섰던가. 그러는 동안 성탑 위에서 벌어진 불꽃놀이의 마지막 불꽃 송이들은 얼마나 부드럽게 달빛 속으로 가라앉았던가. 또 나의 동료 파블로는 장미꽃 화관을 쓰고 소녀들 앞에서 페르시아의 갈대피리를 얼마나 멋지게 불어 댔던가. 이러한 광경은 영원히 내 기억에 남을 것이다. 오, 우리들 중 그러한 마법이 그렇게 빨리 풀려 버릴 것이라 그 누가 생각했을까. 우리 거의 모두 — 그리고 나도, 나조차! — 마치 관리나 가게의 점원들이 술자리나 일요일의 소풍이 끝난 다음 맥 빠진 기분으로 일상의 삶으로 되돌아가듯이, 우리도 다시 판에 박힌 무미건조하고 황량한 현실 속을 헤매게 될 것이라 그 누가 생각했을까.

그 시절에는 우리 중 누구도 그런 생각을 하지 못했다. 브렘가르텐의 성탑 안에 누워 있을 때 어디선가 라일락 향기가 침실 안으로 풍겨 왔고, 또 나무들 사이로 물 흐르는 소리가 들려왔다. 나는 행복과 동경에 취하여 깊은 밤 중 창문을 통해 아래로 내려가, 보초를 서고 있는 기사와 술에 취해 잠든 사람들 곁을 지나 출렁거리며 흐르는 강가로 나가 하얗게 반짝거리는 인어들에게 다가갔다. 그러자 인어들은 나를 데리고 그들의 고향, 달빛 차가운 수정의 세계로 내려갔다. 그곳에서 그녀들은 구원받지 못한 상태에서 마치 꿈을 꾸듯 보물 창고의 왕관과 황금 사슬들을 가지고 놀았다. 그 반짝이는 물속에서의 짧은 순간이 내게는 몇 달이 흘러간 것 같았다. 그러나 내가 다시 물 위로 솟아올라 차디찬 몸으로 기슭으로 헤엄쳐 왔을 때, 멀리 정원에서는 아직도 파블로의 갈대피리 소리가 들려왔고, 달도 여전히 하늘 높이 그대로 떠 있었다. 레오가 삽살개 두 마리와 노는 모습이 보였는데, 그의 총명한 동안童顔은 기쁨으로 빛났다. 롱구스는 숲 속에 앉아 양피지로 된 책 하나를 무릎에 펼쳐 놓고 그 안에 그리스어와 히브리어 글자들을 새겨 넣고 있었다. 그가 새겨 넣는 글자 하나하나에서 용이 날아오르고 다채로운 색의 뱀들이 모가지를 들고 일어섰다. 그는 나를 보지 못했고 오색찬란한 뱀 형상의 글자들을 그리는 데 깊이 빠져 있었다. 나는 그의 구부린 어깨 너머로 한참이나 책을 들여다보았는데, 많은 뱀들과 용들이 글자들의 행간에서 솟아올라 꿈틀거리며 소리 없이 밤의 덤불 속으로 사라지는 광경을 보았다. "롱구스." 내가 나지막하게 불러 보았다. "사랑하는 친구여!" 그는 내 말을 듣지 못했다. 나의 세계는 그의 세계와 멀리 떨어져 있었고, 그는 자신의 세계에 침잠해 있었다. 달빛이 비치는 저편 나무들 아래에서 안젤름이 손에 붓꽃 한 송이를 들고 거닐고 있었다. 그는 정신이 나간 듯 미소를 지으며 보라색 꽃잎을 들여다보았다.

순례 중에 여러 번 접했지만 제대로 깊이 생각해 보지 못했던 것이, 브렘가르텐에서 지내는 여러 날 동안 이상스럽게 또 조금은 마음 아프게 다시 떠올랐다. 우리들 중에는 예술가, 화가, 음악가, 시인들이 많았다. 열정적인 클링조어가 있었고, 불안정한 후고 볼프, 말수가 적은 라우셔, 재능이 반짝이는 브렌타노가 있었다. 이 예술가들은 모두 혹은 그중 몇몇은 아주 발랄하고 사랑받을 만한 인물이었다. 하지만 그들이 창조한 인물들은 예외 없이 그들을 만들어 낸 시인이나 창조자들보다 훨씬 더 생기 있고 아름답고 쾌활했으며, 어느 정도는 더 정상적이고 현실적인 인물들이었다. 파블로는 천진난만하게 황홀해하며 삶의 기쁨 속에서 피리를 불며 앉아 있었지만, 그의 시인은 달빛에 반쯤 젖은 채 그림자처럼 슬그머니 강기슭으로 내려가 고독을 찾고 있었다. 호프만*은 비틀

---

* Ernst Theodor Amadeus Hoffmann(1776-1822). 독일 낭만주의의 대표적 작가.

거리며 몹시 취한 상태로 수다스럽게 많은 말을 했고, 난쟁이 요정처럼 조그만 모습으로 손님들 사이를 이리저리 뛰어다녔다. 그러나 그 역시 다른 이들처럼 절반쯤의 현실성만 띤 채 그 모습이 존재했을 뿐 완전하게 견고하지는 못했고, 어딘지 진짜 같지 않은 면이 있었다. 반면에 고문서 사서인 린트호르스트＊는 장난으로 용을 흉내 내고 있었는데 숨 쉴 때마다 자동차처럼 불을 뿜고 힘을 토해 냈다. 나는 하인 레오에게, 창조된 형상들은 저리도 반박할 여지도 없을 만큼 생기 있어 보이는데 어째서 예술가 대부분은 반쪽짜리 인간처럼 보이는지 물어보았다. 레오는 질문에 놀라워하면서 나를 똑바로 쳐다보았다. 그러더니 팔에 안고 있던 삽살개를 놓아 주며 말했다. "그것은 어머니들의 경우와 같습니다. 아기를 낳고 아이에게 자신의 젖과 아름다움과 힘을 다 주고 나면, 어머니 자신은 보이지 않게 되지요. 그리고 아무도 그들에 대해 더는 물어보지도 않습니다."

"그건 슬픈 일이네요." 나는 사실 그 점에 대해 깊이 생각해 보지도 않고 말했다.

"제 생각에는 다른 모든 것들보다 더 슬픈 것은 아닙니다." 레오가 말했다. "아마 슬프기도 하겠지만 아름답기도 하지요. 법칙이 그러길 원하고 있습니다."

"법칙이라고?" 나는 호기심이 생겨 물었다. "도대체 어떤 법칙

＊ 호프만의 동화 『황금단지』에 등장하는 인물.

이 그렇다는 거요, 레오?"

"섬김의 법칙 말입니다. 오래 살기를 원하는 자는 섬기는 일을 해야 합니다. 그러므로 지배하려 하는 자는 오래 살지 못합니다."

"그렇다면 왜 그토록 많은 사람들이 지배하려는 욕망에 사로잡히는 것일까?"

"그들은 그 법칙을 몰라서 그렇지요. 지배하는 걸 타고난 사람은 얼마 되지 않습니다. 그런 사람들은 지배하면서 쾌활하고 건강하게 지낼 수 있습니다. 그러나 그렇지 않은 사람들, 즉 야심만으로 지배자가 된 사람들은 모두 아무것도 아닌 무에서 끝나게 됩니다."

"어떤 무를 말하는 거요. 레오?"

"이를테면 요양소에서 말입니다."

나는 그 뜻을 제대로 이해하지 못했지만 그의 말들은 내 기억 속에 그대로 간직되었다. 그리고 이 레오라는 인물이 모르는 것이 없는 것 같고, 표면상으로 그의 주인이었던 우리 같은 사람들보다 더 많이 아는 것 같다는 느낌이 마음속에 남았다.

2장

    '모르비오 인페리오레'[+]의 위험한 협곡 한가운데서 그 충성스럽던 레오가 갑자기 우리를 떠날 결심을 한 연유에 대해, 그 잊을 수 없는 여행에 참가했던 사람이라면 누구나 깊이 생각해 보았을 것이다. 그리고 나는 훨씬 나중에야 이 사건이 정말 어떻게 일어난 것인지, 또 한층 더 깊이 연관된 것들이 무엇인지에 대해 어느 정도 예감하고 전체적으로 조망할 수 있었다. 레오가 사라진 사건은 언뜻 보아서는 사소한 일 같았지만 사실은 뼈저린 모험이었는데, 결코 우연이 아니라 저 대적大敵이 우리의 계획을 망치려 시도한 일련의 박해 중 하나였다는 사실이 드러났다. 하인

[+] Morbio Inferiore, '죽음에 이르는 병'이라는 뜻의 이탈리아 북부에 있는 계곡.

레오가 실종되었다는 것이 알려지고 그를 찾으려는 모든 노력이 성과 없이 끝난 그 서늘한 가을날 아침, 불길한 기운과 닥쳐 오는 재난에 대한 예감을 처음으로 느낀 사람은 나 혼자만이 아니었던 것이 분명하다.

당시의 상황은 다음과 같았다. 우리는 과감한 행진으로 유럽의 절반과 중세의 일부를 편력하고 나서 이탈리아 국경에 있는 깊숙한 계곡의 바위 협곡에서 야영하며, 도저히 납득할 수 없는 방식으로 사라진 레오를 찾고 있었다. 그를 찾는 시간이 길어질수록 그리고 그날 하루가 지나가기 전에 그를 찾을 수 있으리라는 희망이 사라질수록 우리 모두는 더 불길한 예감에 사로잡혔다. 하인들 가운데 가장 유쾌하고 가장 많이 사랑받던 사람이 사고를 당했거나 도망쳐 버렸거나 아니면 적들에게 납치되었을 것이라는 사실 말고도 어떤 싸움의 시작이자 우리에게 불어닥칠 폭풍의 첫 신호일 것이라는 예감이었다. 우리는 날이 완전히 저물 때까지 레오를 찾느라 꼬박 하루를 보냈고, 협곡 전체를 수색해 보았다. 이러한 노력들을 기울이는 동안 우리는 점차 지쳐 갔고 그 모든 노력이 가망 없는 헛수고일 따름이라는 생각이 마음속에서 더욱 커지기만 했다. 반면에 한 시간 또 한 시간이 흘러갈수록 사라진 하인은 더욱 소중하게 생각되었고 그를 잃은 손실이 더욱 크다고 느껴졌는데, 이는 정말 이상하기도 하고 불길하기도 했다. 잘생기고 호감을 주며 기꺼이 봉사하는 그 젊은이를 잃었다는 사실은 각 순례자는 물론 의심할 여지없이 봉사하는 무리 전체의 마음을 아프게 했다. 뿐만 아니라 그의 실종이 확실해질수록 그는 더욱더 우리에게 없어서는 안 될 존재로 여겨졌다. 그의 잘생긴 얼굴, 그의 명랑한 기질, 그의 노래, 우리의 위대한 계획에 대한 레오의 열정이 없다면 이상하게도 우리의 계획자체가 그 가치를 잃는 듯했다. 적어도 나에게는 그러했다. 나는 그때까지 몇 달에 걸쳐 여행을 하는 동안 온갖 불의와 잡다한 실망을 겪었지만 한 번도 그 같은 내적 무력감과 심각한 회의에 빠진 적이 없었다. 아무리 공적이 많은 장군이라도, 이집트로 날아가는 제비 떼 속 새 한 마리라도, 그 목적이나 사명, 자신의 행동과 노력의 정당성을 확신하는 데 있어서 이 여행에 참가한 나를 능가할 수는 없었을 것이다. 그러나 나는 이때 그 불길한 장소에서 푸르고 황금빛이 도는 시월의 어느 날, 하루 종일 쉬지도 않고 전령들의 외침과 신호에 귀를 기울이고 있었다. 점점 더해 가는 긴장 속에서 소식이 도착하기를 기다리다 실망을 거듭하며 어쩔 줄 몰라 하는 얼굴들을 마주하던 그때에, 처음으로 슬픔과 회의를 느꼈다. 그리고 그러한 느낌이 강해질수록 레오를 다시 찾으리라는 믿음을 잃어 갈 뿐 아니라 이제는 모든 것이 믿을 수 없고 의심스러워졌음을 더욱 분명히 느꼈다. 우리의 동지애, 우리의 믿음, 우리의 맹세, 우리의 '동방 순례', 우리의 삶 전체, 그 모든 것이 가치와 의미를 잃어 가는 것 같았다.

모두가 그렇게 느꼈을 것이라는 나의 생각이 착각이었다 해도, 또 나 자신의 감정과 내면적 체험들에 대해 착각을 일으켜 실제로 훨씬 나중에 체험한 일을 그날의 일로 여겼다 해도, 레오의 여행 보따리에 관한 놀라운 경험만은 그대로 사실이다! 사실 그 것은 모든 개인적인 기분을 넘어서는, 아주 특별하고 환상적인 어떤 기분을 모두에게 불어넣으면서도 더 불안하게 만드는 사건 이었다. 모르비오 협곡에서 그날 하루를 보내며 실종된 사람을 열심히 찾는 동안 우리 중 한 사람 그리고 또 다른 사람이 차례 로 보따리에 넣어 두었던 아주 중요한 것, 없어서는 안 될 물건을 분실했다는 사실을 알아차렸다. 그중 어느 한 가지도 찾을 수가 없었다. 그리고 사라진 물건들은 모두 레오의 보따리 안에 들어 있었던 것으로 드러났다. 레오는 사실 우리와 마찬가지로 아마포 로 만든 평범한 배낭 하나를 등에 메고 다녔을 뿐이고 그 배낭 은 삼십 개가량 되는 배낭 중 하나였을 뿐이다. 그런데 없어진 그 문제의 배낭 속에 우리가 여행에 가지고 간 정말로 중요한 물건 들이 모두 들어 있는 것처럼 보였다! 잘 알려진 인간의 약점 중 하나는 어떤 물건을 잃어버리면 그 순간에는 그것이 너무 소중 해져서 수중에 있는 어떤 물건보다도 없어서는 안 될 것처럼 여 긴다는 것이다. 그리고 실제로 그 당시에 분실되어 모르비오 협 곡에서 우리의 마음을 그리도 불안하게 했던 물건들은 결국 대 부분 나중에 다시 나왔거나, 절대 없어서는 안 될 그런 종류의 물건이 아니라는 점도 밝혀졌다. 그 모든 사실에도 불구하고 그 당시 우리는 지극히 당연하게 불안감에 사로잡혀 일련의 아주 중 요한 물건들이 모두 없어졌다고 확인했던 것도 사실이다.

더욱 이상하고도 불길한 점은 다음과 같다. 분실된 물건들은 나중에 그것이 발견되고 않고의 여부에 상관없이 그 중요도에 따라 순위가 매겨져 있었다. 그런데 분실되었다고 생각했던 것들 중에서 너무나 부당할 만큼 그 상실을 애석해하고 그 가치를 과대평가했던 물건들은 매일 쓰는 물건들 사이에서 하나씩 하나씩 다시 나타났다. 사실 무엇인가 매우 본질적이면서 설명할 수 없는 것을 여기서 솔직히 털어놓아야겠다. 부끄러운 이야기지만 분실되었던 도구들과 귀중품들, 지도와 서류 등은 사실 없어도 별다른 지장이 없다는 점이 여행을 계속하는 동안 분명해졌다. 그 당시 우리 모두는 온갖 상상력을 동원해 돌이킬 수 없는 끔찍한 손실을 입었다고 생각했고 가장 중요한 것을 잃었다고 애써 한탄하며 울고불고했던 것 같다. 잃어버린 물건은 사람에 따라 달랐다. 어떤 이는 여권을 잃어버렸다고 했고, 어떤 이는 지도, 또 어떤 이는 칼리프에게 보내는 신임장을 분실했다고 했다. 그런데 결국은 잃어버렸다고 여긴 물건들이 하나씩 전혀 분실되지 않았거나, 중요하지도 않으며 없어도 괜찮은 물건이라는 사실을 알게 되었다. 그런데 정말로 없어서는 안 될 귀중품 하나가 보이지 않았다. 그것은 말할 수 없이 중요하고 만사에 근본이 되는 반드시 필요한 문서였는데, 정말로 확실히 없어졌다. 그러나 레오와 함께 사라진 이 문서가 도대체 처음부터 우리의 보따리에 들어 있기는 했었는가에 대해서는 한심할 정도로 의견들이 엇갈렸다. 이 문서가 대단한 가치를 가졌다는 점과 문서의 상실이 회복

불가능하다는 점에서는 완전히 의견이 일치했지만, 우리가 여행길에 오르면서 이 문서를 휴대했다고 단호하게 주장하는 사람은 (나도 그중 하나였지만) 소수였다. 어떤 사람은 레오의 아마포 배낭 속에 비슷한 것이 들어 있었지만, 절대로 그 문서의 원본이 아닌 사본일 뿐이라고 단언했다. 또 다른 사람은 문서 자체이건 사본이건 간에 여행길에 그것을 갖고 나온다는 것은 도저히 생각할 수 없는 일이며, 만약 그렇다면 이는 우리 여행의 전체 의미를 완전히 무시한 처사라고 믿어 의심치 않는다고 말했다. 이 문제를 두고 열띤 논쟁이 벌어졌다. 또 원본의 행방에 대해서도 (우리가 그 사본을 갖고 있다가 잃어버렸는지의 여부는 차치하고라도) 엇갈리는 여러 의견이 난무했다. 그 문서는 키프호이저의 본부에 보관되어 있다고 말하는 사람도 있었다. 그게 아니라 이미 고인이 된 우리 총수의 유골함에 들어 있다고 말하는 사람도 있었다. 그러자 말도 안 되는 소리라며 또 다른 이가 나섰다. 그 결맹의 문서는 총수에 의해 그만이 아는 원시 상형문자로 작성되었고, 총수의 유언에 따라 그의 유해와 함께 불태워졌다는 것이다. 총수가 죽은 후 아무도 읽을 수 없었으므로 문서의 원본에 대해 문제를 제기한다는 것 자체가 의미가 없다는 것이었다. 그런데 확인해야 할 것은, 총수가 생존하던 당시 그의 감독 아래 작성되었던 네 개의 번역본이 (여섯 개라고 말하는 사람도 있었다) 있는 장소라고 그는 말했다. 중국어, 그리스어, 히브리어, 라틴어 번역본이 남아 있는데, 그것들은 네 곳의 고대 수도에 보관되어 있다는 것이었다. 그 밖에도 여러 주장과 의견이 나왔는데, 많은 사람들이 자신의 말을 완강히 고집하는 한편, 다른 이들은 이런 저런 반론에 설득되어 곧 의견을 새로 바꾸기도 했다. 한마디로 위대한 이념이 아직은 우리를 하나로 묶어 놓고는 있었지만, 그 때부터 우리 집단에는 확신과 일치단결은 더는 존재하지 않게 되었던 것이다.

아, 나는 그 최초의 논쟁들을 어찌나 잘 기억하고 있는지! 그 논쟁들은 그때까지 굳건히 일치단결하던 우리 결맹에 무엇인가 전혀 새로운, 한 번도 들어 본 적이 없는 사건이었다. 적어도 처음에는 존경과 예절을 유지하면서 논쟁이 진행되었다. 우선은 폭력적인 형태의 언쟁은 없었고, 개인적인 비난이나 모독적인 발언도 하지 않았다. 무엇보다 우리는 여전히 전 세계를 상대로 불가분하게 단결된 형제단이었다. 내게는 아직도 논쟁의 그 목소리들이 들리는 것 같고, 최초의 논쟁이 벌어졌던 야영장이 눈에 보이는 듯하다. 아주 진지한 얼굴들 사이로 여기저기 황금빛 가을 낙엽이 떨어져 어떤 사람의 무릎 위에 또 어떤 사람의 모자 위에 하나씩 얹혀 있는 것이 눈에 선하다. 아, 나는 귀를 기울여 듣다가 차츰 무거워지고 답답해지는 마음을 느꼈다. 그 모든 의견들이 난무하는 가운데 마음속에서는 원본, 즉 진정 오래된 결맹의 문서는 레오의 배낭 속에 들어 있었고 레오와 함께 그것도 사라져 분실되었다는 믿음이 완전히 굳어졌고 슬픔이 솟아날 정도로 확실해졌다. 그런 신념은 참으로 서글펐지만 하나의 신념이었고 나중에는 움직일 수 없는 확신이 되었다. 물론 당시에는 더욱 소망이 가득한 다른 신념이 있다면 그 신념과 기꺼이 바꾸겠다고 생각했다. 나중에 그 서글픈 신념을 버리고 다른 어떤 의견이라도 받아들일 마음이 되었을 때야 비로소, 당시에 내가 그런 신념에 사로잡혀 있었음을 깨달을 수 있었다.

그러나 나는 사건을 이런 식으로 이야기할 수 없다는 것을 알고 있다. 하지만 그 독특한 영혼의 공동체, 그토록 놀랍게 고양된 영적인 삶에 관한 이야기를 도대체 어떤 방식으로 할 수 있단 말인가? 나는 마지막으로 생존해 있는 한 사람으로서 우리의 위대한 일을 기념할 만한 어떤 것이라도 구해 내고 싶은 심정이다. 나는 나 자신이 카를 대제를 섬겼던 용사들 중 한 명을 모시다 살아남은 늙은 하인과도 같다는 생각이 든다. 그 하인의 기억 속에는 일련의 찬란한 행적과 놀라운 경험들이 보존되어 있는데, 만일 그가 이것들을 말이나 그림, 이야기나 노래로 남겨 후세에 전하지 못하면 그 모든 형상과 기념해야 할 것들은 그와 함께 완전히 사라져 버린다. 그러나 도대체 어떻게, 무슨 재주를 동원해야 그것이 가능할까, 어떻게 우리의 동방 순례 이야기를 해낼 수 있는가? 나로서는 도무지 알 수가 없다. 이미 최선의 의도로 시작해 본 여기 이 첫 부분부터가 끝도 없고 이해할 수도 없는 것으로 나를 이끌어 간다. 나는 단순히 우리의 동방 순례가 진행된 과정과 몇 가지 사건을 기억에 남아 있는 대로 기록해 보려고 했다. 그보다 더 간단한 일은 없을 것 같았다. 그런데 무엇인가 제대로 이야기를 시작하지도 않은 지금, 원래는 말하려고 생각지도 않았고 하나의 작은 에피소드에 불과한 레오의 실종에 관한 일화에 매달리고 있다. 그러고는 제대로 짜인 직물 대신에 수천 가닥으로 얽혀 있고, 풀어 가지런하게 하려면 수백 명이 매달려 몇 년을 보내야 할지도 모르는 그런 실뭉치를 양손에 잡고 있는 것 같다. 물론 이런 실뭉치의 모든 가닥이 다 그렇지는 않겠지만 어느 한 가닥을 잡아 살며시 당겨 보면 그 가닥이 엄청나게 약해 손가락 사이에서 금방 끊어져 버릴 것이다.

역사가가 어떤 시대의 사건들을 기록하기 시작하면서 정말 진실하게 기록하려 할 경우 이와 비슷한 상황이 벌어지리라는 생각이 든다. 사건들의 중심, 그것을 중심으로 사건들이 서로 연관되고 통합되는 그런 통일성은 무엇일까? 어떤 연관성이라든지 인과관계 또는 의미 같은 것이 생겨나도록 하기 위해서는, 그리고 지구상에 있었던 그 무엇이 결국 이야기가 될 수 있기 위해서는, 역사가는 하나의 통일성을 찾아내야 한다. 그것이 영웅이든 민족이든 이념이든 혹은 현실에서는 이름도 없이 일어나는 것이든 상관없다. 역사가는 찾아낸 허구의 통일성 속에서 이야기를 전개시켜 나가야 한다.

실제로 일어난 믿을 만한 일련의 사건들도 서로 연관 지어 이야기하기란 어렵다. 그런데 내 경우는 그러기가 더욱 어렵다. 내가 사건을 제대로 정확히 관찰하려고 하면 모든 것이 의심스러워지고 세상에서 가장 굳건하다던 우리의 결맹이 해체되기라도 할 것처럼 모든 것이 빠져 달아나고 해체되어 버릴 것이기 때문이다. 그것을 축으로 바퀴가 돌아갈 수 있는 그런 통일점이나 중심, 구심점을 어디에서도 찾을 수 없는 것이다.

우리의 동방 순례와 그 순례의 기초를 이루는 공동체인 우리 결맹은 가장 소중한 것, 내 삶에서 유일하게 소중한 것이었다. 그에 비하면 나 자신은 완전히 보잘것없는 존재로 생각되었다. 그런데 이 가장 소중한 것을, 최소한 그중 한 부분만이라도 기록하여 붙잡아 두고자 하는 지금, 모든 것이 그저 그 무엇에 반사되어 산산이 부서져 내리는 수많은 형상들의 덩어리 같다. 그런데 이때의 그 무엇이란 바로 자아이고, 이 자아라는 거울은 내가 들여다보려 하면 언제나 하나의 무로, 유리의 가장 바깥 표면에 불과한 것으로 드러난다. 그렇지만 나는 내일 아니면 그 언제라도 계속해서 쓰거나 심지어는 다시 한 번 새로이 시작해 보겠다는 의도와 희망을 버리지 않고서, 펜을 내려놓는다. 그러나 그 의도와 희망 뒤에, 우리의 일을 이야기하려는 나의 억제할 수 없는 모든 충동의 배후에는 심각한 회의가 깃들어 있다. 그러한 회의는 모르비오 계곡에서 레오를 찾던 때에 시작되었다. 회의는 '너의 이야기가 도대체 이야기될 수 있는 성질의 것인가?'라는 의문을 던질 뿐 아니라, '그 이야기가 도대체 체험이 가능했는가?'라는 의문도 제기한다. 그러나 우리는 사실에 대한 보고들과 믿을 만한 이야기가 부족하지 않은 세계대전의 참전 병사들까지도 때때로 이런 회의를 느끼지 않을 수 없었다는 선례를 기억한다.

3장

앞부분을 쓰고 나서 나는 계획을 다시 한 번, 그리고 한 번 더 곰곰이 생각해 보았고 또 난관을 극복하는 길을 찾고자 시도해 보았다. 그런데 아직도 해결책은 찾지 못했고, 여전히 혼돈과 마주하고 있다. 그러나 쓰는 일을 포기하지 않기로 스스로 맹세했고, 맹세를 하는 순간 어떤 행복한 추억이 한 줄기 햇빛처럼 머릿속을 스치고 지나갔다. 그러고 보니 우리가 집단 순례에 나섰던 당시에도 지금과 비슷한, 그것도 아주 비슷한 느낌을 가진 적이 있었다. 그때도 우리는 외관상 불가능해 보이는 무엇을 시도했었다. 그때도 우리는 겉으로 보기에는 방향도 알지 못한 채 어둠 속을 걸어 다녔고, 최소한의 예측도 하지 못했다. 그렇지만 마음속에서는 현실이나 개연성보다 더 강한 무엇이 빛나고 있었는데, 우리 행동의 의의와 필연성에 대한 신념이었다. 그러한 느낌의 여운이 소나기처럼 마음속에 쏟아져 내렸다. 그리고 그런 행복한 전율의 순간에는 모든 것이 분명해지고, 모든 것이 다시 가능해 보였다.

이제 무슨 일이 있더라도 나는 내 의지를 관철하기로 결심했다. 이야기하기 어려운 나의 이야기를 열 번, 백 번 처음부터 다시 시작해야만 하고 그때마다 같은 궁지에 빠지더라도 나는 백 번이라도 다시 시작할 것이다. 형상들을 의미 있는 전체로 다듬어 낼 수 없더라도 단편적 형상이라도 하나하나 가능한 충실하게 포착할 것이다. 그리고 지금도 어떤 식으로든 가능하다고 한다면, 나는 위대했던 우리의 동방 순례 시절에 지녔던 첫 번째 수칙을 항상 마음에 새기고 있을 것이다. 그것은 절대로 의지하지 말 것, 절대로 이성적이라는 이유들 때문에 당황하지 말 것, 이른바 현실이라는 것보다 믿음이 언제나 더 강하다는 사실을 명심한다는 수칙이다.

고백하건대 물론 실제적이고 이성적인 방법으로 나의 목적에 다가서려는 시도를 해보기도 했다. 이곳 도시에 살고 신문의 편집을 맡은 어린 시절의 친구를 찾아간 것이다. 루카스라는 이름의 친구다. 그는 세계대전에 참전했고 관련된 책을 한 권 집필했는데 아주 많이 읽히고 있다. 루카스는 나를 다정하게 맞아 주었다. 학창 시절의 친구를 다시 만나 기쁜 것이 분명했다. 나는 친구와 두 번이나 꽤 오랜 대화를 나누었다.

어떤 문제에 부딪혔는지 그를 이해시키려고 했다. 말을 이리저리 돌리지 않고 솔직하게 털어놓았다. 내가 이른바 '동방 순례' 또는 결맹의 행진 또는 항간에서 무어라 부르든 간에 하여튼 저 원대한 기획에 참가한 사람이었다고 말했다. 아, 그런가, 하고 그는 흥미롭다는 듯 미소를 띠면서 자신도 그 일을 기억한다고 말했다. 아마 약간 불경스럽게 들릴지 모르겠지만 그의 친구들 사이에서는 그 독특한 이야기가 대개 '아이들의 십자군'이라 불린다는 것이다. 그의 주위에서는 이 운동을 그리 심각하게 받아들이지 않고 있고, 일종의 신지학神智學적 운동이나 사해동포주의 기획 같은 것으로 생각하는데, 그럼에도 불구하고 우리가 시도한 일들의 몇몇 성과에 대해서는 아주 감탄하고 있다는 것이다. 슈바벤 고지대로의 용감한 횡단 여행, 브렘가르텐에서의 승리, 테신의 산중 마을 '몬탁'의 정복 등에 대해서는 감명 깊게 읽었으며, 때로는 이 운동이 공화 정치에 봉사하는 쪽으로 돌아서는 것이 아닌가 하는 생각이 들기도 했다고 한다. 그런 다음에는 그 일이 무언가 흐지부지 무산되어 버린 것 같고, 예전에 그 통솔자였던 사람들 몇 명은 떠나갔으며, 떠난 사람들은 뭔가 부끄러워하며 더는 그 일을 기억하지 않으려 한다는 것이다. 이후 들려오는 소식들도 점차 줄어들었고, 갈수록 점점 더 이상하게 서로 모순되는 내용이었다는 것이다. 그래서 그 전체 사안은 더는 추적해 볼 필요가 없는 사안이 되었고 전후에 정치, 종교, 예술 분야에서 나타난 여러 이상한 조류들과 마찬가지로 사람들의 기억에서도 사라졌다는 것이다. 당시에는 그야말로 수많은 예언자들이 등장했고, 메시아적인 희망과 주장들을 내세운 여러 비밀결사가 나타났다가 흔적도 없이 사라져 버렸다는 것이다.

그렇다, 그의 관점은 분명했고, 그것은 호의적인 성격의 의심이었다. 결맹이나 동방 순례에 관한 이야기는 들었지만 직접 체험해 보지 않은 사람은 누구나 루카스와 비슷한 생각을 했을 것이다. 나는 루카스의 생각을 바꾸려는 것은 아니었지만 어쨌든 그의 지식을 수정해 줄 만한 정보를 몇 가지 제공했다. 예를 들어 우리 결맹은 절대로 전후에 나타난 현상 중 하나가 아니며, 때로는 지하에 잠복하기도 했지만 세계사 전체를 관통하면서 결코 한 번도 중단된 적 없이 그 맥을 유지하고 있다는 점, 세계대전의 이런저런 국면들 또한 우리 결맹의 역사의 어느 단계들에 지나지 않는다는 점, 더 나아가 조로아스터, 노자, 플라톤, 크세노폰, 피타고라스, 알베르투스 마그누스, 돈키호테, 트리스트럼 샌디, 노발리스, 보들레르가 우리 결맹의 공동 발기인이자 형제라는 점을 알려 주었다. 그러자 그는 바로 내가 예상했던 미소를 지었다.

"좋아" 하고 나는 말했다. "난 자네에게 뭘 가르치려고 온 게 아니라, 좀 배우려고 왔어. 내가 아주 간절히 원하는 것은 결맹의 역사 같은 것을 쓰는 게 아니고(그것은 실력을 모두 갖춘 학자들을 있는 대로 다 모아 놓는다 해도 불가능할 거야), 그저 우리의 여행 이야기를 그대로 해보려는 거야. 그런데 도무지 그 주제에 접근이 안 되는 거야. 문학적 재능이 문제가 아니야. 그런 재능이야 나도 갖고 있다고 생각하네. 그리고 그런 점에서는 특별한 야심도 없다네. 문제는 바로 다음과 같은 거야. 내가 한때 동지들과 함께 체험했던 현실이 더는 존재하지 않는다는 것이지. 그 추억들은 내게는 참으로 소중하고 가장 생생한 것이라 할지라도 너무 멀리 있는 것처럼 여겨지고 있어. 그 추억들은 너무나 다른 소재로 되어 있어 마치 지구가 아닌 다른 별에서 다른 세기에 일어난 일이거나 아니면 열병을 앓으면서 경험한 환각 같은 것으로 여겨진다는 거야."

"그런 것이라면 나도 잘 알지!" 루카스는 신이 나서 외쳤다. 이제야 비로소 우리의 대화가 그의 관심을 끌기 시작했다. "오, 그런 것은 나도 정말 잘 알고 있어! 이보게, 나의 전쟁 체험이 꼭 그랬거든. 나는 전쟁을 속속들이 뼈저리게 체험했다고 생각하고 있었지. 수많은 영상들로 나 자신이 터져 버릴 듯했고, 뇌리 속에 들어 있는 필름 뭉치는 수천 킬로미터나 되는 것 같았어. 그런데 내가 책상에, 의자에, 식탁에, 집 안에 앉아 손에 펜을 들기만 하면 폭파되어 말끔히 쓸려 버린 마을과 숲들, 연발로 쏘아 대는 폭탄에 마구 흔들리는 대지, 그리고 오물과 위대함, 두려움과 영웅심, 찢긴 복부와 머리통들, 죽음의 공포와 지독한 유머가 뒤섞인 상태 — 그 모든 것들이 이루 말할 수 없이 멀어져 갔다네. 모든 것이 그저 꿈을 꾼 것에 지나지 않았고, 그 어떤 것과도 관계가 없었으며, 어디에서도 제대로 포착하기가 불가능했지. 자네도 알다시피 그래도 나는 결국 그 전쟁에 관한 책을 썼고, 지금은 많이 읽히며 토론거리도 되고 있어. 그러나 생각해 보게. 나는 그런 책이 열 권 더 집필되고 그 한 권 한 권이 내 책보다 열 배는 더 훌륭하고 감동적이라 할지라도, 독자가 전쟁을 스스로 체험하지 못했다면 호의적인 독자조차 전쟁의 진정한 모습을 상상토록 해줄 수 없다고 보네. 그리고 전쟁을 체험한 사람이란 그리 많지가 않지. 전쟁에 '참가'한 사람이라고 해도 그들 모두가 전쟁을 체험했다고는 할 수 없고, 또 많은 사람들이 전쟁을 실제로 체험했다고 하더라도 그다음에는 곧 다시 잊어버렸다네. 아마도 체험에 대한 욕망을 제외하면 인간에게 있어 망각에 대한 욕망만큼 강한 욕망도 없을 거야."

이어 그는 잠시 침묵했고, 당혹해하면서 생각에 잠긴 것처럼 보였다. 그가 한 말은 나 자신의 경험과 생각을 확인해 주는 것이었다.

한참 있다가 그가 조심스럽게 물었다.

"그런데도 자네는 어떻게 그 책을 쓸 수 있었단 말인가?"

그는 여러 상념에서 벗어나면서 잠시 생각을 가다듬었다. "그것이 가능한 이유는 단 하나야." 그가 말을 이었다. "그렇게 하지 않을 수 없었기 때문이야. 나로서는 책을 쓰든지 아니면 절망에 빠질 수밖에 없었어. 책을 쓰는 일은 나를 허무, 혼란, 자살에서 구원하는 유일한 길이었지. 그런 절박한 상황에서 책을 썼던 거야. 그리고 그 책은 잘 썼느냐 못 썼느냐를 떠나서 결국 집필되었기 때문에 내가 기대했던 구원을 가져다주었어. 유일하게 중요한 사실은 그뿐이지. 그리고 책을 집필할 때는 나 자신, 아니면 기껏해야 나와 가장 가까웠던 전우들 말고는 다른 독자를 생각할 여유는 한순간도 없었지. 그나마 살아남은 전우들이 아니라 전쟁에서 죽은 전우들을 늘 생각했어. 책을 집필하는 동안 나는 열병에 걸린 환자나 미친 사람 같았어. 언제나 팔다리가 잘려 나간 서너 명의 죽은 자들에게 둘러싸여 있었지. 그렇게 그 책이 태어난 거야."

그러고 나서 갑자기 그가 다시 말했는데, 우리가 가진 첫 번째 대화의 마지막이었다. "미안하네. 난 그 일에 관해 더 이상 말할 수가 없네. 그래, 한마디도, 단 한마디도 할 수 없어. 난 말할 수가 없고, 말하고 싶지 않아."

그는 나를 바깥으로 밀어냈다.

그를 두 번째로 만났을 때, 그는 다시 평온하고 침착했고 약간의 조소가 담긴 듯한 미소를 띠고 있었다. 그렇지만 친구는 내 문제를 진지하게 생각하고 잘 이해하고 있는 것 같았다. 그는 몇 가지 조언을 해주었고 얼마간 도움이 되었다. 두 번째이자 마지막이었던 대화의 끝 무렵에 그는 지나가는 말처럼 말했다.

"들어 보게. 자네는 자꾸 되풀이해서 그 레오라는 하인의 이야기로 되돌아가는데, 그것이 마음에 들지 않아. 거기에서 자네는 암초를 만나는 것 같아. 거기에서 빠져 나오고, 레오 같은 건 내던져 버려. 레오가 고정관념이 된 것 같은 인상을 준단 말이야."

나는 어떤 고정된 관념이 없으면 책을 쓰기가 가능하지 않을 것이라고 반박하고 싶었지만, 친구는 내 말에 귀를 기울이지 않았다. 그 대신 전혀 뜻밖의 질문으로 나를 놀라게 했다.

"그의 이름이 정말 레오였는가?"

내 이마에서 땀이 배어 나왔다.

"그렇다니까." 내가 말했다. "분명히 레오라고 불렀어."

"그게 이름이었어?"

나는 말을 더듬었다.

"아니야, 이름이 — 뭐였더라 — 잘 모르겠군. 잊어 버렸네. 레오는 그의 성이었는데, 우리 모두 그를 그렇게 불렀어."

내가 아직 말을 마치지 않았는데, 루카스는 책상 위에 있는 두툼한 책을 한 권 집어 들고 책장을 넘겼다. 그는 눈 깜짝할 사이에 뭔가를 찾아내더니, 펼친 페이지의 한 부분을 손가락으로 짚었다. 그것은 주소록이었고 그가 손가락으로 짚은 곳에 레오라는 이름이 있었다.

"이것 보라고." 그가 웃었다. "여기에도 벌써 레오라는 이름이 하나 있어. 안드레아스 레오, 자일러그라벤 거리 69a 번지야. 레오는 좀 희귀한 성이지. 아마 이 사람이 자네의 레오에 대해 뭔가 알고 있을지도 몰라. 이 사람에게 가보면 아마 자네가 필요로 하는 이야기를 해줄 수도 있을 거야. 나는 그런 말을 해줄 수가 없네. 시간이 없어 이만 실례하겠네. 자네를 만나 아주 기뻤네."

친구의 집 문을 나왔을 때 나는 당혹감과 흥분으로 휘청거렸다. 그의 말이 옳았다. 나는 더는 그에게서 얻어 낼 것이 없었다.

그날로 나는 자일러그라벤 거리로 가서 문제의 집을 찾아 안드레아스 레오에 대해 물어보았다. 내가 찾는 사람은 4층에 살고 있는데, 저녁과 일요일에는 가끔 집에 있지만 평일 낮에는 하루 종일 일하러 나가고 없다고 했다. 그의 직업을 물어보았다. 그는 이런저런 여러 가지 일을 하는데, 손톱 다듬기와 발 치료, 마사지 등을 할 줄 알고, 연고와 치료용 약초 즙을 만들기도 하며, 일거리가 별로 없는 불경기에는 가끔 개를 조련하고 털을 깎아 주는 일도 한다고 했다. 나는 그곳을 떠나면서 차라리 그 남자를 찾지 말거나 적어도 내가 뜻하고 있는 바에 관해서는 그에게 아무 말도 하지 않는 것이 좋겠다는 생각이 들었다. 그러면서도 그를 만나고 싶다는 호기심을 강하게 느꼈다. 그래서 다음 며칠 동안 자주 산보를 하며 그 집을 살펴보았고, 오늘도 다시 가볼 생각이다. 아직까지 안드레아스 레오의 얼굴을 직접 보는 행운은 없었기 때문이다.

아, 정말이지 이 모든 사건은 나를 절망으로 몰아넣으면서 동시에 행복을 주기도 한다. 적어도 흥분과 긴장을 주면서 나 자신과 나의 삶을 다시 소중하게 만들어 주고 있다. 그동안 나에게 너무나 결핍되었던 것이다.

인간의 모든 행위는 이기적인 충동에서 비롯된다는 임상의나 심리학자들의 주장이 옳을지도 모른다. 하지만 내가 이해할 수 없는 것은, 일생 동안 어떤 일에 봉사하면서 자신의 즐거움이나 행복을 소홀히 한 채 일을 위해 희생하는 인간이 어째서 실제로 노예를 사고팔거나 탄약 장사를 하여 얻은 수익을 사치로 탕진하는 인간과 정말 똑같은 방식으로 행동하고 있느냐는 점이다. 그러나 그런 심리학자들과 논쟁을 벌여 보아야 나는 당장 패배하고 설득당할 것이 뻔하다. 왜냐하면 심리학자들은 언제나 승리를 거두는 인간들이기 때문이다. 하여튼 나와 관계된 한에서는 그들의 말이 옳을 수도 있다. 그런 경우 내가 선하고 아름답다고 생각하여 희생을 바치는 것도 모두 나 자신의 이기적인 소망에서 비롯되었다는 이야기가 된다. 정말로 나는 동방 순례 이야기를 쓰겠다는 계획을 하면서 그런 이기주의를 매일 더욱 분명히 느끼고 있다. 처음에는 어떤 고귀한 일에 헌신하는 아주 힘든 일을 시작한 것으로 생각되었지만, 점차로 내가 이 여행기 집필을 통해 추구하는 것이 루카스가 전쟁에 관한 책을 집필하면서 추구했던 것과 다름없다는 사실을 알게 되었다. 삶에 다시 한 번 의미를 부여함으로써 내 삶을 구제해 보려는 것이었다.

내가 그 길을 볼 수만 있다면! 한 발자국이라도 앞으로 나갈 수만 있다면!

"레오 같은 건 내던져 버려. 레오로부터 빠져나오라고!" 루카스가 내게 한 말이다. 내 머리나 위장을 던져 버리고 그것으로부터 빠져나오라는 것과 같다!

사랑하는 하느님, 부디 저를 도와주소서!

4장

지금은 모든 것이 다시 달라 보인다. 그런데 그것이 실제로 내 문제를 해결하는 데 도움이 되었는지 그렇지 않은지는 아직 모르겠다. 그러나 나는 무엇인가를 체험했고, 전혀 예상치 못했던 일이 내게 일어났다. 아니, 그것은 내가 예상했던 일, 내가 예감하고 기대하면서도 또 두려워했던 일이 아니던가? 그렇다, 그랬던 일이다. 그런데도 여전히 기이하고도 개연성이 없어 보인다.

나는 여러 번, 스무 번 또는 그 이상, 유리해 보이는 시간에 자일러그라벤 거리를 찾아갔고 69a 번지 근처를 어슬렁거렸으며, 나중에는 늘 이런 생각까지 했다. '이제 한 번만 더 시도해 보자. 이번에도 아무 성과가 없으면 다시 찾아오지 말자.' 그럼에도 불구하고 나는 계속 찾아갔고, 나의 소망은 그저께 저녁에 이루어졌다. 아, 그 소망이 어떻게 성취되었는지!

녹회색 회벽의 금간 곳과 부서진 부분까지 훤히 알고 있는 그 집 가까이로 내가 다가갔을 때, 위쪽의 창문에서 소박한 노래나 춤곡, 아니면 유행가의 멜로디 같은 휘파람 소리가 들려왔다. 나는 여전히 아무것도 모른 채 무심코 귀를 기울였다. 그 음조가 무엇인가를 생각나게 했고 실제로 어떤 추억이 마음속에서 깨어나기 시작했다. 아주 평범한 곡이었지만, 입으로 부는 그 휘파람 소리는 신기할 정도로 감미로웠고, 경쾌하면서도 우아했으며, 새 소리처럼 아주 순수하고 기분 좋고 또 자연스럽게 들렸다. 나는 멈춰 서서 귀를 기울였다. 무심결에 그 소리에 매혹되었고 동시에 마음속에서 기묘하게 사무쳐 오는 무엇이 있었다. 아울러 저런 식으로 휘파람을 불 줄 아는 사람이라면 아주 행복하고 사랑스러운 사람이 틀림없으리라는 생각도 했던 것 같다. 한참 동안이나 넋을 잃고 그 골목길에 조용히 서서 귀를 기울이고 있었다. 그때 양 볼이 움푹 들어가고 얼굴에 병색을 띤 노인이 지나갔다. 노인은 서 있는 나를 바라보고는 잠시 나처럼 귀를 기울이더니, 이어 알겠다는 듯 미소를 지으며 다시 걸어갔다. 먼 곳을 바라보는 노인의 아름다운 눈길이 이렇게 말하는 것 같았다. '그렇게 더 서 있게나, 젊은이. 그런 휘파람 소리는 매일 들을 수 있는 게 아니라네.' 노인의 눈길은 나의 기분을 돋우어 주었고, 나는 노인이 떠나가는 것이 아쉬웠다. 그러나 동시에 휘파람 소리는 내 소망이 실현되었음을 알려 주었고, 나는 휘파람의 주인공이 레오가 틀림없다는 것을 깨달았다.

날은 이미 어두워져 있었다. 그러나 아직 불을 밝힌 창문은 없었다. 소박한 변주곡을 동반한 멜로디가 끝나자 사방이 잠시 조용해졌다. '이제 저 위에서 불을 켜겠지.' 나는 이렇게 생각했지만 모든 것이 여전히 어두웠다. 그런데 곧 위쪽에서 문 열리는 소리가 났고, 이어 계단에서 발소리가 들려왔다. 대문이 부드럽게 열리고 누군가가 밖으로 나왔다. 집에서 나온 그 사람의 발걸음은 조금 전의 휘파람 소리와 비슷했다. 가볍고 유희적이면서도 탄력이 있고 건강하고 젊음이 느껴졌다. 걸어가고 있는 사람은 키가 크지는 않았지만 아주 날씬한 남자로, 머리에 모자를 쓰고 있지 않았다. 순간 나의 느낌은 확신으로 바뀌었다. 그가 레오였다. 그는 주소록에 실려 있는 레오라는 이름의 남자였을 뿐 아니라 십년 전, 아니 보다 더 오래된 그때에 자취를 감추어 우리를 그토록 슬프고 당혹하게 만들었던 바로 그 사람이었다. 나는 순간적으로 너무 기쁘고 놀라 하마터면 그를 부를 뻔했다. 그리고 그제야 동방 순례를 하던 당시에도 여러 번 들었던 휘파람 소리라는 사실을 기억해 냈다. 음조는 그때 그대로였는데, 이상하게도 얼마나 다르게 들렸는지! 마음이 아프고 가슴을 저미는 듯했다. 그때 이후로 하늘과 공기, 계절과 꿈, 잠 그리고 낮과 밤 등 모든 것이 얼마나 달라졌는가! 내게는 그 모든 것이 얼마나 깊이, 얼마나 무서울 만큼 변했던가! 한 가락의 휘파람 소리와 귀에 익은 박자의 걸음걸이가 잃어버린 옛날을 추억하게 만들면서 내 마음을 이토록 뒤흔들고 또 이러한 행복감과 이렇게 애잔한 느낌을 불러일으킬 수 있다니!

남자는 나를 스쳐 지나갔다. 풀어 헤친 푸른 셔츠 위로 목이 드러나 있었고, 유연하고도 경쾌한 머리에는 모자도 쓰지 않은 모습이었다. 그는 경쾌한 걸음걸이로 저녁의 골목길을 사뿐히 걸어 내려갔다. 가벼운 샌들이나 운동화를 신었는지 발소리도 거의 들리지 않았다. 나는 별다른 생각도 없이 그를 따라갔다. 어떻게 내가 그를 따라가지 않을 수 있었겠는가! 그는 골목길을 따라 내려갔다. 걸음걸이가 가볍고 경쾌하여 젊은이답기는 했지만, 저녁의 모습을 띠고 있었다. 황혼과 같은 울림이었다. 또한 바로 그 황혼의 시간, 거리의 안쪽에서 흘러나오는 약해진 소리들, 그리고 이제 막 하나둘 불이 켜지기 시작하는 첫 번째 가로등의 희미한 불빛과 다정하게 잘 어울리며 하나로 합쳐지는 걸음이었다.

그는 성 파울 성당의 문 옆에 있는 작은 정원으로 접어들어 크고 둥근 관목들 사이로 사라졌다. 나는 그를 놓치지 않고자 발걸음을 서둘렀다. 그러자 그의 모습이 다시 보였다. 그는 라일락 숲과 아카시아 나무 아래로 천천히 걸어가고 있었다. 좁다란 길은 작은 숲 속에서 두 갈래로 나 있었고, 잔디밭 가장자리에는 벤치가 몇 개 놓여 있었다. 나무들 아래는 이미 상당히 어두웠다. 레오는 한 쌍의 연인이 앉아 있는 첫 번째 벤치를 지나, 비어 있는 그다음 벤치에 가서 앉았다. 그는 벤치에 등을 기대고 머리를 뒤로 젖히고는 한참 동안이나 나뭇잎과 구름을 쳐다보았다.

그러고 나서 코트 주머니에서 하얀 금속 재질의 작고 둥근 상자를 꺼내어 자기 옆 벤치 위에 놓았다. 이어 뚜껑을 돌려 상자를 열고는 천천히 손가락으로 상자에서 무엇인가를 꺼내 입에 넣더니 기분 좋게 먹었다. 그러는 동안 나는 숲의 입구를 왔다 갔다 했다. 그러다가 그가 앉아 있는 벤치로 다가가 다른 쪽 끝에 앉았다. 그는 눈을 들어 밝은 회색빛이 감도는 눈길로 내 얼굴을 바라보며 계속 먹었다. 그가 먹고 있던 것은 두세 개의 자두와 반으로 자른 살구 같은 마른 과일이었다. 그는 그것들을 하나하나 두 손가락으로 집어 눌러 보고 만져 보고는 입에 넣고 한참을 씹으며 음미했다. 그가 마지막 과일을 집어 다 씹어 삼킬 때까지는 한참이 걸렸다. 그러더니 이제 둥근 상자의 뚜껑을 다시 닫아 주머니에 넣고는 몸을 뒤로 기대면서 다리를 앞으로 쭉 내뻗었다. 나는 그제야 천으로 된 그의 신발 바닥이 밧줄로 엮어 만든 것임을 알 수 있었다.

"오늘 밤에는 비가 올 겁니다."

그가 느닷없이 말했다. 나는 그가 나에게 말했는지 혼잣말을 한 것인지 알 수 없었다.

"그럴 것 같군요." 내가 약간 당황해하며 말했다. 왜냐하면 내 모습이나 걸음걸이로는 그가 나를 알아보지 못했을지라도 이제는 목소리로 나를 알아차릴 수 있으리라고 생각했고, 틀림없이 그럴 것이라고 기대했기 때문이다.

그러나 그렇지가 않았다. 그는 나를 전혀 알아보지 못했고 목소리를 듣고서도 알아차리지 못했다. 그것은 나의 첫 소원에 불과했지만 나는 깊은 실망감을 느꼈다. 그가 나를 알아보지 못한 것이다. 그 자신은 십 년 전과 똑같은 사람으로 남아 있고 전혀 나이를 먹지 않은 것처럼 보이는데, 나는 전혀 다른 모습이, 슬프게도 다른 모습이 되어 있었다.

"당신은 휘파람을 멋지게 불더군요." 내가 말했다. "아까 저쪽 자일러그라벤 거리에서 들었습니다. 아주 마음에 들었어요. 실은 나도 예전에는 음악가였습니다."

"음악가였다고요?" 그가 다정하게 말했다. "좋은 직업이죠. 그런데 지금은 그 직업을 그만두신 건가요?"

"그렇습니다. 당분간은 그만두었어요. 바이올린도 팔아 버렸거든요."

"그렇습니까? 정말 유감이군요. 지금은 곤경에 처해 있습니까? 내 말은 배가 고프시냐고요. 집에 먹을 것이 좀 있습니다. 여기 주머니에도 몇 마르크 정도 있어요."

"아니, 그렇지 않습니다." 나는 얼른 말했다. "그런 뜻으로 한 말이 아닙니다. 내 형편은 아주 좋습니다. 필요로 하는 것보다 더 가지고 있어요. 하지만 초대해 주시겠다는 친절에 정말 감사드립니다. 이렇게 친절한 분을 만나기란 어렵거든요."

"그렇게 생각하세요? 글쎄, 그럴지도 모르죠. 사람들은 서로 다르고, 어떤 때는 정말 이상하기도 하니까요. 당신도 좀 특이하시군요."

"내가요? 어째서 그렇다는 거죠?"

"당신은 돈이 충분히 있다면서 바이올린을 팔아 버렸잖아요! 이제 음악에서는 더는 기쁨을 못 느끼세요?"

"아, 그렇습니다. 그러나 예전에 좋아했던 것에서 기쁨을 잃는다는 것은 이따끔 있는 일이죠. 음악가가 바이올린을 팔아 버린다든가, 벽에 던져 부숴 버린다든가, 또는 화가가 어느 날 갑자기 자기 그림들을 모두 불태워 버린다든가 하는 일이 있죠. 그런 얘기를 들어 보지 못하셨나요?"

"아니, 들어 보았습니다. 절망에서 그런 행동을 벌이기도 하죠. 나도 스스로 목숨을 끊은 사람을 두 명이나 알고 있답니다. 어리석은 사람들이고, 다른 사람들에게 고통을 안겨 주죠. 어떤 사람들은 도저히 도와줄 수가 없기도 합니다. 그건 그렇고 바이올린을 더는 갖고 있지 않으시면, 지금은 무얼 하며 지내시나요?"

"그야 뭐, 이런 일 저런 일 하면서 지내요. 사실 나는 원래 하는 일도 없답니다. 이제 더는 젊지도 않고 자주 아프기까지 하니까요. 그런데 당신은 어째서 바이올린 얘기만 하시죠? 그렇게 중요한 일도 아닌데 말입니다."

"바이올린 말인가요? 그것은 다윗 왕이 생각났기 때문입니다."

"뭐라고요? 다윗 왕이 생각났다고요? 그가 바이올린과 무슨 상관이 있다는 거죠?"

"그도 음악가였지요. 아주 젊었을 때 그는 사울 왕에게 자주 음악을 들려주며 왕의 울적한 기분을 풀어 주곤 했죠. 그런데 나중에 그 자신이 왕위에 오르자 여러 애환과 괴로움을 겪으면서 근심이 가득한 위대한 왕이 되었지요. 그는 왕관을 쓰고 많은 전쟁을 치르기도 했고, 그 밖에 여러 야비한 짓도 했고 아주 유명해졌지요. 그러나 그의 삶을 생각할 때마다 무엇보다 아름답게 여겨지는 것은 불쌍한 사울 왕에게 음악을 들려주던 하프를 타던 젊은 다윗의 모습입니다. 그가 나중에 왕이 된 것은 유감스러운 일이죠. 그는 음악가였을 때가 훨씬 더 행복하고 아름다운 인물이었거든요."

"물론입니다." 나는 좀 열을 올리며 소리쳤다. "확실히 그는 그때가 더 젊고 아름답고 행복했지요. 그러나 사람은 영원히 젊을수는 없습니다. 당신이 말한 다윗이 음악가로 남았다고 할지라도 그 역시 세월이 지나면 나이를 먹고, 아름다움도 잃고, 근심 걱정도 더 많아졌을 겁니다. 대신에 그는 위대한 다윗이 되었죠. 여러 업적을 남겼고, 시편의 시들도 지었습니다. 어쨌든 삶은 하나의 유희일 수만은 없으니까요!"

레오는 자리에서 일어서면서 인사를 했다.

"이제 밤이군요." 그가 말했다. "곧 비가 올 겁니다. 나는 다윗이 이룩한 업적에 대해서는 잘 모르겠고, 그 업적들이 과연 위대한 것이었는지도 모르겠습니다. 또한 그의 시편에 대해서도 솔직히 말해 이제는 별로 아는 것이 없습니다. 그의 시편을 흠잡고 싶어하는 말이 아닙니다. 그러나 인생이 그저 하나의 유희가 아니라는 사실을 다윗도 내게 입증해 주지는 못합니다. 인생이 아름답고 행복하다면, 그 인생이야말로 하나의 유희와 같은 것이죠! 물론 인생을 어떤 다른 것으로 만들어 버릴 수도 있겠죠. 하나의 의무나 전쟁, 또는 감옥 같은 것으로 말입니다. 그러나 그렇게 한다고 해서 인생이 더 아름다워지지는 않을 겁니다. 안녕히 가세요. 만나서 반가웠습니다."

이 경이롭고도 사랑스러운 인물은 이제 경쾌하고도 조심스러우며 호감이 가는 걸음걸이로 움직이기 시작했고 다시 사라지려하고 있었다. 그때 나의 모든 침착성과 자제력은 완전히 무너져버렸다. 나는 절망적으로 그의 뒤를 따라 달려가면서, 애원하는 심정이 되어 소리쳤다. "레오! 레오! 당신은 레오가 맞죠? 도대체왜 나를 알아보지 못하는 거요? 우리는 결맹의 형제였고, 지금도 마찬가지일 거요. 우리는 둘 다 동방 순례에 참가했었지요. 레오, 정말 나를 잊어버렸단 말이오? 왕관지기들, 클링조어, 골드문트, 브렘가르텐에서의 축제, 모르비오 인페리오레 협곡에 대해 정말 아무것도 모르겠단 말이오? 레오, 나를 좀 떠올려 주시오!"

그는 내가 생각한 것처럼 도망을 간 것은 아니지만, 그렇다고 뒤돌아서지도 않았다. 그는 아무것도 듣지 않은 듯 계속 여유 있게 걸어가면서 내가 따라잡을 만한 시간을 주었다. 그리고 내가 그와 나란히 걸어도 아무 이의가 없는 것처럼 보였다.

"당신은 아주 우울하고 성급하시군요." 그가 부드럽게 말했다. "그것은 좋지 않습니다. 그러면 얼굴이 일그러지고 병도 나게 됩니다. 함께 아주 천천히 걷도록 하죠, 그러면 마음이 좀 진정될 거예요. 그리고 이 빗방울들, 참 신기하지 않습니까? 마치 '오 데 콜론'⁺처럼 하늘에서 내려오는군요."

"레오." 나는 애원조로 말했다. "제발 부탁이오! 한마디만 해주시오. 당신은 아직 날 기억하고 있겠죠?"

"글쎄요." 그는 부드럽게 말했지만 여전히 환자나 술 취한 사람을 대하듯 했다. "곧 괜찮아질 거예요. 다만 당신은 좀 흥분해서 그런 거예요. 그러니까 당신 말씀은, 내가 당신을 알고 있느냐는 거죠? 글쎄요, 대체 어느 누가 다른 사람을, 아니 자기 자신만이라도 안다고 할 수 있겠습니까? 그리고 보시다시피 나는 인간을 잘 이해하는 사람이 전혀 못 됩니다. 사람들에게는 흥미가 없어요. 개라면, 그래요, 개라면 아주 잘 알죠. 새나 고양이도 마찬가지고요. 그러나 나는 당신은 정말 모르겠군요."

"그렇지만 당신은 결맹에 속해 있죠? 그 당시 순례에도 참가했고요?"

"나는 아직도 순례 중인 걸요. 그리고 언제나 결맹에 속해 있습니다. 거기에는 많은 사람들이 들어오고 나가죠. 그러니 사람들은 서로 알면서도 서로 잘 모르죠. 개라면 훨씬 간단하지요. 자, 보세요, 잠깐만 기다려 봐요."

그는 경고의 표시로 손가락을 들어 보였다. 우리는 엷게 내리는 습기로 점점 촉촉해지고 있는 밤의 공원길에 서 있었다. 레오

⁺ '쾰른의 물'이라는 뜻. 독일 쾰른에서 나는 향수.

는 입술을 뾰족하게 하더니, 길게 떨리며 나지막하게 울리는 휘파람 소리를 내고는 잠시 기다렸다가 다시 한 번 휘파람을 불었다. 나는 깜짝 놀라 몸을 약간 움츠렸다. 갑자기 커다란 셰퍼드 한 마리가 덤불에서 튀어나와 우리가 서 있는 격자 울타리 뒤쪽으로 달려오더니, 기둥과 철사들 틈으로 레오가 손가락으로 쓰다듬어 주기를 바라면서 기쁜 듯이 쿵쿵대고 울타리에 몸을 마구 밀어붙였다. 맹견의 눈은 밝은 녹색으로 반짝였는데, 그 눈길이 내게 미칠 때면 그 개는 목구멍 깊숙이 멀리서 울리는 천둥소리처럼 낮게 으르렁거렸다.

"네커라는 셰퍼드입니다." 레오가 개를 소개했다. "우리는 아주 좋은 친구 사이죠. 네커, 여기 이분은 한때 바이올린 연주가였어. 이분께 나쁜 짓을 해서는 안 되고 짖어서도 안 돼."

우리는 그렇게 서 있었다. 레오는 울타리 사이로 개의 젖은 털을 정겹게 쓰다듬어 주었다. 동물과 친구가 되어 기쁜 마음으로 개와 나누는 그의 밤 인사는 참으로 아름다운 광경이었고, 진정 내 마음에도 들었다. 다른 한편으로 레오가 이 셰퍼드와 다른 많은 개들, 아마도 그 지방의 모든 개들과 그렇게 친밀한 관계를 맺고 있는 반면에 나와는 다른 낯선 세계를 이루며 떨어져 있다는 사실이 거의 참을 수 없게 느껴졌다. 레오는 내가 머리 숙여 간청했던 우정과 신뢰를 이 네커라는 개뿐만 아니라, 동물이나 빗방울 하나하나, 그가 밟고 다니는 대지 곳곳에는 보여 주고 있는 것 같았다. 그는 늘 자신을 헌신하여 언제나 자기 주변 세계와 쉽고 균형 잡힌 관계를 맺고 그들과 교제하며, 또 모든 것을 알고, 모든 것으로부터 인정과 사랑을 받고 있는 것처럼 보였다. 그런데 내게는 거리를 두고 있었고, 낯설고 냉정하게 나를 지켜보고 있었다. 그는 나라는 존재는 마음에 받아들이지 않고 자신의 기억 속에서 지워 버리고 있었다.

우리는 천천히 계속 걸었다. 울타리 저쪽에서는 셰퍼드가 애정과 기쁨이 어린 나지막하고 기분 좋은 소리를 내며 따라오고 있었다. 그러면서도 녀석은 나라는 성가신 존재를 잊지 않았는지, 나에 대한 거부감과 적의로 으르렁거리고 싶은 것을 다만 레오를 생각해 목구멍에서 억누르고 있었다.

"미안하군요." 내가 다시 말을 시작했다. "이렇게 당신에게 매달려 시간을 뺏고 있으니 말입니다. 물론 당신은 집으로 돌아가 침대에 들고 싶겠죠."

"오, 무슨 말씀을?" 그가 미소를 지으며 말했다. "나야 밤새도록 이렇게 걸어 다닌다 해도 전혀 나쁠 것이 없습니다. 시간적인 여유도 있고, 마음이 안 내키는 것도 아닙니다. 당신만 괜찮으시다면."

그는 아주 친절하게, 또 별 뜻 없이 그렇게 말했다. 그러나 그의 말이 끝나자마자 나는 머릿속에서 그리고 팔다리 마디마디에서 심한 피로를 느꼈다. 아무 소용도 없고 내게는 너무나 굴욕적인 야간 산책을 하며 내딛는 발걸음 하나하나가 너무 힘들게 느껴졌다.

"정말 그렇군요." 나는 풀이 죽어 말했다. "나는 몹시 피곤하거든요. 이제야 피로를 느끼겠어요. 또 밤중에 이렇게 비를 맞고 돌아다니며 다른 사람을 귀찮게 하는 것이 무의미하기도 하고요."

"편하실 대로 생각하세요." 그가 정중하게 말했다.

"아, 레오 씨. 그 당시 결맹에서 동방으로 여행할 때는 당신은 내게 이런 식으로 말하지 않았어요. 정말 그 모든 것을 다 잊어 버린 건가요? 그래요, 아무 소용도 없군요. 더는 당신을 붙잡지 않겠습니다. 안녕히 가세요."

그는 재빨리 밤의 어둠 속으로 사라졌다. 나는 머리를 얻어맞은 듯 멍하니 혼자 남아 있었다. 결국 나는 이번 게임에서 패배했다. 그는 나를 알아보지 못했고, 알려고 하지도 않았으며, 또한 나를 놀려 먹었다.

나는 왔던 길을 되돌아갔다. 격자 울타리 뒤에서는 사냥개 네 커가 사납게 짖어 댔다. 나는 여름밤의 후덥지근한 열기 속에서 피로와 슬픔과 고독으로 몸을 떨었다.

예전에도 비슷한 일을 겪은 적이 있다. 그때 나는 마치 길을 잃은 순례자처럼 이 세상의 맨 끝에 다다른 듯한 생각이 들 정도로 절망했었다. 그때는 나의 마지막 희망을 따르는 일, 다시 말해 세상의 끝에서 허공 속으로, 죽음 속으로 뛰어드는 일밖에 없는 것 같았다. 세월이 지나면서 그때의 절망감이 다시 찾아오기도 했지만, 심한 자살 충동은 변해 갔고 거의 사라졌다. 나에게 '죽음'은 더는 무도 아니고, 공허도 아니고, 부정도 아니었다. 그

밖에 다른 많은 것들도 변해 있었다. 이제 나는 절망의 시간들을 육체의 심한 고통을 받아들이듯 받아들였다. 우리는 탄식하거나 저항하면서 고통을 참고 견뎌 낸다. 그러면서 점차 더 불어나고 커지는 고통을 느낀다. 게다가 그 고통이 얼마나 더 진행되고 도대체 얼마나 더 심해질 수 있을지에 대해 때로는 광적인 호기심, 때로는 조소가 담긴 호기심을 갖기도 한다.

나는 실패한 동방 순례에서 외롭게 돌아온 이래로 점점 더 살아갈 용기와 희망을 잃어버린 실망의 삶을 보냈다. 그로부터 야기되는 모든 불만, 나 자신의 능력에 대한 온갖 불신 그리고 한때 체험했던 선하고 훌륭한 시간들에 대한 부러움과 후회 섞인 그리움, 그 모든 것이 내 속에서 고통처럼 커졌고, 나무처럼 산처럼 높이 자라났으며, 나를 세차게 잡아당겼다. 그리고 그 모든 것은 당시의 나의 과제, 동방 순례와 결맹에 관해 이미 시작한 이야기에 연결되어 있었다. 지금으로서는 그 과제를 수행하는 것 자체가 더는 바람직하거나 가치 있어 보이지 않았다. 오로지 한 가지 희망만이 가치가 있어 보였다. 그것은 글쓰기를 통해 저 고귀한 시절의 기억에 봉사함으로써 나 자신을 조금이라도 정화시켜 구제하고, 결맹과 또 내가 체험했던 일에 나를 다시 결부시키는 것이었다.

5장

다음 날, 나는 잠에서 깼다가 다시 잠들기를 여러 차례 반복하다가 머리가 아프기는 했지만 그래도 충분히 휴식을 취한 상태로 눈을 떴다. 그때 한없이 놀랍고 기쁘고 또 당황스럽게도 거실에 와 있는 레오를 발견했다. 그는 의자 한 귀퉁이에 앉아 있었는데, 이미 상당히 오래 기다린 것 같았다.

"레오!" 내가 외쳤다. "당신이 왔군요?"

"당신에게 보냄을 받아 왔습니다." 그가 말했다. "결맹에서 나를 보냈습니다. 당신은 결맹과 관련해 나에게 편지를 보냈지요. 그 편지를 간부들에게 전해 드렸습니다. 최고 지도자가 당신을 기다리고 있습니다. 함께 가실 수 있겠습니까?"

나는 어리둥절해하면서 서둘러 신발을 신었다. 책상 위는 어젯밤부터 치우지 않아 다소 어질러지고 어수선한 그대로였다. 그 순간 나는 몇 시간 전까지 거기서 무엇을 그렇게 불안해하며 격정적으로 써내렸는지 알 수가 없었다. 어쨌든 그 일은 헛되지 않은 것 같았다. 무슨 일인가 일어났고, 그래서 레오가 찾아온 것이다.

그제야 갑자기 그가 한 말의 내용을 깨달았다. 그러니까 '결맹'은 아직도 존재하는 것이다. 나는 그에 대해 아무것도 모르고 있었지만, 결맹은 나와 상관없이 존재하고 있었고 또 나를 더는 결맹의 한 사람으로 간주하지 않고 있었던 것이다! 결맹의 최고 지도자도 아직 존재하고, 간부들도 여전히 존재하고 있으며, 지금 그들이 나를 부르러 사람을 보낸 것이다! 이 소식을 듣자 몸이 화끈 달아올랐다가 오싹하는 전율을 느꼈다. 나는 몇 달, 몇 주 동안 이 도시에서 살면서 결맹과 우리들의 순례에 대한 수기를 쓰고 있었다. 그러면서도 결맹의 잔재가 있는지 없는지, 있다면 또 어디에 있는지도 몰랐고, 내가 결맹의 마지막 생존자인지 아닌지조차도 알지 못했던 것이다. 솔직하게 말하자면 정말로 어떤 순간에는 그 결맹의 존재, 그리고 내가 그에 속해 있었다는 것이 사실인지 아닌지조차 확신할 수가 없었다. 그런데 지금 레오가 나를 데려가려고 결맹에서 보냄을 받아 여기 서 있다. 결맹은 나를 기억하고 있고, 나를 소환했다. 결맹에서는 나를 심문할 것이고, 아마도 나와 결산을 하려 들 것이다. 그래, 나는 마음의 준비가 되어 있었다. 결맹에 불충하지 않았다는 것을 보여 주고, 결맹에 복종할 준비가 되어 있었다. 간부들이 벌을 주든지 용서를 하든지 나는 모든 것을 받아들이고, 그들의 말을 무엇이든지 시인하며 또 그들에게 복종하기로 미리 마음먹고 있었다.

우리는 출발했다. 레오가 앞장을 섰다. 그리고 나는 그의 모습과 걸음걸이를 보면서 그 옛날에 그랬던 것처럼 레오가 너무나 훌륭하고 완벽한 하인인 데 대해 감탄하지 않을 수 없었다. 그는 유연하고 참을성 있게 내 앞에서 길을 안내하며 골목길을 따라 걸어갔다. 그는 완벽한 안내자, 자기 임무에 충실한 완벽한 하인 그리고 완벽한 임무 수행자가 되어 있었다. 그럼에도 불구하고 나의 인내심을 시험하는 일은 조금도 하지 않았다. 결맹이 나를 소환했고, 최고 지도자가 나를 기다리고 있었다. 나로서는 모든 것이 한판 승부에 붙여진 것이다. 거기서 앞으로의 내 인생 전체가 결정될 것이고, 또 지금까지의 내 인생 전체가 의미를 얻게 되든지 아니면 완전히 의미를 상실하든지 할 것이다. 나는 기대와 기쁨, 두려움과 숨 막힐 것 같은 걱정으로 몸이 떨렸다. 레오가 앞장서 걷고 있는 이 길도 조급한 마음 때문에 참을 수 없을 정도로 길게 느껴졌다. 이미 두 시간 이상이나 이 안내자를 따라왔고 또 아주 이상하고도 변덕스러운 우회로를 걷고 있다는 생각이 들었기 때문이다. 레오는 나를 두 번이나 교회 앞에서 기다리게 하고, 자기는 안에 들어가 기도를 드렸다. 또 오래된 시청 앞에 멈추어 서서 그것을 바라보면서 한참 동안 생각에 잠기기도 했는데, 그 시간도 내게는 한없이 길게 느껴졌다. 그는 그 시청이

15세기에 결맹의 어느 유명한 회원이 건립했다는 이야기도 해주었다. 그의 걸음이 그렇게 날렵하고 열정적이며 목적이 뚜렷해 보인다 해도 그가 목적지를 향해 우회하기도 하고, 맴돌기도 하고 또 지그재그로도 가는 것을 보면서 나는 완전히 혼란에 빠지고 말았다. 우리가 오전 내내 걸어온 길은 제대로 가면 십오 분이면 도착할 수 있는 거리였다.

마침내 그는 잠들어 있는 교외의 한 골목으로 나를 이끌더니 아주 크고 조용한 건물로 안내했다. 건물은 밖에서 보기에 길게 뻗은 관청 건물이나 박물관처럼 보였다. 안으로 들어가 보니 사방 어디에도 인기척이라고는 없었고, 복도와 계단은 텅 비어 있어 우리의 발소리만 시끄럽게 울렸다. 레오는 복도와 계단과 대기실들을 돌아다니며 찾기 시작했다. 한번은 그가 높다란 문을 조심스럽게 열었는데, 문 안쪽을 들여다보니 무엇인가가 잔뜩 쌓여 있는 화가의 아틀리에가 보였다. 이젤 앞에는 화가 클링조어가 셔츠 바람으로 서 있었다. 아, 얼마나 오랫동안 이 정다운 얼굴을 보지 못했던가! 그러나 나는 그에게 인사할 엄두를 내지 못했다. 사람들이 나를 기다리고 있었고, 나는 소환을 받은 상태였기 때문이다. 클링조어는 우리에게 별다른 주의를 기울이지 않았다. 그는 레오에게 고개를 끄덕였지만, 나를 보지 못했거나 알아보지 못한 것 같았다. 작업을 방해받는 것을 참지 못하는 그는 다정하면서도 단호하게 우리더러 아무런 말없이 나가라고 손짓했다.

결국 우리는 이 끝도 없어 보이는 건물의 꼭대기로 올라가 바로 다락 층으로 들어갔다. 거기에서는 종이와 판지들 냄새가 났고, 수백 미터나 되는 벽을 따라 들어선 서랍장의 문들과 책들의 책등 그리고 서류 뭉치들이 방문객을 맞았다. 그곳은 거대한 장서고, 규모가 엄청난 사무 관청이었다. 아무도 우리에게 신경을 쓰지 않았고, 모두가 소리 없이 일에 몰두하고 있었다. 그곳에서는 별이 총총한 하늘을 포함해 전 세계가 관리되거나, 적어도 기록되고 감시되는 것 같았다. 우리는 한참 동안 그곳에 서서 기다렸다. 주위에는 많은 문서고 직원들과 도서관 직원들이 목록 카드와 번호들을 손에 들고 소리 없이 바쁘게 움직였다. 사다리를 놓고 오르내리기도 하고, 승강기와 바퀴 달린 작은 손수레가 부드럽게 조용히 움직이기도 했다. 마침내 레오가 노래를 부르기 시작했다. 나는 그 가락을 감명 깊게 들었다. 예전부터 아주 친숙했던 가락이었다. 그것은 우리 결맹의 노래 중 한 멜로디였다.

그 노래에 따라 모든 것이 이내 재빨리 움직이기 시작했다. 사무직원들이 물러가고, 공간은 저 멀리 어두컴컴한 곳까지 길게 뻗어 있었다. 어마어마한 문서고의 풍경을 배경으로 저 뒤쪽에 부지런히 움직이고 있는 작고 비현실적인 모습의 사람들이 보였다. 가까운 전면은 넓고 텅 빈 공간으로 변해 있었다. 장엄하게 펼쳐진 홀 한가운데에는 많은 의자들이 가지런히 열을 지어 정돈되어 있었다. 간부들이 일부는 뒤쪽에서, 일부는 홀에 달린 수많은 문에서 들어왔고, 느긋하게 의자로 다가가서는 한 명씩 자리에 앉았다. 의자들은 한 줄 한 줄 천천히 채워졌다. 좌석의 전체적인 구성은 완만한 경사를 보이며 점점 높아졌고, 가장 위에 있는 높은 보좌가 정점을 이루었다. 보좌는 아직 비어 있었고, 거기에 이르는 이 장중한 평의회 좌석들이 모두 채워졌다. 레오는 나를 쳐다보며 인내와 침묵 그리고 경외심을 가질 것을 경고하는 눈빛을 보냈다. 그러다가 레오는 많은 사람들 사이로 사라졌는데, 내가 미처 알아차리지도 못하는 사이에 가버렸고 나는 더는 그를 찾을 수가 없었다. 그러나 나는 이 최고 법정에 모인 간부들 사이 여기저기에서 진지한 표정으로 또는 미소를 지으며 나타나는 아는 얼굴들을 보았다. 알베르투스 마그누스, 뱃사공 바수데바, 화가 클링조어 그리고 또 다른 많은 사람들이 보였다.

드디어 장내가 조용해지고 대변인이 앞으로 걸어 나왔다. 나는 혼자서 잔뜩 위축되어 모든 것을 각오하고 최고 법정에 섰다. 깊은 불안에 사로잡혀 있기는 했지만, 지금 이곳에서 일어나고 결정되는 일을 완전히 수긍하고 받아들일 생각이었다.

그때 대변인의 밝고 평온한 목소리가 장내에 울려 퍼졌다. "달아났던 결맹 형제의 자수." 그가 이렇게 공표하는 소리가 들렸다. 무릎이 떨려 왔다. 나의 생사가 달린 사안이었다. 그러나 모두 잘된 일이었다. 이제는 모든 것이 정리되어야 했다. 대변인이 말을 이었다.

"당신의 이름이 H. H이지요? 당신은 슈바벤 고지대에서의 행진 그리고 브렘가르텐의 축제에 참가했었지요? 그리고 '모르비오 인페리오레'를 지나서 곧 도망을 쳤지요? 동방 순례기를 쓰려 한다고 자백했지요? 그런데 결맹의 비밀에 대해 침묵하겠다고 한 맹세가 작업에 방해가 되고 있다고 생각하나요?"

나는 계속되는 질문 하나하나에, 심지어 잘 이해되지 않고 무서운 질문에도 모두 그렇다고 대답했다.

간부들이 잠시 속삭이고 제스처를 취하면서 의견을 교환했다. 그러고 나서 다시 대변인이 앞으로 나와 공표했다.

"자수한 형제는 이 판결로 자신이 알고 있는 결맹의 법규와 결맹의 비밀을 공개적으로 말할 수 있는 권한을 부여받았습니다. 뿐만 아니라 자수한 형제는 그 일을 수행하기 위해 결맹의 문서고 전체를 이용하도록 허락되었습니다."

대변인이 물러갔다. 간부들도 흩어져 몇몇은 홀의 깊숙한 공간으로, 또 몇몇은 출구들을 통해 천천히 사라졌다. 그러자 엄청나게 큰 공간이 아주 조용해졌다. 나는 불안하게 주위를 둘러보다가, 내 앞의 사무용 책상 위에 놓인 낯익은 원고 묶음들을 발견했다. 그것을 집어 보니, 거기에는 바로 내가 한 작업, 나의 문제아, 이제 막 시작한 나의 원고가 들어 있었다. 푸른색 표지에는 '동방 순례기 — H. H 지음'이라고 적혀 있었다. 나는 그것을 움켜잡고서 빈약하고도 촘촘히 쓰인, 여러 번 지우고 고쳐 쓴 흔적이 있는 원고를 읽어 보았다. 그러면서 성급한 마음과 작업에 대한 욕구에 사로잡혔고, 또 마침내 상부의 승낙, 아니 후원을 받아 이제 내 과업을 끝낼 수 있겠구나 하는 감동에 압도되었다. 이제는 어떠한 맹세도 나의 혀를 구속하지 못하고, 또 결맹의 장서고, 그 무진장한 보물 창고를 마음대로 이용할 수 있다고 생각하니 어느 때보다도 내가 하는 일이 더 위대하고 명예롭게 느껴졌다.

그러나 직접 손으로 쓴 원고의 페이지들을 읽어 갈수록 원고가 마음에 들지 않았다. 이전에 아무리 절망에 빠졌던 때라 할지라도 그 원고가 지금처럼 쓸모없고 엉망으로 여겨진 적은 없었다. 모든 것이 뒤죽박죽이었고, 또 너무도 어리석어 보였다. 가장 뚜렷한 연관성들조차 왜곡되어 있었고, 가장 자명한 것을 망각하고 있었으며, 순전히 부수적이고 하찮은 것들이 전면을 가득 채우고 있었다! 원고는 완전히 처음부터 다시 써야 했다. 나는 원고를 계속 읽어 가면서 문장들을 하나하나 지우지 않을 수 없었다. 그렇게 지워 가는 사이에 문장들은 원고지 위에서 조금씩 사라져 갔다. 명료하고 예리한 철자들이 해체되고, 원고의 페이지들은 벽지처럼 온통 우아하기는 하지만 아무 의미 없는 선들과 점들, 장식 무늬들, 별 모양들로 뒤덮였다. 얼마 안 가서 내가 썼던 원문은 다 없어져 버렸고, 그 대신 아무것도 쓰지 않은 백지만이 앞으로의 작업을 위해 남았다. 나는 마음을 가다듬었다. 그리고 다음의 사실을 스스로에게 분명히 했다. 물론 예전에는 모든 것이 발설하지 않기로 맹세한 결맹의 비밀과 연관되어 있어서 아무 편견 없는 명확한 기술이 불가능했다. 그래서 객관적인 기술을 피하는, 보다 고차원적인 연관성이나 목적, 의도 같은 것을 고려하지 않은, 단순히 나의 개인적 체험에만 국한된 서술이 내가 찾은 탈출구였다. 그러나 이제 나는 그런 방법이 어떤 결과를 초래하는지 분명히 알았다. 예전과는 반대로 이제는 그 어떤 침묵의 의무도 없고, 어떤 제약도 부과되지 않았다. 나는 공식적으로 기록의 허가를 받았고, 게다가 무진장한 장서고까지 마음대로 이용할 수 있게 된 것이다.

그리고 또 분명한 것은, 이제까지 해놓은 나의 모든 작업이 장식 무늬처럼 조각나 버리지는 않았다 하더라도 내가 전체를 완전히 새로 시작해서, 새롭게 기초를 다지고, 새롭게 만들어 가야 한다는 것이었다. 나는 짧게 요약된 결맹의 역사, 즉 결맹의 설립과 정관에서 시작해 보기로 결심했다. 저 멀리 어둠에 잠길 정도로 길게 늘어서 있는 모든 책상 위에 쌓여 있는, 몇 킬로미터의 길이로 끝없이 뻗은 엄청난 카드 목록들이 나의 의문에 틀림없이 답을 줄 것이었다.

우선 시험 삼아 몇 개의 단어를 장서고의 목록에서 찾아보기로 했다. 사실 나는 이 방대한 장서고를 이용하는 방법부터 배워야 했다. 물론 다른 무엇보다 결맹의 문서를 먼저 찾아보았다.

카드 목록에는 '결맹의 문서'라고 기재되어 있었다. '항목란 크리소스토모스, 제5분류군, 39절 8항을 볼 것' ― 옳다. 나는 해당 항목란, 분류군, 절 등은 아주 쉽게 찾아냈다. 장서고는 정말 놀라울 정도로 정리가 잘되어 있었다. 그리고 나는 이제 결맹의 문서를 손에 넣었다! 그러나 내가 이 문서를 읽지 못할 수도 있다는 데 대해서도 마음의 준비를 해야 했다. 실제로 나는 그것을 읽을 수가 없었다. 내가 보기에 그 문서는 그리스 문자로 쓰여 있는 것 같았다. 그리고 나는 그리스어를 약간 할 줄 알았다. 그러나 문서는 아주 오래된 고문자나 이상한 글자들로 쓰여 있어서, 겉보기에는 명료한 문자들인데도 불구하고 나로서는 대부분 읽을 수가 없었다. 다른 한편으로는 그 원문이 방언이나 비밀스러운 상징어로 작성되어 있어 그저 막연하게 그 울림이나 유추를 통해 간신히 한 단어 정도나 이해할 수 있을 따름이었다. 그러나 아직 낙심하지는 않았다. 비록 문서는 읽을 수 없는 상태였지만 그래도 글자들로부터 기억 속의 옛 장면들이 강렬하게 떠올랐다. 이를테면 친구 롱구스가 밤에 정원에서 그리스어와 히브리어 글자들을 쓰자, 그 글자들이 새나 용, 뱀이 되어 밤의 어둠 속으로 사라져 버리던 광경이 손에 잡힐 듯 선명하게 기억났다.

목록을 넘기면서 여기서 나를 기다리고 있는 풍부한 양의 자료들을 보고 몸이 오싹해질 정도였다. 나는 많은 친숙한 단어와 잘 알고 있는 이름들에 부딪혔다. 흠칫 놀라면서 나 자신의 이름에 부딪히기도 했지만, 감히 그것을 장서고에서 찾아볼 엄두는 내지 못했다. 과연 누가 모든 것을 다 아는 법정이 자신에게 내리는 선고를 듣는 것을 감당할 수 있겠는가? 그 대신 나는 순례 때부터 알고 있고 클링조어와도 친했던 화가 파울 클레의 이름을 찾아보기로 했다. 그리고 그의 번호를 장서고에서 찾아보았다. 거기에는 에나멜을 입힌, 아주 오래되어 보이는 작은 황금 접시가 있었는데, 접시에는 그려진 것인지 불로 새겨 넣은 것인지 모르겠지만 클로버 잎사귀 하나가 새겨져 있었다. 셋으로 나뉜 잎사귀의 하나는 푸른 돛단배를 나타내고, 두 번째 것은 형형색색의 비늘이 달린 물고기를 나타내고 있었으며, 세 번째 것은 어떤 전보용지 같아 보였는데, 그 위에는 다음의 글이 적혀 있었다.

눈처럼 푸르고,
클로버 같은 파울.

클링조어와 롱구스, 막스와 틸리에 관한 기록을 찾아 읽어 보는 것도 내게는 우수에 찬 기쁨을 안겨 주었다. 또한 나는 레오에 관해 더욱 자세히 알고 싶은 욕망을 억제할 수 없었다. 레오의 목록 카드에는 이렇게 적혀 있었다.

주의!
대주교 19, 시의 봉사자 D. 7.
암몬의 뿔 6
주의!

두 번씩이나 적혀 있는 '주의'라는 경고가 나로서는 인상적이었다. 나는 더는 그 비밀에 파고들 수가 없었다. 그러나 새로 이것저것 찾아볼 때마다 이 장서고에 엄청나게 많은 자료와 지식, 그리고 마법의 공식들이 보관되어 있다는 사실을 점점 더 잘 알게 되었다. 내가 보기에는 그야말로 전 세계를 포괄하고 있는 것 같았다.

나는 여러 분야의 지식들을 기쁨과 당혹감 속에서 한참 뒤지고 다니다가 점점 거세게 일어나는 호기심에 끌려 몇 번이나 '레오'라고 적힌 목록 카드로 되돌아갔다. 그리고 그때마다 그 중복된 '주의'라는 단어 때문에 흠칫 놀라 뒤로 물러났다. 그 대신 다른 카드함을 뒤적거렸는데 '파트메'라는 단어가 눈에 들어왔다. 그 카드에는 다음과 같은 내용이 적혀 있었다.

동방의 공주 2
천일야화 983
희락의 정원 07

나는 장서고에서 그 자리를 찾아냈다. 거기에는 아주 작은 메달이 놓여 있었다. 뚜껑을 열어 보니 안에 축소된 초상화가 들어 있었는데, 황홀하게 아름다운 공주의 초상화였다. 그것을 보는 순간 모든 천일야화, 내 젊은 날의 모든 동화들이 기억났고, 파트메를 만나겠다는 목적으로 동방 순례를 떠나기 위해 수련을 다 마치고 결맹에 가입 신청을 했던 저 위대한 시절에 품었던 모든 꿈과 소망들도 생각났다. 그 메달은 거미줄처럼 부드러운 연보라색 비단으로 싸여 있었다. 냄새를 맡아 보니 이루 말할 수 없이 아늑하고 사랑스러운 꿈속처럼 공주와 동방의 향기가 풍겨 왔다.

이 멀고도 아련한 마법의 향내를 들이마시고 있는 동안 갑작스럽고도 격렬하게 깨달은 것이 있었다. 나는 당시에 얼마나 감미로운 마법에 감싸여 동방으로 순례의 길을 떠났던가! 그 순례가 어쩌다가 음흉하고 또 원인을 알 수 없는 장애로 인해 실패로 돌아갔는가! 그러고 나서부터는 마법이 점차로 풀려 버렸고, 그 이후로는 얼마나 삭막하고 무미건조하며 참담한 절망이 내가 호흡하는 공기가 되고, 나의 빵, 나의 음료가 되었던가! 하염없이 쏟아지는 눈물이 앞을 가려 더는 비단 천도 초상화도 볼 수 없었다. 아, 이제 나는 이 세상과 지옥에 맞서 싸우고 십자군 기사가 되기 위해서는 저 아라비아 공주의 모습만으로는 충분치 않다는 것을 알았다. 이제는 보다 더 강한 다른 마력이 필요할 것이다. 그러나 내 청춘을 사로잡고 나를 야담가이자 음악가이며 신참 수련자로 만들어 모르비오까지 이끌었던 꿈은 얼마나 감미롭고 순수하고 또 신성했던가!

시끄러운 소리가 명상에 잠겨 있는 나를 깨어나게 했다. 장서고의 끝없이 깊은 공간이 사방에서 나를 섬뜩하게 지켜보고 있었다. 어떤 새로운 생각, 새로운 고통이 번개처럼 온몸을 뚫고 지나갔다. 나처럼 이렇게 단순한 인간이 결맹의 역사를 쓰려고 하다니! 나는 장서고에 있는 수많은 문서와 책들, 그림과 기호들을 천 분의 일도 읽어 내지 못하고 전혀 이해하지도 못하는 인간이 아닌가! 나는 완전히 망가지고, 이루 말할 수 없이 어리석고 말할 수 없이 가소로운 모습을 한 자그마한 먼지에 불과한 보잘것

없는 존재인, 장서고 한가운데에 있는 자신을 발견했다. 이 장서고는 나에게 결맹이 무엇인지 또 나 자신이 어떤 존재인지 스스로 느끼게 하려고 잠시 활동하는 것을 허락해 주었던 것이다.

그때 여러 개의 출입문을 통해 무척이나 많은 간부들이 들어왔다. 나는 여전히 눈물을 글썽이면서도 그들 중 많은 이들을 알아볼 수 있었는데, 마법사 윱, 문서 보관소 서기 린트호르스트, 파블로로 변장한 모차르트를 알아보았다. 줄지어 놓인 수많은 의자에 고귀한 사람들이 모임을 위해 자리를 잡았다. 의자는 뒤로 갈수록 높아지고 점점 좁아졌다. 그 정점을 이루는 높은 보좌 위로 황금색 캐노피가 반짝이는 것이 보였다.

대변인이 앞으로 나와 공표했다. "결맹은 이제 간부들을 통해 자수인 H에게 판결을 내릴 준비가 되었습니다. 자수인 H는 결맹의 비밀에 대한 침묵의 의무를 소명으로 느끼게 되었고, 이제야 자신의 힘으로는 버거운 순례기 그리고 나중에는 그 존재조차 믿지 못하고 그에 대해 충성을 지키지도 못했던 결맹의 이야기를 쓰려고 했던 의도가 얼마나 놀랍고 모독적인 것인가를 깨달았습니다."

대변인은 내게로 몸을 돌리고 선포자의 청아한 목소리로 크게 말했다.

"그대 자수인 H는 이 법정을 인정하고 판결에 승복하는가?"

"예" 하고 나는 대답했다.

"그대 자수인 H여." 그가 말을 이었다. "그대는 간부들로 구성

된 법정이 간부들 중에서도 최고 간부인 지도자 없이 판결을 내리는 것에 승복하겠는가? 아니면 최고 지도자가 직접 그대에 대한 판결을 내리기를 원하는가?"

"승복합니다." 내가 말했다. "최고 지도자 없이 판결이 내려져도 상관없습니다."

대변인이 대답을 하려고 할 때, 홀의 맨 뒤쪽에서 부드러운 음성이 들려왔다. "최고 지도자가 직접 판결을 내릴 것이오."

그 부드러운 목소리의 울림은 내 마음속에 기이한 전율을 불러일으켰다. 공간 뒤쪽의 저 깊숙한 곳, 장서고의 저 멀리 지평선 쪽에서 한 남자가 걸어 나왔다. 그의 걸음걸이는 경쾌하고 평화로웠고, 그가 입은 예복은 황금빛으로 번쩍거렸다. 나는 그의 걸음걸이를 알아보았고, 그의 움직임을 알아보았으며, 마침내 그의 얼굴을 알아보았다. 그는 레오였다. 교황처럼 장중하고 찬란한 예복을 입은 그는 줄지어 앉아 있는 간부들 사이를 지나, 최고 지도자의 자리로 올라갔다. 그가 한 계단 한 계단 올라갈 때마다 그의 몸에 달린 장식이 화려하고 진귀한 꽃처럼 광채를 띠었다. 그가 지나갈 때 각 줄에 앉아 있던 간부들은 모두 몸을 일으켜 인사했다. 그는 휘장을 운반하는 경건한 교황이나 군주와 같이 조심스럽고 겸허하고 헌신에서 나오는 빛나는 위엄을 지녔다.

나는 이제 내게 내려질 판결이 형벌이든 은총이든 겸허히 받아들일 각오를 했고 판결에 대한 기대에 강하게 사로잡혔다. 나는 전체 결맹의 최고위 자리에 앉아 나를 심판할 준비가 된 사람

이 바로 예전에 짐꾼이자 하인이었던 레오라는 사실에도 그 못지
않게 감동하고 충격을 받았다. 그러나 나를 더욱 감격시키고 당
황하게 했을 뿐 아니라 놀라고도 행복하게 했던 것은, 결맹이 예
전 그대로 전혀 흔들림 없이 견고하게 존재하고 있다는 사실을
발견한 것이었다. 또한 발견한 것이 하나 더 있었으니, 나를 저버
리고 실망시켰던 것은 레오도 아니고 결맹도 아니며, 오히려 나
스스로가 너무나도 약하고 어리석어 나 자신의 체험을 잘못 해
석하고 결맹의 존재를 의심하고, 동방 순례를 실패했다고 간주했
다는 것이다. 그러면서 나는 스스로를 이제 끝장이 나서 역사의
저편으로 사라져 버린 이야기를 알고 있는 유일한 생존자요 기록
자로 여겼는데, 실제로는 나 자신이야말로 도망자, 배신자, 탈영
자였던 것이다. 이러한 사실을 깨닫게 되자 나는 놀라움과 기쁨
에 휩싸였다. 나는 왜소해지고 겸손한 심정이 되어 최고 보좌의
발치에 섰는데, 내가 예전에 결맹의 형제로 받아들여졌고, 한때
입단식을 치렀으며, 결맹의 반지를 받았고, 하인 레오에게 보내져
순례에 나섰던 보좌였다. 그리고 나는 이 모든 일 중에서 또 하
나의 새로운 죄, 변명할 수 없는 태만, 새로운 수치가 마음에 떠
올랐다. 나는 결맹의 반지를 더는 갖고 있지 않았다. 나는 그 반
지를 잃어버렸는데, 언제 어디서 그랬는지도 몰랐고 오늘날까지
반지가 없어진 것조차 깨닫지 못했던 것이다.

그러는 동안 최고 지도자, 황금빛으로 치장한 레오가 부드러
운 목소리로 입을 열었다. 그의 말은 부드럽고 은혜롭게 내게로

흘러왔는데, 마치 햇빛처럼 부드럽고 은혜로웠다.

"자수인은 말이오." 높은 보좌로부터 말이 들려왔다. "몇 가지 잘못에서 벗어날 기회를 가졌어요. 자수인은 비판받아야 할 점이 많아요. 결맹에 충성스럽지 못한 점, 자신의 죄와 어리석음을 모르고 결맹만을 비난한 점, 결맹의 존속을 의심한 점, 결맹의 역사 기록자가 되겠다는 이상한 야심을 품었던 점 등은 이해받고 또 용서받을 수도 있는 일이오. 이 모든 것은 그리 중대한 일이 아니오. 그것들은, 내가 이런 표현을 쓰는 것을 자수자가 용납한다면, 그저 초심자의 어리석은 행동에 지나지 않아요. 그런 행동들은 그냥 웃어넘길 수도 있는 것이죠."

나는 크게 숨을 내쉬었다. 모여 있는 고귀한 간부들의 자리 전체에 가벼운 미소가 흘렀다. 나는 내가 저지른 죄 중에서 가장 무겁다고 할 수 있는 죄들, 심지어 결맹이 더 이상 존재하지 않고 나 혼자만 유일하게 결맹에 충성을 지키고 있다는 망상까지도 간부들 중의 최고 간부에 의해 그저 '어리석은 행동들', 어린애의 장난 같은 것으로 간주되자 말할 수 없이 마음이 가벼워졌다. 동시에 이는 나의 한계를 절실히 느끼게 해주는 것이기도 했다.

"하지만," 레오가 말을 이었다. 그의 부드러운 목소리는 이제 침통하고 준엄해졌다. "하지만 피고에게는 아직도 많은, 훨씬 더 중대한 죄들이 있음이 입증되었어요. 그중에서도 최악의 것은 피고가 이러한 죄들에 대해 자책을 하는 것이 아니라, 이러한 죄들을 전혀 깨닫지도 못했다는 것으로 보인다는 거요. 그는 자신의 생각 속에서 결맹에 대해 부당한 판단을 내린 것에 대해서는 진심으로 후회를 하고 있어요. 또한 하인 레오가 최고 지도자라는 것을 알아보지 못한 자신을 용서하지 못하고 있고, 결맹에 대한 자신의 불충이 어느 정도인지도 거의 깨닫고 있어요. 그는 생각에서 범한 이러한 죄들과 어리석은 행동들을 너무 심각하게 받아들였다가 지금은 이러한 것들이 웃어넘길 만한 것이라는 점에 안도하고 있어요. 그런데 반면에 그는 자신이 실제로 범한 죄가 엄청나게 많다는 것, 그 하나하나가 중벌을 받아 마땅한 무거운 잘못들이라는 점은 고집스레 잊고 있어요."

가슴에서는 심장이 불안으로 가득 차 두근거렸다. 레오가 나를 향해 몸을 돌렸다. "피고 H, 당신은 나중에 당신의 잘못이 무엇인지 깨달을 것이고, 또 그러한 잘못을 피할 수 있는 방법도 배울 것이오. 당신이 자신의 상황을 아직도 얼마나 이해를 못하고 있는지 그것만이라도 알려 주기 위해 묻겠소. 당신은 최고 지도자에게로 당신을 데려가고자 심부름꾼으로 나타난 레오의 안내를 받고 시내 거리를 걸어 지나갔던 일을 기억하나요? 물론 기억하고 있을 거요. 우리가 시청과 성 파울 교회, 성당을 지나갔던 일, 그때 하인 레오가 성당 안으로 들어가 잠시 무릎을 꿇고 기도를 드렸던 일, 당신 자신은 결맹의 서약 제4조를 위반하면서 함께 들어가 기도하기를 포기했을 뿐 아니라 밖에서 초조해하고 지루해하면서 그 지겨운 의식이 끝나기만을 기다렸던 것을 기억하나요? 그 의식이 당신에게는 전혀 불필요하다고 생각되었을 것이고, 당신의 성급한 이기심을 시험하는 역겨운 시험에 지나지 않았겠지요. 그래요, 기억하고 있을 거요. 당신은 성당 문 앞에서의 태도만으로도 이미 결맹의 모든 기본적인 요구와 관습을 짓밟아 버린 거요. 당신은 종교를 경멸했고, 결맹의 형제를 멸시했으며, 기도 그리고 명상의 기회와 요청을 귀찮게 여기고 피했어요. 당신의 이런 죄들은 특별히 참작할 만한 사정이 없다면 용서받을 수 없는 거요."

레오는 나에게 제대로 일격을 가했다. 지금은 어떤 부차적인 일이라든가 어리석은 행동들이 아니라 나의 모든 문제가 분명히 언급된 것이다. 그의 말은 백번 옳았다. 그는 내 마음을 꿰뚫고 있었다.

"우리는 피고의 잘못을 전부 열거하려는 것이 아니오." 최고 지도자가 계속 말했다. "피고는 문자 그대로 심판에 처해져서는 안 될 거요. 우리는 피고의 양심을 일깨워 그를 진정으로 뉘우치는 자수인으로 만들기 위해서는 경고만으로 충분하다는 것을 잘 알고 있어요.

자수인 H, 어쨌든 내가 당신에게 권고하고자 하는 바는, 당신의 또 다른 몇 가지 행위도 당신의 양심의 법정에 세우라는 거요. 당신이 하인 레오를 찾아가 다시 결맹의 동지로 그의 인정을 받고 싶어 했던 날, 그날 저녁의 일을 내가 상기시켜 주어야 하겠소? 당신 자신이 스스로를 결맹의 형제로 전혀 여겨질 수 없도록 했기 때문에 그러한 인정은 불가능했던 거요. 또한 당신 자신이 하인 레오에게 이야기했던 일들을 기억나게 해주어야 할까요? 당신이 바이올린을 팔아먹었다는 것 말이오. 그리고 당신이 여러 해 동안 계속해 온 절망적이고, 어리석고, 편협하고, 자멸적인 삶을 살았던 것을 상기시켜 주어야겠소?

그리고 결맹의 형제 H여, 언급하지 않을 수 없는 부분이 또 하나 있어요. 그날 저녁에 하인 레오는 당신에 대해 아주 부당한 생각을 했을 수도 있을 거요. 그렇다고 가정합시다. 하인 레오는 아마 좀 지나치게 엄격하고, 지나치게 이성적이었을 거요. 그는 당신과 당신의 상태에 대해 충분한 관대함과 유머를 보이지 못했을 수도 있어요. 하지만 하인 레오보다 더 높은 법정들과 전혀 속일 수 없는 재판관들이 있어요. 피고인, 그 동물이 당신에게 내린 판결은 어떤 것이었나요? 당신은 네커라는 개가 기억나지 않나요? 그 개가 당신에게 내린 거부와 유죄 판결을 기억하나요? 그 개는 매수되지도 않았고 당파적이지도 않았으며 결맹의 동지도 아니었어요."

레오는 잠시 말을 쉬었다. 그렇다, 그 셰퍼드 네커! 그 개는 분명히 나를 거부했고, 유죄 판결을 내렸다. 나는 그렇다고 인정했다. 판결은 이미 내려져 있었다. 그 개에 의해서, 그리고 나 자신에 의해 내려져 있었다.

"자수인 H," 레오가 다시 말하기 시작했다. 그때 그의 찬란한 예복과 캐노피의 황금빛 광채 속에서 울려 나오는 목소리는 너무나 시원하고 밝았으며, 마치 오페라 〈돈 조반니〉의 마지막 막에서 기사가 문 앞에 나타날 때의 목소리처럼 마음을 꿰뚫는 듯했다. "자수인 H, 당신은 내 말을 듣고 그렇다고 대답했어요. 우리는 당신 자신이 이미 자신에 대해 판결을 내렸다고 생각합니다."

"맞습니다." 나는 낮은 목소리로 말했다. "맞습니다."

"추측하건대, 당신이 자신에게 내린 판결은 유죄 판결이겠지요?"

"맞습니다." 나는 속삭이듯 말했다.

그러자 레오는 보좌에서 일어나 부드럽게 두 팔을 벌렸다.

"이제 간부 여러분에게 말씀드리겠소. 여러분도 함께 들었고, 여러분은 이제 이 결맹의 형제 H에게 무슨 일이 일어났는지 알았을 거요. 그것은 여러분에게도 생소하지 않은 운명일 거요. 여러분 다수가 몸소 겪어야만 했던 운명일 거요. 피고는 지금 이 시간까지도 자신의 변절과 방황이 하나의 시험이었다는 것을 몰랐거나, 또는 그것을 제대로 믿을 수 없었던 것입니다. 그는 오랫동안 굴복하지 않았습니다. 그는 결맹에 대해 아무것도 모르고 고독한 가운데 혼자 지내면서, 그리고 믿었던 모든 것이 무너져 내리는 것을 보면서 여러 해를 견뎌 왔습니다. 그러나 마침내 자신을 숨길 수도 없고 억제할 수도 없을 만큼 고통이 심해졌습니다. 여러분도 아시다시피 고통은 너무 커지면 앞으로 나아가게 되어 있지요. 형제 H는 시험을 겪으면서 절망에까지 이르렀습니다. 그런데 절망이라는 것은 인간의 삶을 이해하고 그 정당성을 입증하려는 모든 노력의 결과입니다. 절망이라는 것은 삶의 덕을 갖추고, 정의를 갖추고, 이성을 갖추고 극복하고자 하고 또 삶의 요구들을 실현시키고자 하는 모든 진지한 노력의 결과이기도 합니다. 이러한 절망의 이쪽 편에는 어린아이들이 살고 있고, 저쪽 편에는 깨달은 자들이 살고 있지요. 피고 H는 이제 더는 어린아이가 아니지만, 아직 완전히 각성을 한 것도 아닙니다. 그는 아직 절망의 한가운데에 있습니다. 그는 그 절망을 넘어설 것이고, 그로써 제2의 수련기를 마치게 될 것입니다. 우리는 그가 새로이 결맹에 입단하는 것을 환영하는 바입니다. 그 결맹의 의미를 그가 이제는 감히 이해한다고 주장하지 못할 것입니다. 우리는 그가 잃어버렸던 반지를 다시 돌려주고자 합니다. 그 반지는 하인 레오가 그를 위해 보관하고 있었습니다."

그러자 대변인이 반지를 가지고 와서는 내 뺨에 입맞춤을 하고는 손가락에 끼워 주었다. 반지를 보자마자, 또 금속의 서늘함을 손가락에서 느끼자마자, 수많은 일들, 그동안 소홀히 했던 알 수 없는 일들이 마음속에 떠올랐다. 가장 먼저 생각난 것은, 그 반지에는 일정한 간격으로 네 개의 돌이 박혀 있어, 적어도 하루에 한 번 손가락에 낀 반지를 천천히 돌리면서 네 개의 돌 하나하나에 이를 때마다 기본적인 맹세의 법규 네 가지를 마음속에 하나씩 떠올리는 것이 결맹의 규칙이었고 맹세의 하나였다는 사실이다. 그런데 나는 반지를 잃어버렸고, 그것을 알아차리지도 못했을 뿐 아니라, 그 모든 끔찍한 세월을 지내는 동안 한 번도 그네 가지 기본 법규를 암송하지 않았고 상기한 적도 없었다. 나는 곧 그 법규를 마음속으로 암송해 보고자 했다. 나는 그것을 느낄 수 있었고, 그것은 아직 내 마음속에 남아 있었다. 내게 속해 있는 그 법규들은 마치 금방 기억이 날 듯하면서도 막상 순간적으로 떠오르지 않는 누군가의 이름과 같았다. 아니, 그것은 내 마음속에 말없이 머물러 있었다. 나는 그 법규들을 입 밖에 내어 암송할 수 없었고, 그것을 말하는 법을 잊어버렸던 것이다. 나는 그것들을 까먹고 있었고, 여러 해 동안 더는 암송하지 않았으며, 여러 해 동안 그 법규들을 따르지도 않고 신성히 여기지도 않았다. 그러고도 나 자신을 결맹의 충실한 형제로 생각할 수 있었던 것이다!

대변인은 나의 당혹감과 깊은 수치심을 보고는 위로하듯 내 팔을 토닥거려 주었다. 이어 최고 지도자가 다시 말하는 소리가 들려왔다.

"피고이며 자수인인 H여, 그대의 무죄를 선고하는 바입니다. 그리고 그대에게 한 가지 알려 주는바, 이런 소송에서 무죄 판결을 받은 형제는 그 믿음과 복종에 대한 시험을 마침으로써 간부의 대열에 합류하여 그 자리 하나를 받아들여야 할 의무가 있다는 것입니다. 어떤 시험을 선택하는가는 본인에게 달려 있습니다. 형제 H여, 이제 내가 하는 질문에 대답하도록 하시오!

그대는 자신의 믿음을 입증하기 위해 사나운 개를 길들일 용의가 있습니까?"

나는 몸을 덜덜 떨면서 물러섰다. "아니오, 할 수 없을 것입니다." 나는 이렇게 외치면서 거절했다.

"그렇다면 그대는 우리의 명령에 따라 결맹의 장서고를 불태워 버릴 용의와 의지가 있습니까? 지금 대변인이 당신의 눈앞에서 그 일부를 불태워 버리는 것처럼 말이오."

대변인이 앞으로 걸어 나왔다. 그는 잘 정돈된 카드 상자를 집어 들고는 두 손 가득히 수백 장의 카드를 꺼내더니, 나로서는 정말 경악스럽게도 그 카드들을 화톳불 위에 태워 버리는 것이었다.

"아닙니다." 나는 거부했다. "그것도 못할 것 같습니다."

"주의하시오, 형제." 최고 지도자가 나에게 소리쳤다. "주의하시오, 성급한 형제여! 나는 최소한의 믿음만 있으면 시작할 수 있는 아주 쉬운 과제부터 시작했습니다. 앞으로 제시되는 과제들은 점점 더 어려워질 것입니다. 대답하시오. 당신은 우리 장서고가 당신 자신에 대해 어떤 판결을 내리고 있는지 조사해 볼 용의와 의지가 있습니까?"

나는 온몸에 한기를 느꼈고, 숨이 막힐 것 같았다. 그러나 이해했다. 질문이 거듭될수록 일은 더욱 어려워질 것이고, 도망치려 하면 할수록 더욱 심한 궁지에 빠진다는 것을. 나는 숨을 깊게 들이마시면서, 그렇게 하겠다고 대답했다.

대변인은 나를 수백 개의 카드 상자가 놓여 있는 책상으로 데려갔다. 나는 H라는 글자를 찾아냈고, 내 이름을 발견했다. 이미 사백 년 전에 결맹의 회원이었던 내 선조 에오바누스가 먼저 나왔고, 이어 나의 이름이 다음과 같은 논평과 함께 나타났다.

카토 행위와 작품 10C

칼프 시민 탈주 49

내 손에서 카드가 덜덜 떨렸다. 그러는 동안 간부들이 한 사람 한 사람 의자에서 일어나 내게 악수를 하고, 내 눈을 들여다보고는 모두 떠났다. 최고 법정은 텅 비었고, 마지막으로 최고 지도자가 높은 보좌에서 내려와 내게 손을 내밀었다. 그는 내 눈을 들여다보고는 경건하고 헌신적인 주교의 미소를 지으며 마지막으로 홀을 떠났다. 나는 왼손에 내 카드를 들고서 혼자 남았고, 이제 장서고의 판결을 확인해 보라는 지시를 이행해야 했다.

여러 카드 상자 중 한 상자에 제대로 꽂히지 않은 카드 하나가 비스듬히 삐져나와 있는 것이 보였다. 그쪽으로 가서 카드를 뽑아 보니, 이렇게 쓰여 있었다.

모르비오 인페리오레

어떤 표제어도 이 표제어만큼 짧고도 정확하게 내 호기심의 가장 깊은 핵심을 표현할 수는 없을 것이다. 나는 약간 두근거리는 마음으로 장서고에서 그 부분을 찾아보았다. 해당 칸에는 상당히 많은 서류가 가득 차 있었다. 맨 위에는 오래된 이탈리아 책에서 나온 모르비오 협곡에 대한 설명의 사본이 놓여 있었다. 그 다음에는 모르비오가 결맹의 역사에서 수행한 역할에 대한 간단한 보고를 적은 사절지 서류가 한 장 들어 있었다. 그 보고는 모두 동방 순례에 관한 것이었고, 그것도 내가 속했던 단계와 모임에 관한 내용이었다. 보고서의 기록에 따르면, 우리 모임은 순례 길에서 모르비오 협곡까지 갔지만, 거기서 하나의 시련, 즉 레오의 실종이라는 시련에 부딪혔고 그것을 이겨 내지 못했다. 사실 우리는 결맹의 규칙들에 따라 행동하면 되었고, 어떤 모임이 통솔자 없이 남게 될 경우에 관한 규칙들이 있었을 뿐 아니라 순례 길에 오르기 전에 우리는 이러한 규칙들을 엄중하게 지시받은 상태였다. 그런데도 불구하고 당시 우리 모임 전체는 레오가 없어졌다는 사실을 알게 된 순간부터 이성과 신념을 상실했고, 의혹과 무익한 논쟁에 휘말려 버렸다. 그리고 결국에는 모임 전체가 결맹의 정신을 저버리고 여러 당파로 분열되고 뿔뿔이 흩어져 버렸다는 것이다. 나는 사실 모르비오에서 있었던 불행한 사고에 대한 이러한 설명을 보고 그렇게 놀라지는 않았다. 나를 정말 놀라게 한 것은, 우리 모임의 분열에 관해 계속 읽으면서 알게 된 사실이었다. 이를테면 우리 혈맹의 형제 중 적어도 세 사람 이상이 우리의 여행 이야기와 모르비오에서의 체험을 기술하려고 시도했다는 것이다. 그 세 사람 중 하나가 나였고, 내 원고의 깨끗한 사본도 다른 원고들과 함께 그 칸에 들어 있었다. 나는 아주 묘한 기분을 느끼며 다른 두 원고를 내리 읽어 보았다. 그들도 근본적으로는 내가 묘사했던 것과는 크게 다르지 않게 당시의 상황을 서술하고 있었다. 하지만 그들의 서술은 내게 아주 다른 울림을 주었다! 한 원고에는 다음과 같이 적혀 있었다.

그때 서로의 불화와 무력감의 심연을 우리에게 갑작스럽게, 또 끔찍하게 드러내 준 것은 레오의 실종이었다. 그것을 계기로 이제까지 그렇게 견고해 보이던 우리의 결속도 갈기갈기 찢어졌다. 우리 중 몇 사람은 곧바로 레오가 사고를 당했거나 도망을 친 것이 아니라 오히려 결맹 지도부에 의해 은밀히 소환되었다는 것을 알아차렸거나 예감하고 있었다. 그러나 우리가 이 시험을 얼마나 형편없이 감당했는가를 생각하면, 우리들 중 그 누구도 분명히 깊은 후회와 수치심을 느끼지 않을 수 없을 것이다. 레오가 모습을 감추자마자, 우리들 사이의 믿음과 일치단결은 끝장이 났다. 마치 집의 착한 정령이 나가 버린 것 같았고, 보이지 않는 상처를 통해 생명의 피가 우리 모임에서 빠져나간 것 같았다. 아무 소용도 없고 우습기 짝이 없는 문제들을 둘러싸고 처음에는 의견의 차이가 생겨났고, 나중에는 공공연한 언쟁이 벌어졌다. 내가 기억하는 바로는, 예를 들자면 우리가 그렇게도 사랑했고 칭찬받을 만한 바이올린 연주자 겸 악사였던 H. H는 갑자기 도망친 레오가 그의 배낭 속에 다른 귀중한 문서들과 함께 총수가 친필로 쓴 신성한 결맹의 고문서를 넣어 가지고 갔다는 의견을 내놓았던 것이다! 이 문제를 두고서 며칠 동안 아주 심각하게 언쟁이 벌어졌다. 상징적으로 볼 때, H. H

의 부조리한 주장은 물론 아주 의미심장한 것이었다. 실제로 레오가 없어지면서 우리 작은 모임에서는 결맹의 축복, 즉 결맹 전체와의 연결이 완전히 사라져 버린 것 같았다. 그 슬픈 사례가 바로 음악가 H. H였다. 그는 모르비오 인페리오레의 그날까지는 가장 충실하고 가장 믿음이 깊은 결맹의 형제 중 하나였고, 예술가로서도 사랑을 받았으며, 또한 몇 가지 성격상의 결함이 있기는 해도 가장 생기 있는 회원 중 한 사람이었다. 그러던 그가 그때부터 상심에 빠지고, 우울증과 불신에 잡혀 임무를 지나치게 소홀히 하고 차츰 관대함도 잃어버리더니 신경질적으로 변하고 싸움닭처럼 되었다. 그러던 어느 날 그는 결국 행진에서 낙오되어 다시는 모습을 나타내지 않았다. 그때 H. H를 위해 행진을 멈추고 그를 찾아 나서야 한다고 생각한 사람은 아무도 없었다. 도망쳐 버린 것이 분명했던 것이다. 유감스럽게도 탈주한 사람은 그 사람 한 명만이 아니었다. 결국 우리의 작은 순례 모임에는 아무것도 남지 않았다……

또 다른 역사가의 원고에서 다음의 내용을 발견했다.

카이사르의 죽음으로 고대 로마가 무너지고 윌슨의 탈주 행위로 민주주의적 세계관이 무너졌던 것처럼,[*] 모르비오의 불행한 날과

---

[*] 미국의 윌슨 대통령이 제1차 세계대전 당시 '민족자결권'을 주창했으면서도 미국이 결국 '민주주의적 세계 질서'로서의 국제연맹에 가입하지 않은 사실을 지적한 것으로 보인다.

더불어 우리의 결맹도 무너져 버렸다. 여기에서 그 죄와 책임을 말해도 된다면, 겉으로 보면 무해하게 보였던 두 회원, 즉 음악가 H. H와 하인 중의 한 사람인 레오였다고 할 수 있다. 이 두 사람은 비록 결맹의 세계사적 의의를 이해하지는 못했다고 할지라도 그때까지 사람들에게서 사랑을 받았고 결맹의 충실한 신봉자였다. 이 두 사람이 어느 날 갑자기 흔적도 없이 사라져 버렸는데, 많은 귀중한 물건과 중요한 서류도 함께 가지고 달아났다. 이로 미루어 짐작하건대 이 가련한 두 사람은 결맹의 강력한 적들에게 매수당했던 것으로 추측된다······.

이 역사 서술자가 분명 충심을 다하고 최대한 진실을 전하겠다는 감정에서 이 보고서를 썼다고 하더라도 그의 기억이 이렇게 혼탁하고 부정확하다고 한다면 ― 그렇다면 나 자신이 쓴 수기는 도대체 어떤 가치가 있단 말인가? 만약 모르비오에 관해서, 또 나와 레오에 관해서 각기 다른 저자가 쓴 열 편의 보고서가 발견된다 하더라도, 아마 그 열 편 모두는 서로 모순되고 서로 다른 것을 의심하게 할 것이다. 아니, 우리의 역사학적인 노력은 아무 소용이 없는 것이다. 이런 역사적 기술은 계속할 필요도 없고 또 읽을 필요도 없다. 이런 것은 장서고의 해당 칸에서 조용히 먼지가 쌓이도록 내버려 둘 수 있을 것이다.

지금 이 시간 이후로 더 경험하게 될 모든 것을 생각하니 두려움이 엄습해 온다. 모든 것이 우리 마음의 거울 속에서는 얼마나 비뚤어지고 달라지고 일그러져 버렸던가! 진실은 얼마나 비웃는 얼굴을 하고 또 접근을 거부하면서 이 모든 보고들과 반증들 그리고 전설들의 뒤에서 그 정체를 감추고 있었던가! 무엇이 도대체 진실이었고, 무엇이 여전히 믿을 수 있는 것이었는가? 그리고 이제 나 자신에 관해, 나라는 인간과 역사에 대해 이 장서고에 보관되어 있는 지식을 내가 알게 된다고 해서 대체 무엇이 남을 것인가?

나는 모든 경우에 대비해야만 했다. 나는 갑자기 불확실한 마음과 기대 섞인 불안을 더는 참을 수가 없었다. 나는 서둘러 '카토 행위와 작품 10C' 영역으로 가서 내가 속한 항목과 번호를 찾아내어 내 이름이 적혀 있는 칸막이 공간 앞에 섰다. 그것은 오목하게 만든 벽감 형태였다. 앞에 드리워 있는 얇은 커튼을 젖혀 보니, 안에는 문자로 쓰인 것이 아무것도 없었다. 거기에는 다만 나무 또는 밀랍으로 만든 것 같은 오래되고 낡아 보이는 조각상이 하나 있었다. 빛바랜 그 조각상은 일종의 우상이나 야만인들의 신상처럼 보였다. 처음 보았을 때는 그 조각상이 전혀 이해가 되지 않았다. 원래 두 개의 형상이 하나가 된 것으로 등이 서로 붙어 있는 모습이었다. 나는 실망스럽기도 하고 놀랍기도 하여 한참 동안 조각상을 바라보았다. 그때 오목한 벽감의 벽에 철제 촛대가 하나 달려 있고, 촛대에 양초가 하나 꽂혀 있는 것이 눈에 띄었다. 거기에는 성냥도 있었다. 나는 양초에 불을 붙였다. 그러자 그 이상스러운 이중 조각상은 불빛을 받아 밝게 반짝이기 시작했다.

그 조각상의 비밀은 아주 시나브로 풀리기 시작했다. 나는 아주 느리게, 점차적으로 그 조각상이 무엇을 표현하고자 하는지를 깨달을 수 있었다. 한 형상이 표현하고 있는 것은 나 자신이었다. 그런데 그 형상은 불안할 정도로 유약하고 절반은 비현실적이었으며, 어딘지 지워져 희미해진 모습을 하고 있었다. 전체적인 인상에는 무엇인가 안정적이지 못하고, 허약하고, 죽어 가는 듯하며, 죽기를 원하는 것 같은 그 무엇이 깃들어 있었다. 마치 '덧없음'이라든가 '사멸' 또는 그 비슷한 제목의 조각 작품처럼 보였다. 이와는 반대로 나의 형상과 하나가 되어 있는 다른 형상은 그 색상과 모양이 생생하게 피어나고 있었다. 그 형상이 누구를 닮았는지, 다시 말해 하인이자 최고 지도자인 레오를 닮았다는 사실을 알아차리기 시작했을 때, 벽에 양초가 또 하나 꽂혀 있는 것을 발견하고는 거기에도 불을 붙였다. 그러자 나와 레오를 암시하는 그 이중 조각상이 점점 더 뚜렷해지고 비슷해지는 것을 보았다. 뿐만 아니라 조각상의 표면이 투명하여 마치 유리병이나 꽃병 속을 들여다보듯 그 안을 꿰뚫어 볼 수 있다는 것도 알게 되었다. 그 조각상들의 안에서 무엇인가가 천천히, 마치 잠자는 뱀이 움직이듯이, 아주 서서히 움직이고 있는 것이 보였다. 조각상 안에서는 무엇인가가 일어나고 있었다. 아주 느리고 부드러운 무엇인가가 끊임없이 흘러내리거나 녹아내리고 있었다. 그것은 나의 조각상에서 흘러나와 레오의 상으로 흘러 들어갔다. 나는 나의 조각상이 점차 레오의 상에게 자신을 내주고 레오의 상으로 흘러들어 레오의 자양분이 되고 레오를 강화시켜 주려 한다는 것을 알았다. 시간이 흐르면 한쪽 상의 모든 물질이 다른 쪽 상으로 흘러들어 오로지 하나의 상, 즉 레오만이 남을 것 같았다. 그는 번성해야 하고, 나는 소멸되어야 했다.

내가 거기 서서 눈으로 보는 것을 이해하려고 하는 동안, 언젠가 브렘가르텐의 축제 때에 레오와 나누었던 몇 마디 대화가 생각났다. 그때 우리는 문학작품 속에 서술된 인물들이 그들을 창조해 낸 작가들보다 더 생생하고 사실적이라는 이야기를 했었다.

촛불들은 다 타고 꺼져 버렸다. 나는 한없이 밀려오는 피로와 졸음을 느꼈고, 누워서 잠을 잘 수 있는 곳을 찾아보려고 몸을 돌렸다.

이상과 현실의 구분을 넘어선
진정한 자아 찾기의 여행

"그런데 절망이라는 것은

인간의 삶을 이해하고 그 정당성을 입증하려는

모든 노력의 결과입니다.

절망이라는 것은 삶의 덕을 갖추고,

정의를 갖추고, 이성을 갖추고 극복하고자 하고

또 삶의 요구들을 실현시키고자 하는

모든 진지한 노력의 결과이기도 합니다.

이러한 절망의 이쪽 편에는 어린아이들이 살고 있고,

저쪽 편에는 깨달은 자들이 살고 있지요."

— 『동방 순례』에서

헤르만 헤세에 관하여

헤르만 헤세는 1877년 7월 2일 독일 남부 시인의 고장 슈바벤 주의 뷔르템베르크 소재 소도시 칼프에서 개신교 선교사이던 아버지 요하네스 헤세와 어머니 마리 군데르트 사이의 장남으로 태어났다. 헤세의 어머니는 전 남편을 잃고 아버지의 제자였던 요하네스 헤세와 서른두 살에 재혼했는데, 그녀가 다섯 살 연상이었다. 헤세의 아버지 요하네스 헤세는 에스토니아 출신으로 인도에서 선교 활동을 한 적이 있었고, 외삼촌 빌헬름 군데르트는 일본에서 활동한 교육가로 불교 연구의 권위자였다. 이러한 환경 때문에 헤세는 동양사상에 관심을 갖게 된다. 아버지 요하네스 헤세는 1873년에 칼프로 이주했는데, 신학 텍스트와 교과서를 출판하는 장인 헤르만 군데르트의 출판사에서 일하다가 나중에 출판사 일을 넘겨받았다.

헤르만 헤세 아래로 동생이 네 명 태어났으나, 이중 둘은 어린 나이에 죽었다. 어린 시절부터 헤세는 매우 몽상적이고 예술가 기질이 뛰어난 아이였다고 전해진다. 헤세가 어린 시절을 보냈던 세계는 슈바벤 지방의 경건주의 가풍이 강한 환경이었다. '게르버 자우'를 묘사한 헤세의 초기 작품들에는 헤세가 어린 시절을 보낸 고향 도시 칼프의 정경이 많이 등장한다. 다른 한편으로 헤세는 기질적으로 슈바벤 지역과 스위스에 쉽게 뿌리를 내릴 수 없었던, 발틱 연안 출신인 아버지의 영향도 받았다. 헤세 아버지의 이야기에 등장하는 환희가 가득한 발틱 연안의 삶은 헤세에게 있어 독일 남부의 경건주의 성향에 균형을 잡아 주는 삶의 요소였고 늘 동경의 대상이었다. 헤세는 또한 학자였던 외조부의 수많은 장서를 통해 어릴 때부터 세계 고전 작품을 접했고, 이러한 환경은 헤세로 하여금 고독한 개인주의자이면서 모든 형태의 민족주의를 배격하는 '세계시민'으로 성장하는 데 자양분이 되었다.

헤세의 가족은 1881년 스위스 바젤로 이주해 5년간 거주한다. 이 기간에 헤세의 아버지는 바젤 시민권을 획득하고, 전 가족이 스위스 국적을 취득한다. 하지만 1886년 7월 가족은 모두 다시 칼프로 귀향한다. 헤세는 칼프의 실업학교에 들어갔다가 1890년 뷔르템베르크 공무원 내지 목사 시험을 준비하는 괴핑겐 라틴어 학교로 전학한다. 이때 헤세의 아버지는 아들의 진로를 위해 스위스 국적을 포기하고 뷔르템베르크 주 정부의 시민권을 취득하게 한다. 헤세는 1891년 슈투트가르트에서 국가고시에 합격한 후 마울브론 소재 개신교 신학교에 입학하지만, 6개월 정도 다니다가 자신의 문학적 성향과 도저히 조화를 유지할 수가 없어 도망치는 등 반항적 기질을 보이기도 한다. 이후 헤세는 부모님과 심각한 갈등을 겪으며 여러 학교를 전전하고, 열다섯 살의 나이에는 우울증에 시달리면서 자살을 시도하기도 한다. 그러자 헤세의 부모는 헤세를 슈테텐 정신병원에 입원시키고, 헤세는 그곳에서 정원 일을 하며 정신지체 아동을 돕는 일을 하기도 한다. 이 시기는 헤세의 삶에서 사춘기적 반항, 고독감, 가족의 몰이해로 인한 고통이 최고조에 달했던 시기이기도 하다. 헤세는 하느님과 부모, 세상으로부터 버림을 받았다고 느끼고, 엄격한 경건주의 가풍을 가식적인 것으로 여긴다. 헤세는 1892년 말 다시 바트 칸슈타트 김나지움에 다니기는 하지만, 1893년 결국 학업을 중단한다. 이후 1894년 칼프의 시계 공장에서 기계공으로 견습공 생활을 하지만 단조로운 삶을 견디지 못한다. 그는 또한 문학과 정신적 삶에 전념하고자 1895년 10월에 튀빙겐 헤켄하우어 서점에서 도서 거래 견습생으로 일하게 된다. 헤세의 초기작 『수레바퀴 밑에』는 이 시기를 배경으로 하고 있다.

튀빙겐에서의 생활은 헤세가 작가로서 출발하는 계기가 된다. 헤켄하우어 서점은 신학, 철학, 법학 관련 서적을 주로 취급했는데, 헤세는 주중 하루 열두 시간 동안 책을 검사하고 포장하고 분류하고 보관하는 일을 했고 일과 후 또 주말에는 신학 서적과 특히 괴테, 레싱, 실러, 그리스신화에 관한 책들을 읽으며 많은 시간을 독서로 보낸다. 1898년 10월, 헤세는 견습생 신분을 마치지만 도서 분류 업무에 계속 종사하며 경제적으로 독립하는데, 이 시기에 특히 노발리스, 브렌타노, 아이헨도르프, 루트비히 티크 등 독일 낭만주의 작가들의 작품에 심취한다. 아울러 헤세는 서적 판매 일을 하면서 첫 시집 『낭만적인 노래』, 1899년 여름에는 산문집 『한밤중 뒤의 한 시간』을 출간한다. 이 책들은 많이 팔리지는 않았지만 수준을 인정받아 출판업자들의 긍정적인 평가를 받는다.

헤세는 1899년 가을부터는 바젤의 명망 있는 고서점 라이히에서 일을 시작하고, 또 아버지의 인맥을 따라 바젤의 여러 학자 가족들과 교류하면서 정신적, 예술적 면에서 많은 자극을 받게 된다. 아울러 바젤은 개인주의자 헤세에게 여행이나 산보 등 사적인 영역으로 침잠할 수 있는 여지를 많이 주었고, 헤세는 이 기회를 자신의 예술적 능력과 글쓰기 능력을 시험하는 데 활용했다. 헤세는 1900년 징병검사를 받지만 시력이 약해 군복무를 면제받는데, 눈의 통증과 두통, 신경쇠약은 평생 헤세를 따라다닌다. 1901년 1월에 라이히 서점 일을 그만두고 오랫동안 꿈꾸었던 이탈리아 여행에 나서 3월부터 5월 사이 밀라노, 제노바, 피렌체, 볼로냐, 라베나, 파도바, 베네치아를 방문한다. 그해 여름에 다시 바젤의 고서점 바텐빌에서 일을 시작하면서 시와 문학 소품들을 잡지에 발표하기 시작하고 부수적인 수입도 확보한다. 그리고 첫 소설 『페터 카멘친트』를 출간하면서 작가로서 본격적인 활동을 시작한다.

1903년, 헤세는 아홉 살 연상이자 사진작가인 마리아 베르누이를 만나 함께 이탈리아 여행을 한 후 1904년 여름에 결혼한다. 헤세와 이 첫 부인 사이에는 세 아들이 태어난다. 헤세는 1904년 부인과 더불어 '삶의 개혁Lebensreform'을 실천한다는 의미에서 호젓한 보덴제 호반의 가이엔호펜에 있는 수도와 전기 시설도 없는 한 농가에 들어가 3년간 거주하고, 1907년에는 그곳에 전원주택을 마련한다. 하지만 헤세는 부인과 아이들을 이곳에 두고 혼자 자주 여행에 나선다. 1906년에는 칼프에 머물면서 학창 시절의 경험을 다룬 두 번째 소설『수레바퀴 밑에』를 출간하고, 또 1907년에는 방랑 시인이자 자연 철학자로서 산지 여행과 새로운 공동체를 조직하면서 헤세의 모범이 되었던 구스토 그래저와 친교를 맺고 그의 암굴에 체류하기도 한다. 황야의 은둔자, 제자로서의 삶의 체험은 헤세의 마지막 소설『유리알 유희』에 이르기까지 헤세 문학에서 반복되는 모티프다. 헤세는 다시 시민의 삶으로 돌아와 산문 작품과 시들, 1910년에는 소설『게르트루트』를 발표하지만, 창작의 위기를 겪는 작가의 모습을 보여 준다. 결혼 생활의 불화, 부인과의 관계 악화로 힘들어 하던 헤세는 1911년에 영적, 종교적 영감을 얻고자 화가인 친구 한스 슈투르체네거와 인도 여행에 나서게 된다. 인도 여행은 헤세에게 기대했던 만큼의 영감을 주지는 못했지만 헤세의 문학에 상당한 영향을 끼친다. 헤세는 인도 여행에서 돌아온 후 가이엔호펜의 집을 팔고 스위스 베른으로 이주한다. 하지만 이러한 환경의 변화도 첫 부인과의 갈등을 해결하는 데는 도움이 되지 못했고, 당시 헤세 부부의 갈등은 1914년 발표한『로스할데』에 잘 묘사되어 있다.

제1차 세계대전이 일어나자 헤세는 '조국의 배신자'라는 평판을 듣지 않고자 독일군에 자원입대하려 했으나, 복무 부적격 판정을 받고 대신 베른에 있는 '독일 전쟁 포로 후생 사업소'에서 일하게 된다. 이곳에서 그는 포로들과 억류자들을 위해 책들을 수집하고 보내 주는 일을 하며 잡지도 발행한다. 이 기간에 헤세는 독일과 스위스, 오스트리아의 신문과 잡지에 수많은 정치 논설, 경고, 호소문, 공개서한을 기고하는데, 특히 독일의 지식인들이 민족주의 논쟁에 빠져서는 안 될 것이라는 논조를 보인다. 이러한 활동의 결과로 헤세는 삶에 중요한 전환점이 되는 결과들을 맞이한다. 전쟁 체험을 통해 헤세는 단호한 반전주의자가 되었다. 격렬한 정치적 논쟁의 와중에 헤세는 독일 언론으로부터 대대적인 공격을 받고, 증오가 담긴 서한들을 받기도 하며, 옛 친구들의 이반離叛까지 겪는다. 개인적인 시련과 삶의 위기도 끊이지 않는다. 1916년 3월 부친 사망, 세 살배기 막내아들 마르틴의 뇌막염 발병, 첫 부인과의 파경이 그것이다. 헤세는 결국 신경 쇠약이 발병해 구호 활동을 중단하고 처음으로 심리 치료를 받아야 했다. 그 결과 정신분석학에 관심을 갖고 또 카를 융과도 개인적으로 알게 되는데, 이러한 체험을 거쳐 헤세는 결국 새로운 창조적 에너지를 얻는다. 헤세는 1917년 9월부터 10월까지 3주에 걸쳐 소설 『데미안』을 집필한다. 이 소설은 전쟁이 끝난 후 1919년에 '에밀 싱클레어'라는 필명으로 발표되고, 토마스 만에게서 '섬뜩할 정도로 정확하게 시대의 신경을 건드린 작품'이라는 평가를 받는다.

1919년 헤세가 다시 민간인의 신분으로 돌아왔을 때 첫 부인과의 결혼 생활은 파탄이 나 있었다. 부인은 그사이에 심각한 정신병을 앓고 있었고, 헤세는 더는 첫 부인과 공동의 미래를 구상할 수 없다는 것을 안다. 결국 헤세는 베른의 전셋집을 해약하고 홀로 스위스 테신 주로 이주한다. 세 아이는 일시적으로 친구들에게 맡기게 된다. 헤세가 1919년 출간한 노벨레『클라인과 바그너』는 당시 가족을 저버린 작가 자신의 암울한 체험을 형상화하고 있다.

헤세는 결국 1919년 4월 중순 테신 주로 이사하여 새로운 고향으로 삼는다. 그는 몇 군데 거처를 옮기다가 1919년 5월 몬타뇰라로 이주하여 1931년까지 거주한다. 루가노에서 멀지 않은 이 산중 마을에서 헤세가 머문 곳은 18세기에 지어진 성 형태의 건물인 카무치 별장으로, 발코니에 나서면 호수와 산들이 한눈에 들어오는 전망 좋은 집이었다. 새로운 환경에서의 새로운 삶은 헤세의 창작에 영감을 주었을 뿐 아니라 헤세로 하여금 글쓰기에 대한 보완으로 수채화에도 몰두하게 했는데, 이 시기의 삶의 경험은 1920년에 출간된『클링조어의 마지막 여름』에 잘 드러나 있다. 헤세는 1920년대 말에는 다다이스트 후고 발 부부와도 친교를 맺는다. 그리고 1922년에는 어린 시절부터 알게 된 인도 문화와 현인들에 대한 작가의 애정을 담은『싯다르타』가 출간된다. 이 작품에는 헤세가 당시 사랑하던 루트 뱅거가 싯다르타에게 사랑을 가르치는 카말라라는 인물로 등장하기도 한다. 헤세는 1923년 독일 국적을 포기하고 스위스 국적을 다시 취득했으며, 1924년 루트 뱅거와 재혼한다. 하지만 헤세의 두 번째 결혼도 서로 간의 성적 매력과 비슷한 문화적 관심에도 불구하고 삶의 욕망과 목표에 차이가 커 처음부터 파경을 예고했고, 헤세는 부인의 요청으로 1927년 결국 이혼한다. 헤세가 1925년 발표한『요양객』과 1927년 출간한『뉘른베르크 여행』은 아이러닉한 음조의 자전적 이야기다. 또 헤세는 1927년에 출간한『황야의 늑대』에서 다가오는 전쟁에 대해 경고의 목소리를 보내기도 한다. 같은 해 헤세의 50세 생일을 맞아 친구 후고 발이 쓴 첫 헤세 전기가 출간된다. 그리고『황야의 늑대』가 성공을 거두면서 '고독한 늑대' 헤세는 세 번째 부인이 된 니논 돌빈과의 관계에서 전기를 맞게 되고, 1930년에는 이러한 이원론적인 삶의 결과를 담은『나르치스와 골드문트』를 출간한다.

헤세는 1931년 니논 돌빈을 새로운 삶의 반려자로 삼고, 임대 거주지였던 '카사 카무치'를 떠나 보다 큰 규모의 저택 '카사 로사'로 이사한다. 몬타뇰라 상부에 있는 이 저택은 헤세의 친구 한스 보드머가 헤세의 구상을 반영해 건축한 집으로 헤세 사후에는 헤세의 부인이 사용할 수 있도록 배려했다. 이 집에 이르는 길은 몬타뇰라의 중심가 주차장에 있는 학교 중심에서부터 학교 뒤에 있는 놀이터를 지나 정문까지 나 있다. 안으로 들어가 가벼운 경사로를 올라가면 2층으로 된 두 채의 주택이 연결되어 세워져 있는데, 각 주택은 입구가 별도로 나 있고 1층과 2층이 복도와 공간들을 통해 서로 연결되어 있다. 헤세 부부는 하루의 리듬이나 일과, 용도 등의 이유로 저택의 공간을 어느 정도 분리하는 것을 중시했다. 남서부의 부엌, 식당, 도서관, 손님방, 침실, 욕실 등은 주로 니논이 사용하고, 북동부의 아틀리에, 작업실, 침실, 욕실, 기타 공간 등은 헤세가 주로 사용하는 공간이었다. 1층 도서실은 여러 손님들을 위한 영접실, 또 거실과 독서실, 음악실 등으로 사용했고 아틀리에와 연결되어 있다. 이곳에서 헤세는 여러 출판인들, 토마스 만과 같은 작가들을 영접했는데, 당시에 브레히트, 막스 브로트, 마르틴 부버, 한스 카로사, 앙드레 지드, 슈테판 츠바이크 등의 동료들이 몬타뇰라의 헤세 저택을 방문했다. 도서실의 북동쪽 방향으로 이어진 아틀리에는 다양한 기능을 가진 공간으로, 헤세는 그곳에 타자기를 두고 많은 서신을 작성했고 여러 우편물들을 보내는 공간으로 활용했다. 또한 그 공간을 수채화라는 취미 공간으로, 그리고 가족이나 손님들에게 숨기고 싶은 특별한 책들을 보존하는 공간으로도 사용했다. '카사 로사'는 토마스 만이나 브레히트와 같은 독일의 망명 문인들이 망명길에 나서면서 잠시 도피해 있던 장소이기도 했다.

헤세는 '카사 로사'에서 1931년부터 마지막 대작 『유리알 유희』를 구상하기 시작한다. 이에 앞서 선행 작업으로 집필된 작품이 『동방 순례』이고, 이 작품에는 당시 '어린아이들의 십자군' 운동을 이끌었던 친구 그래저와의 관계가 투영되어 있다. 이 시기의 헤세의 정치적 태도는 문명 비판적인 문화 염세주의에 강한 영향을 받았다. 이 때문에 헤세는 '자연'은 존경하면서도 진보의 이념, 기술, 민주주의와 시대의 업적조차도 신뢰하지 않는 인물이라는 비난을 받기도 한다. 헤세는 독일에서 국가사회주의자들이 권력을 잡는 것을 우려의 눈으로 바라보면서 나름의 방식으로 대응을 시도한다. 수십 년 전부터 언론에 평론을 써온 헤세는 이제 유대인 작가들과 국가사회주의자들의 박해를 받은 작가들을 지지하는 글을 기고한다. 하지만 1930년대 중반부터 독일 언론에서는 더는 헤세의 기고문을 실을 수 없게 되고 만다. 결국 헤세는 정치적 논쟁과 제2차 세계대전의 끔찍한 소식들로부터 정신적으로 도피해 작품 『유리알 유희』의 집필에 매달린다. 이 소설은 1943년 스위스에서 출판되고 헤세는 특히 이 작품으로 고전적인 휴머니즘과 고도의 예술 양식을 보여 주었다는 평가와 함께 1946년 노벨문학상을 수상한다.

제2차 세계대전이 끝난 후 헤세의 문학 창작 활동은 줄어든다. 헤세는 중단편의 산문들과 시들을 쓰기는 했지만 더는 장편소설은 쓰지 않았다. 헤세의 활동은 서신에 보다 집중되었다. 헤세는 이미 1920년대부터 서신 교환을 통해 친구들, 후원자들, 편지 친구들, 팬들과 광범위한 네트워크를 형성하고 있었다. 또 그의 명성이 알려지면서 몬타뇰라의 이 현명한 노인을 지원하고 또 그로부터 삶의 방향을 기대하는 사람들도 늘어났다. 어떤 조사에 의하면 헤세는 무려 3만 5천 통의 편지를 받았고 그 가운데 1만 7천 통에 대해 직접 답장을 썼다고 알려졌다. 헤세는 백혈병에 걸렸다는 사실을 오랫동안 모르고 지내다가 1962년 8월에 타계했고, 친구 후고 발이 묻힌 곳이기도 한 몬타뇰라 근교의 성 아본디오 공동묘지에 안장되었다.

작품 세계

혜세의 초기 작품들은 대체로 19세기의 전통에 서 있다. 그의 서정시들은 낭만주의 시풍을 띠고 있고, 작가 자신이 고트프리트 켈러의『녹의의 하인리히』를 계승하는 교양소설로 보았던『페터 카멘친트』의 언어와 문체 또한 낭만주의의 영향 아래에 있다. 혜세는 내적으로도 산업화와 도시화를 반대하며 삶의 개혁과 청소년 운동을 지향했다. 혜세는 나중에 이러한 신낭만주의적 태도를 포기하는데,『페터 카멘친트』에서 엿보이는 도시와 전원의 대비, 남성과 여성의 대립이라는 안티테제 구조는『데미안』이나『황야의 늑대』와 같은 후기 작품에서도 발견된다. 아울러 혜세의 작품에 결정적인 영향을 끼친 것은 카를 구스타프 융의 '원형 archetype'에 관한 이론이었다. 이 이론은 우선『데미안』에서 처음으로 제시되었는데, 한 젊은이가 친구 내지 스승의 도움으로 자아를 찾아가는 여정은 혜세 문학에서 가장 중심적인 주제의 하나라고 할 수 있다. 그런데『데미안』이나『황야의 늑대』같은 작품에서도 교양소설의 전통이 엿보이기는 하나, 이야기 전개는 실질적인 차원이 아니라 내면의 '영혼의 풍경'에서 진행된다. 혜세의 작품에서 또 다른 중요한 요소인 '영성'은 특히 인도 현자들의 가르침과 노자사상, 기독교 신비주의를 배경으로 하는 소설『싯다르타』에 잘 드러나 있다. 그러나 개인을 통한 지혜에 이르는 길이라는 경향은 스스로의 노력에 의한 깨달음을 추구하는 상

좌부 불교(테라바다 불교)와의 연관성을 보여 주지만 전형적인 서구적 접근으로, 아시아적 교훈이라고 그대로 말하기는 어렵다.

한편 헤세의 모든 작품들은 자전적 요소를 지니고 있다. 특히 『데미안』과 『동방 순례』에서 분명하게 드러나지만 『클라인과 바그너』, 삶의 위기를 전형적으로 보여 준 『황야의 늑대』에도 나타나고, 후기 작품에서는 더욱 뚜렷하게 나타난다. 『동방 순례』에 연결되는 『유리알 유희』에서는 젊은이와 그의 친구 내지 스승에 해당하는 사제 관계가 변주되어 나타난다. 독일에서 국가사회주의 독재라는 역사적 배경에서 보면 『유리알 유희』는 휴머니즘과 정신의 유토피아를 그린 작품이기도 하지만 고전주의적 교양소설의 요소도 가미되어 두 요소가 변증법적 유희를 벌이고 있다.

이 책에 소개되는 두 작품은 헤르만 헤세의 중기작 『크눌프』(1915)와 후기에 해당하는 『동방 순례』(1932)이다. 이 두 작품을 하나의 책으로 엮은 것은 작품의 성격이 다르기는 하지만 '여행'에 관한 이야기이기 때문이다. 『크눌프』는 지상에서 살아가는 한 사람의 독특한 삶의 여정을 다루고 있고, 『동방 순례』는 이상과 현실을 벗어나 진정한 자아를 추구하면서 정신세계로 진입하는 '내면으로의 여행'을 그리고 있다.

『크눌프』 – 지상에서의 한 삶의 여정

『크눌프』는 헤르만 헤세가 1915년에 발표한 소설로 『데미안』 이전까지 헤세의 소설 중 가장 인기가 높았던 작품이다. '크눌프 삶의 세 이야기'라는 부제가 알려 주듯이 이 소설은 크눌프라는 주인공의 삶에 대한 세 가지 이야기로 구성되어 있다. 크눌프는 많은 재능을 타고난 장래가 촉망되는 젊은이였으나, 방랑벽을 지닌 인물이다. 그는 직업을 갖고 결혼하고 자식을 낳는 대부분 시민들의 삶과는 달리, 이 마을 저 마을로 돌아다니며 친구들 집을 전전하며 부랑하는 삶, 낙오된 삶을 살고 있는 것처럼 보인다. 그러나 그는 품행이 방정하고 예절을 갖추고 있어 사람들의 환대를 받으며 항상 밝고 여유가 있다. 헤세의 이 작품은 바로 이 세상의 수많은 삶의 길 중에서 한 독특한 삶을 살아간 방랑자의 여정을 보여 준다.

서로 연결된 세 편의 이야기는 각각 다음과 같은 줄거리이다.

「초봄」이라는 제목의 첫 번째 이야기는 크눌프가 건강이 쇠약해져 병원에서 몇 주를 지내다가 퇴원한 때부터의 행적을 다루고 있다. 옛 친구인 무두장이 에밀 로트푸스가 휴식처를 제공하지만, 크눌프는 아무런 목적 없이 하루하루를 보낸다. 그는 무두장이 아내의 호감을 사기도 하지만, 그녀의 접근을 재치 있게 거부한다. 대신 최근에 그 도시로 온 이웃집 하녀 바바라의 환심을 사려고 하고 결국 그녀와 나들이하고 춤을 추며 추억을 남긴다.

마지막에 그는 결국 무두장이 부부와 함께 소풍을 가려던 약속도 저버리고 다시 방랑을 떠나기로 결심한다.

「크눌프에 대한 나의 추억」이라는 제목의 두 번째 이야기는 이름을 알 수 없는 다른 방랑자가 1인칭 시점으로 묘사한 크눌프와의 추억이다. 이야기의 초점은 화자가 크눌프와 함께 독일의 숲과 들판들을 돌아다니며 함께 지낸 날들에 집중되어 있다. 그러나 크눌프의 밝고 여유 있어 보이는 삶은 실은 인생의 덧없음과 어두운 면에 대한 경험에서 비롯된 것이기도 하다. 그의 방랑 생활은 다른 사람에 대한 신뢰를 배신당한 아픔에서 출발했던 것이다. 남의 집에 입양된 자기 아들조차 가까이 볼 수 없는 슬픔을 간직한 그는, 사람이란 결국 혼자서 자신의 짐을 지고 가는 존재라고 말한다. 이야기의 후반부는 기쁨으로 가득하고 근심으로부터 자유로운 하루 동안의 일을 기록하고 있다. 그런데 크눌프는 유감스럽게도 다음 날 말없이 화자인 친구를 떠나 버린다. 친구는 크눌프가 떠난 이유가 자신이 전날 밤 과도하게 자축하며 술을 마신 데 대한 역겨움 때문일 것이라고 생각한다. 혼자 남게 된 친구는 마음이 아프고, 그 고독의 경험이 살아오는 동안 완전히 떠나간 적이 없다고 고백한다.

세 번째 이야기 「종말」은 병이 더욱 악화된 크눌프가 라틴어 학교 시절 친구였던 의사 마홀트와 만나며 시작된다. 이제는 세간의 존경을 받는 인물이 되어 있는 친구는 크눌프를 집으로 데려가 돌보며 가까운 도시의 병원으로 보내고자 한다. 하지만 살

날이 얼마 남지 않았음을 아는 크눌프는 자신이 자라난 고향의 병원으로 보내 달라고 한다. 그는 고향에 도착하지만, 정작 병원에 가서 간호를 받지는 않고 오히려 고향의 여기저기를 돌아다니며 옛 추억의 장소들과 친구들을 찾아 나선다. 그는 예전에 알던 사람들을 만나 그들의 현재에 대해 그리고 그가 고향을 떠나기 전 함께했던 추억들에 대해 이야기를 나눈다. 마지막으로 만난 석공 친구는 크눌프에게 왜 재능과 능력들을 훌륭하게 활용하지 않았냐고 따지며, 삶을 그렇게 허비한 데 대해 크눌프가 하느님 앞에 책임을 져야 할 것이라고 지적한다. 이에 크눌프는 숲으로 가서 하느님과 대화를 시작하면서, 왜 자신은 의사나 예술가가 되고 결혼도 하고 평화롭게 정착하는 훌륭한 삶을 살지 못했는지, 자신의 존재 의미가 과연 무엇인지 하느님에게 묻는다. 하나님은 그에게 특별한 목적을 두었다고 대답한다. 그것은 바로 사람들에게 '자유에 대한 동경'을 일깨워 주기 위한 것이었다. 마지막 이야기는 크눌프가 하느님이 계시해 준 자신의 삶의 의미에 대해 동감하고 평화롭게 눈을 감는 것으로 끝난다.

세상 사람의 눈으로 볼 때, 직업과 결혼을 통한 시민적인 삶을 거부하고 세상을 자유롭게 떠돌며 자신의 방식대로 살아간 사람들은 보통 사람들이 생각하는 '정말로 가치 있는 것'을 전혀 달성하지 못한 인물이다. 이 때문에 크눌프의 삶은 기실 죄책감도 수반하는 여정이다. 그러나 평범하고 의무에 충실한 '유능한' 사람들에게 크눌프의 삶은 '자유에 대한 동경'을 일깨운다는 점에서 긍정적인 의미를 부여받는다.

이러한 크눌프가 작가 헤세에게 분신과 같은 존재이고 언제나 고향을 추억케 하는 인물이었음은 당연하다. 이 이야기를 쓴 시기에는 헤세 자신도 시민적인 삶에 만족하지 못하고 탈주를 시도하며 갈등하던 시기였다. 헤세는 1935년 한 여성 독자에게 보낸 편지에서 이렇게 적고 있다.

'유행하는 견해와는 달리 나는 시인의 임무가 독자들에게 삶과 인간에 대한 규범들을 제시해 주어야 한다거나 전지적이고 권위적이 되어야 한다고는 생각지 않습니다. 시인은 자신의 마음을 끄는 것을 제시하는데, 나는 크눌프와 같은 인물들이 아주 마음에 끌립니다. 그들은 "유용"하지는 않지만, 많은 유용한 사람들보다 해를 끼치지는 않습니다. 크눌프와 같이 재능 있고 생기 있는 사람들이 그들의 주변 세계에서 자리를 찾지 못한다면, 그 주변 세계는 크눌프와 마찬가지로 책임이 있다고 봅니다.'

『동방 순례』 – 진정한 자아를 찾아가는 여행

이 책에 수록된 두 번째 소설 『동방 순례』는 세계적으로 성공을 거두었던 『나르치스와 골드문트』가 나온 직후인 1932년에 출간된 작품으로, 헤세의 중기 작품에 속한다. 아울러 헤세의 마지막 대작 『유리알 유희』를 구상하는 과정에서 선행 작업으로 집필한 소설이다. 이 소설은 어떤 결맹에 가입한 주인공 H. H라는 인물이 순례자들과 함께 떠났던 동방 여행에 대한 체험을 기록하고자 하면서 새로운 각성을 얻게 되는 과정을 그리고 있다.

전체 5장으로 이루어진 이 소설은 구성이 조금 복잡하고, 동화적이고 환상적인 요소들도 많이 들어 있다. 언어도 고상한 문학어보다는 동화적인 문체에, 때로는 작가 헤세의 전기적 배경이나 시대적 배경에 대한 지식이 없이는 이해하기 어려운 상징, 은유, 비유들로 가득 차 있어 독자들에게는 어려울 수도 있다. 그러나 문학에서의 비유나 상징은 그 자체로 독자들에게 호소하는 장치이므로 굳이 자세한 설명을 필요로 하지는 않는다.

작품에 접근하기 위해 다소 복잡하지만 줄거리를 소개하고자 한다. 이야기는 화자가 참가했던 순례를 기록으로 남기고자 결심하고, 그 순례를 회상하는 장면에서부터 시작된다(1장). 여행의 시간적 배경은 제1차 세계대전 직후, 특히 '자칭 구세주나 예언자나 사도라고 하는 자들이 들끓고' 비현실적인 상태나 초현실적인 것을 받아들일 수 있는 분위기에서 '현실의 한계를 뛰어넘고 다가오는 미래의 정신 영역으로 진입'이 시도된 시기였다. 결맹의 순례는 '영혼의 왕국'에 도달하려는 이러한 시도 중 하나로 기획되었다. 결맹은 고차원적이고 비밀에 속하는 목표들을 설정한 반면, 참가자들은 개인적인 동기도 가져야 했다. '도'라는 보물을 찾는 사람도 있었고 쿤달리니라는 뱀을 잡겠다는 사람도 있었던 반면, 화자의 소망은 파트메 공주를 만나 그 사랑을 얻는 것이었다. 화자는 최고 지도자로부터 '아니마 피아', 즉 '경건한 영혼'이라는 축복과 함께 신앙에 충실하고, 영웅적인 용기를 발휘하고, 형제애를 가지라는 훈계를 받으며 결맹의 반지를 손가락에 끼고 여행에 나섰다.

그런데 이 동방 순례는 일회적인 현상이 아니라 '믿음을 가진 자들이나 귀의한 자들이 동방을 향해, 광명의 고향을 향해' 나아가는 영원한 순례 행렬의 일부이고, '영혼들의 영원한 강물'에 나타나는 하나의 물결에 불과했다. 순례단은 도중에 침묵의 명상을 하거나 꽃 축제를 갖기도 하고, 슈바벤 지방과 이탈리아, 동방으로 나아가면서 10세기에서 또는 가부장들과 요정들의 집에서 밤을 보내기도 한다. 순례단은 또한 거인 아그라만트, 요정 후첼맨라인, 파르치팔, 산초 판자와 같은 인물도 만날 뿐 아니라 화가 클링조어나 파울 클레도 만난다. 몇몇 형제들은 순례 도중 타락하게 되어 결맹의 목적을 잊고 '현실 세계'로 되돌아가기도 한다. 순례단에서 특별히 중요한 역할을 하는 인물은 그다지 눈에 띄지 않는 하인 레오였는데, 그는 유쾌하고 겸손한 태도로 사람들과 동물들의 마음을 얻는 인물이다. 여행의 한 정점을 이루는 것은 슈바벤의 브렘가르텐에서 벌어진 결맹의 축제였는데, 여기에서는 브렌타노, 호프만, 노발리스, 파르치팔, 하인리히 폰 오프터딩겐, 피타고라스, 조로아스터, 노자, 알베르투스 마그누스와 같은 역사에 실존했거나 문학작품에 등장하는 인물들이 결맹의 회원으로 화자의 상상 속에 등장한다. 이때 화자는 또한 시인들에 의해 창조된 인물들이 창조자들보다 더 생기 있고 사실적인 인물이라는 특이한 체험을 서술하는데, 레오는 이에 대해 아기들에게 헌신하는 어머니들을 비유하면서 인상적인 답변을 한다.

2장은 이탈리아 북부의 모르비오 인페리오레 협곡에서 이상적인 하인 레오가 여행 보따리와 함께 실종되는 장면으로 시작된다. 레오가 실종되자 순례단은 믿음과 확신을 잃고 심각한 위기에 봉착한다. 화자를 비롯한 참가자들은 사라진 레오의 배낭에는 특히 결맹의 고문서를 비롯해 가장 중요한 귀중품들이 들어 있었다고 생각한다. 이 대목에서 화자는 결맹의 역사를 적절하게 기술하기란 불가능하다는 회의에 빠지면서 보고를 중단한다. 그러나 화자는 낙심하지 않고 결맹의 역사를 쓰는 것은 어렵더라도 적어도 '동방 순례'에 대해 글을 쓰겠다고 결심하고, 전쟁 체험에 관한 책을 집필함으로써 영혼의 짐을 떨쳐 버린 학창 시절의 친구 루카스를 찾아간다(3장). 친구는 무엇보다 주소록에서 안드레아스 레오를 찾아내고 화자는 이로써 순례에서 사라졌던 하인 레오와 재회할 가능성을 찾게 된다. 레오가 산다는 곳을 몇 번이나 찾아간 화자는 드디어 어느 날 저녁, 그 주소에 사는 인물을 뒤쫓게 된다. 공원에서 만난 그는 예상대로 모르비오 인페리오레 협곡에서 순례단을 떠났던 바로 그 하인 레오였다(4장). 그러나 두 사람의 대화는 화자에게 실망만을 안겨 주는데, 레오는 결맹의 옛 형제를 알아보지도 못하는 것 같고, 더군다나 궁핍하지도 않은 상황에서 바이올린을 팔아먹었다고 화자를 비난한다. 심지어 레오에게는 친숙한 개도 화자를 보면 으르렁거린다. 절망한 화자는 집에 돌아와서 열병에 걸린 사람처럼 '탄식과 고발과 자책의 말들'이 담긴 스무 장에 달하는 편지를 보낸다.

마지막 장(5장)은 결맹과의 재회를 다루고 있다. 화자가 생각했던 것과는 달리 결맹은 여전히 존속하고 있었고, 레오가 나타나 화자를 다시 결맹으로 인도한다. 화자의 인내심을 시험하듯이 우회하는 골목들을 지나고 교회와 성당을 지나 교외에 있는 한 건물의 다락 층에서 화자는, 자수라는 형식으로 나타난 자신을 심판하는 최고 법정에 들어서게 된다. 결맹에 불충한 것과 나아가 결맹의 역사를 쓰려고 했던 실책을 화자가 시인하자, 결맹의 모든 장서고에 접근할 권한이 주어진다. 그곳에서 그는 자신의 보잘것없는 원고뿐만 아니라 오랫동안 잃어버렸다고 여긴 결맹의 고문서, 레오에 관한 항목, 꿈에 그리던 파트메 공주, 화가 파울 클레의 항목을 볼 수 있게 된다. 그러면서 그는 이 엄청난 문서와 책들을 천 분의 일도 해독할 수 없다는 사실, 결맹의 역사를 쓰려는 시도가 어리석고 오만했다는 사실을 깨닫고 수치심에 사로잡힌다. 화자는 법정에서 무조건 판결에 승복하겠다는 자세를 보이고, 그때 하인 레오가 최고 지도자의 모습으로 나타나 그의 진정한 실책들이 무엇인지 지적한다. 결국 그를 절망으로 몰고 간 것은 하나의 시험이자, 모든 인간이 성숙하는 과정의 일부였음이 드러난다. 화자는 잃어버린 결맹의 반지를 돌려받고 자신이 저지른 수많은 잘못들을 의식하지만, 결국에는 무죄 판결을 받고 자

기 자신에 대한 장서고의 내용을 확인한다는 조건으로 간부의
대열에 수용된다. 이제 그는 자신이 모르비오 인페리오레 협곡에
서 탈주한 것뿐만 아니라, 이중으로 된 자신과 레오의 형상을 닮
은 특이한 조각상을 만나게 된다. 그 조각상에서 자신의 형상이
천천히 녹아 레오의 형상으로 흘러들어, 레오는 번성하고 자신은
소멸하여 하나로 합일하며 이야기는 끝난다.

이 소설이 제시하는 핵심적인 주제는 무엇일까? 어떤 이들은
기술된 『동방 순례』가 동양의 현인들이 '도'를 찾아가는 과정과
흡사하다고 보면서 양극의 대립을 넘어서는, 하나의 근원이 되는
단일성과의 합일을 다룬다고 하고, 어떤 이들은 '무의식'의 세계
를 탐구하는 동화적인 방랑이라고 보기도 한다. 아울러 다른 모
든 작품과 마찬가지로 이 작품이 작가의 전기적 배경, 구체적으
로 헤세가 친구 구스토 그래저와 그가 인도하던 공동체를 떠나
며 겪은 고독과 절망, 영혼의 고통을 문학적으로 형상화한 것이
라는 해석도 있다.

『동방 순례』에 나타나는 몇 가지 모티프는 유럽에서 아주 오
래된 문학의 모티프에 속한다. 그 하나는 일종의 비밀결사라고
할 수 있는 '결맹'이라는 모티프이다. 선택받은 자들이 참가하는
형태의 이러한 비밀결사는 많은 이들에게 매혹의 대상이 되어
왔고, 중세의 '아르투스'(아서) 서사시에서부터 토마스 만의 『마의
산』에 이르기까지 다양한 문학작품에서 다루어져 왔다. 동방 순
례자들의 결맹은 그 의식이나 조직, 상징 (간부들의 회합, 결맹의

문서, 장서고, 맹세, 서약, 규정, 네 개의 돌이 박힌 반지) 등을 보면 프리메이슨이나 일루미나티 또는 장미 십자단과 같은 비밀결사를 연상시킨다. 또 다른 하나는 '동방'이라는 모티프이다. 여기서 동방은 고대 문명의 발상지인 중근동 지방, 그리고 헤세의 경우 인도나 중국 등 동아시아까지도 암시하는 지역이다. 동방으로의 여행은 대체로 뿌리, 즉 근원으로의 귀향이라는 의미를 지닌다. 동방으로 여행하는 주인공들은 뿌리로의 여행이 그러하듯이 대체로 영혼의 정화를 경험한다. 중세 프랑스의 기사 이야기들이 그러하고, 비란트나 노발리스 그리고 플로베르의 이집트 여행기가 같은 성격을 띠고 있다. 이 소설에서는 동방의 의미를 다음과 같이 적고 있다. '우리에게 동방은 그저 어떤 나라, 어떤 지역만이 아니었다. 영혼의 고향이자 청춘이었고, 어디에나 있으면서 어느 곳에도 없는, 모든 시간이 하나가 되어 버린 그런 곳이었다.'

이것은 『동방 순례』가 지리적 의미의 여행이 아니고, 이 소설이 인간의 성숙 과정에 대한 비유담의 성격을 띠고 있음을 증명한다. 여기에서의 성숙이라 함은, 이상의 추구, 일상과 물질적인 세계를 넘어서는 세계에서의 도덕적, 정신적 성숙에 이르고자 하는 노력, 각 개인에게 주어진 발전 및 성장 잠재력의 발현, 진정한 자아를 발견하는 '개별화individuation'를 의미한다고 할 수 있다. 이러한 추구는 개인적인 차원에서 일어나기도 하지만, 인류의 모든 선택받은 자들, 동경을 품은 자들. 각성(득도)한 자들을 포괄하는 운동으로 이해될 수 있다.

이에 따라 소설의 대부분은 시간과 공간의 경계를 넘어서서 전개되고 여러 시대에서 실제로 살았던 인물들이 문학 속의 인물들을 만나기도 한다. 그러면서도 제1차 세계대전이라는 시대적 분위기와 철도, 증기선, 전신 등 문명적 이기들이 배경으로 등장한다. 한편 성숙의 과정은 우울과 절망 등 상당한 난관들과 결합되어 있다. 소설에서는 그것들이 성숙이라는 과정에서 일종의 시험과 같은 성격을 갖고 있다. "그런데 절망이라는 것은 인간의 삶을 이해하고 그 정당성을 입증하려는 모든 노력의 결과입니다. 절망이라는 것은 삶의 덕을 갖추고, 정의를 갖추고, 이성을 갖추고 극복하고자 하고 또 삶의 요구들을 실현시키고자 하는 모든 진지한 노력의 결과이기도 합니다. 이러한 절망의 이쪽 편에는 어린아이들이 살고 있고, 저쪽 편에는 깨달은 자들이 살고 있지요."

화자인 H는 아직 절망의 한가운데에 있지만, 이제 더는 어린아이가 아니라 각성한 자들의 대열로 넘어가고 있다. 소설의 마지막 부분에서 화자는 브렘가르텐에서 하인 레오가 설파한 섬김과 헌신의 도를 구현하고 있다. 당시 문학작품 속 인물들이 그것을 만들어 낸 시인이나 창조자보다도 더 생생하고 사실적인 이유에 대해 레오는, 오래 살려고 하는 자는 봉사를 해야 하고, 지배하는 자는 오래 살지 못한다고 설명하면서, 이러한 법도를 알지 못해 많은 사람이 허무와 정신병원으로 가는 것이라고 말한다. 그것은 어머니들에 대한 그의 비유에서 더욱 분명해진다. "그것은 어머니들의 경우와 같습니다. 아기를 낳고 아이에게 자신의 젖과 아름다움과 힘을 다 주고 나면, 어머니 자신은 보이지 않게 되지요. 그리고 아무도 그들에 대해 더는 물어보지도 않습니다." 이 경우 아이들은 어머니의 새로운 현신이라고 할 수 있다. 이와 마찬가지로 각 개인은 자신을 쏟아부어 정신적인 자식들을 낳고 있는 것이고, 그것이 진정한 자아인 것이다. 시인에 비유한다면 각 시인이 심혈을 기울여 만들어 내는 피조물로 인해 시인 자신은 시들고 창백해지지만 그 피조물은 생생하고 사실적인 자식들로 존재하는 것이다. 이러한 사상은 소설의 마지막 부분에서 화자의 형상이 녹아들어 레오의 형상으로 되살아나는 특이한 이중의 형상으로 상징적으로 표현된다.

『크눌프』가 고향 소도시 칼프에서 헤세가 중년기에 겪은 체험들을 다룬 것이라면, 『동방 순례』에서도 작가의 전기적 요소는 도처에서 엿보인다. 화자이자 주인공의 이름 H. H라는 이니셜에서 헤르만 헤세를 추측하기란 어렵지 않다. 이외에도 헤세의 삶에 실존했던 수많은 인물들이 소설에 등장한다. 브렘가르텐 성의 성주인 막스 바스머와 그의 첫 번째 부인 틸리, 헤세와 친분이 있었던 화가 파울 클레와 루이 무아예가 등장하고, 롱구스는 헤세가 한때 정신분석 치료를 받았던 융의 제자 요제프 베른하르트 랑의 이름인 '랑Lang'이 라틴어로 변형된 것이다. 또한 헤세의 세 번째 부인 니논 돌빈은 화자가 사랑하게 된 까만 눈의 외국인 여자, 화자의 여행 동기였던 파트메 공주(『천일야화』에 나오는 예언자 마호메트의 딸)로 등장한다. 이외에도 헤세의 시를 소재로 작곡을 많이 했던 후고 볼프, 오트마르 쇠크, 배우 한스 모저, 친구인 한스 보드와 게오르크 라인하르트를 비롯해 많은 실제 인물들이 나온다. 거기에다 이미 죽었지만 '정신의 형제들'로 헤세가 동질감을 느낀 작가들, 예를 들어 낭만주의 작가 E. T. A. 호프만의 작품(『황금 단지』)에 나오는 장서 관리자 린트호르스트, 노발리스의 『푸른 꽃』에 나오는 동명의 주인공, 또는 헤세 자신의 중기 작품 『클링조어의 마지막 여름』(1919)에 나오는 화가 클링조어가 등장한다. 작품에서 가장 중심적인 인물인 레오에는 헤세가 모범으로 삼았던 친구인 구스토 그래저라는 인물이 반영되어 있다. 그래저는 제1차 세계대전이 끝나고 슈바벤 상부 지역과 우라흐로의 여행을 추진하고 하나의 공동체를 형성하고자 했던 인물인데, 헤세는 1919년 이 친구를 배신하고 공동체에서 이탈한다. 따라서 이 소설은 이에 대한 참회의 기록으로도 읽힐 수 있을 것이다. 또 전체적으로 보면 『동방 순례』에서 화자는 결맹의 역사를 쓰는 것은 불가능하고 아울러 그 독특한 체험의 여정을 서술하는 것이 어렵다고 자주 토로한다. 진정한 자아를 찾아가는 여행, 그 자체를 기술하기가 결코 쉽지 않다는 헤세의 생각을 반영하는 대목이 아닐까?

번역 텍스트로는 『*Hermann Hesse: Knulp*』(Frankfurt am Main 1988)와 『*Hermann Hesse: Die Morgenlandfahrt*』(Frankfurt am Main 1982)를 사용했으며, 국내에 출간된 기존의 번역본들도 참

조했다. 그럼에도 텍스트에 대한 잘못된 이해나 오역이 있다면 그
것은 역자의 몫이다.

헤르만 헤세 연보

1877   7월 2일 독일 남부 뷔르템베르크 주의 소도시 칼프에서 선
교사로 훗날 칼프 출판협회장이 된 요하네스 헤세와 그의
부인 마리 군데르트 사이에서 장남으로 태어남. 외할아버지
헤르만 군데르트는 인도학 학자로 유명한 선교사. 인도에서
선교사로 활동하던 아버지는 건강상의 문제로 귀국하여 고
향에서 헤르만 군데르트 목사의 기독교 서적 출판 사업을
돕다가 그의 딸과 결혼함. 마리 군데르트의 첫 남편인 찰스
아이젠버그는 영국 출신의 선교사였는데 그가 세상을 떠나
자 32세의 나이에 요하네스 헤세와 재혼해 헤르만 외에 아
델레, 파울, 게르트루트, 마리, 한스를 낳음.

1881–86   부모와 함께 스위스 바젤로 이주. 아버지는 바젤 선교단에
서 교사로 활동하며 1883년에 스위스 국적을 취득.

1886-89	가족이 다시 고향 칼프로 돌아와, 헤세는 그곳에서 실업학교에 입학.
1890-91	괴핑겐의 라틴어 학교에 입학하여, 신학교에 입학할 수 있는 뷔르템베르크 주 시험 준비. 시험 자격 취득을 위해 부모는 헤르만 혼자 스위스 시민권을 포기하고 뷔르템베르크 주 정부의 시민권을 취득하게 함.
1891	6월에 뷔르템베르크 주 시험에 합격. 그해 9월에 케플러, 횔덜린을 배출한 유명한 마울브론 신학교에 입학해 6개월간 다님.
1892	3월 7일에 마울브론 신학교를 도망쳐 나옴. '시인이 되거나 아니면 아무것도 되고 싶지 않았기에' 자유로운 생활을 하려고 함. 바트 볼에 있는 블룸하르트 목사의 병원에서 치료. 6월에 짝사랑으로 인한 자살 기도. 슈테텐의 정신병원에서 약 3개월간 입원 요양.
1892-93	슈투트가르트 근교에 있는 바트 칸슈타트 김나지움(인문중고등학교)에 1년간 다님. 중등학교 자격시험을 치른 후 학업 중단. 에슬링겐에서 서점 견습사원으로 근무하지만 3일 후에 그만둠. 그 후 아버지의 조수로 일함.

1894–95	고향 칼프의 페로트 탑시계 공장에서 15개월간 견습공 생활.
1895–98	튀빙겐의 혜켄하우어 서점에서 판매원 및 서적 분류 조수로 일함.
1898	소설을 쓰기 시작함. 습작소설 『고슴도치*Schweingel*』를 썼으나 원고를 분실함. 처녀 시집 『낭만적인 노래*Romantishe Lieder*』 발표.
1899	9월에 스위스 바젤로 이주하여 1901년까지 라이히 서점에서 서적 분류 조수로 근무. 산문집 『한밤중 뒤의 한 시간*Eine Stunde hinter Mitternacht*』 출간.
1900	〈스위스 일반신문〉에 여러 가지 기사와 서평을 쓰기 시작함.
1901	3월부터 5월까지 첫 번째 이탈리아 여행. 피렌체, 제노바, 라베나, 피사, 베네치아 등지를 돌아봄. 8월부터 1903년 봄까지 바젤의 바텐빌 고서점에서 판매원으로 근무. 가을에 『헤르만 라우셔의 유작과 시*Hinterlassene Schriften und Gedichte von Hermann Lauscher*』를 바젤의 라이히 서점에서 간행.
1902	베를린의 그로테 출판사에서 시집 『시들*Gedichte*』 출간. 이 시

집은 출간 직전 사망한 그의 어머니에게 헌정됨.

1903
서적 관계 일로 두 번째 이탈리아 여행을 하여 피렌체와 베네치아를 둘러봄. 서점 점원 생활을 청산하고 집필에만 전념함. 그 후 베를린 피셔 출판사로부터 작품 집필을 의뢰받고 소설 『페터 카멘친트*Peter Camenzind*』를 탈고함.

1904
『페터 카멘친트』를 피셔 서점에서 출간하여 신진 작가의 지위를 확보함. 이 작품으로 빈 농민상을 수상. 8월에 아홉 살 연상인 마리아 베르누이와 결혼하여, 9월에 보덴 호수 근교의 작은 마을 가이엔호펜으로 이주. 자유작가로 생활하며 여러 신문과 잡지에 기고. 소설 『보카치오*Boccaccio*』와 『아시시의 프란체스코*Franz von Assisi*』 출간.

1904–12
자유작가 생활을 하며 〈짐플리치시무스Simplicissimus〉, 〈라인렌더Rheinländer〉, 〈노이에 룬트샤우Neue Rundschau〉지의 동인으로 활동.

1905
12월에 첫 아들 브루노 출생. 오스트리아의 문학상 바우어른펠트 상 수상.

1906
소설 『수레바퀴 밑에*Unterm Rad*』를 피셔 출판사에서 출간. 빌헬름 2세의 권위에 노골적으로 도전하는 진보적인 주간지 〈3월März〉 창간에 참여하여 1912년까지 공동 편집자로 활동함.

1907   중단편집 『이 세상Diesseits』 출간. 가이엔호펜에 자신의 집을 짓고 이사함.

1908   중단편집 『이웃 사람들Nachbarn』 출간.

1909   3월에 차남 하이너 출생. 취리히, 독일, 오스트리아로 강연 여행.

1910   뮌헨의 랑겐 출판사에서 소설 『게르트루트Gertrud』 출간.

1911   7월에 셋째 아들 마르틴 출생. 시집 『여행 중에Unterwegs』 출간. 9월부터 12월까지 친구인 화가 한스 슈투르체네거와 함께 인도 및 동남아시아 여행. 가정생활의 파탄을 타개하기 위해 연말에 귀국함.

1912   단편집 『우회로Umwege』 출간. 가족들과 함께 스위스의 베른 교외에 있는 세상을 떠난 친구인 화가 알베르트 벨티의 집으로 이사.

1913	인도 여행 경험을 바탕으로 피셔 출판사에서 『인도에서. 인도 여행으로부터의 스케치*Aus Indien, Aufzeichnungen von einer indischen Reise*』 출간.

1913   인도 여행 경험을 바탕으로 피셔 출판사에서 『인도에서. 인도 여행으로부터의 스케치*Aus Indien, Aufzeichnungen von einer indischen Reise*』 출간.

1914   결혼 문제를 주제로 한 소설 『로스할데*Roshalde*』 출간. 스위스 국적을 신청했으나 거부당함. 7월에 제1차 세계대전이 일어나 자원 입대하려 했지만 시력 때문에 복무 부적격 판정을 받음. 1915년부터 1919년까지 베른 주재 독일공사관에 설치된 '독일 전쟁 포로 후생 사업소'에서 일하며 전쟁 포로와 억류자들을 위한 〈독일 억류자 신문Deutschen Interniertenzeitung〉의 공동 발행인, 〈독일 전쟁 포로를 위한 책Bücherei für deutsche Kriegsgefangene〉, 〈독일 전쟁 포로를 위한 일요일 전령Sonntagsbote für deutsche Kriegsgefangene〉의 발행인을 맡음. 전쟁 중에 전쟁을 비판하는 글을 신문에 발표하여 독일 국민의 반감을 샀으며, 또한 독일 저널리즘에서도 배척당함. 자신의 출판사를 만들어 1918년에서 1919년까지 스물두 권의 소책자를 펴냄.

1914-19   수많은 반전 내용의 정치 논평과 논문, 경고 호소문, 공개서한 등을 독일, 스위스, 오스트리아 신문 잡지들에 발표.

1915   단편집 『길가에서*Am Weg*』와 소설 『크눌프. 크눌프 삶의 세

가지 이야기*Knulp. Drei Geschichten aus dem Leben Knulps*』 발표. 신작 시집 『고독한 자의 음악*Musik des Einsamen*』 출간.

1916   3월 부친 요하네스 헤세 사망. 부인 마리아의 정신분열증 시작과 막내아들 마르틴의 발병으로 인해 자신도 심한 신경쇠약에 시달리게 되어, 루체른 근처 존마트의 요양소에서 심리학자 C. G. 융의 제자인 랑 박사로부터 정신요법 치료를 수십 회 받음. 『청춘은 아름다워라*Schön ist die Jugend*』 출간.

1917   시대 비판적 출판을 금지하라는 경고를 받고 에밀 싱클레어라는 가명으로 신문과 잡지를 출간함.

1919   정치적 팸플릿 『차라투스트라의 귀환. 어느 독일인이 독일 젊은이들에게 보내는 한마디 말*Zarathustras Wiederkehr. Ein Wort an die deutsche Jugend von einem Deutschen*』을 익명으로 발표했다가 이듬해 베를린에서 실명 출간. 『데미안. 어떤 청춘의 이야기 *Demian. Die Geschichte einer Jugend*』를 '에밀 싱클레어'라는 이름으로 발표하여 호평을 받았으며, 신인으로 오해되어 폰타네 상이 수여되었으나 이를 사양하고 9판부터 저자의 이름을 헤세로 밝힘. 이 외에 『작은 정원*Kleiner Garten*』, 『환상동화집 *Märchen*』 출간. 4월에 베른을 떠나 가족과 떨어져 테신 주의 중심 도시 루가노 근교의 어느 농가와 조렌고의 어느 숙소

에 머무르다가, 5월 11일 몬타뇰라로 이사해 카무치 별장에서 1931년까지 거주. 본격적으로 수채화를 그리기 시작.

1919–22   R. 볼테레크와 공동으로 월간지 〈생명의 절규Vivos voco〉를 발간.

1920   색채 소묘를 곁들인 열 편의 시가 수록된 시집 『화가의 시Gedichte des Malers』와 『혼돈을 들여다봄Blick ins Chaos』이라는 제목의 도스토예프스키에 대한 에세이 출간. 수채화를 곁들인 여행 소설 『방랑Wanderung』, 세 편의 단편을 모은 『클링조어의 마지막 여름Klingsors letzter Sommer』 출간. 후고 발 부부와 가깝게 지냄.

1921   『시선집Ausgewahlte Gedichte』 출간. 창작의 위기. 취리히 근방의 퀴스나흐트에서 C. G. 융의 정신분석을 받음. 『테신에서 그린 수채화 열한 점Elf Aquarelle aus dem Tessin』 출간.

1922   '인도의 시문학'이라는 부제가 붙은 소설 『싯다르타Siddhartha』 출간.

1923   산문집 『싱클레어의 비망록Sinclairs Notizbuch』 간행. 9월 4년 전부터 별거 중이던 첫 번째 부인 베르누이와 이혼. 취리히

근방의 바덴에서 요양을 시작하여, 1952년까지 매년 늦가을 이면 이곳에 와 요양함.

1924   스위스 여류 작가 리자 뱅거의 딸인 루트 뱅거와 결혼. 스위 스 국적 재취득.

1925   소설 『요양객*Kurgast*』 발표. 루트 뱅거에게 바치는 사랑의 동 화 『픽토르의 변신*Piktors Verwandlungen*』을 친필로 써서 발표. 뮌헨, 울름, 아우구스부르크, 뉘른베르크 등지로 낭독 여행. 이해부터 베를린 피셔 출판사에서 단행본으로 된 『헤세 전 집』을 출간하기 시작함. 뮌헨에서 토마스 만을 방문.

1926   독일 프로이센 예술원 문학 분과 국제위원으로 선출됨. 감상 과 기행문집 『그림책*Bilderbuch*』을 출간. 여류 예술사가 니논 돌빈과 사귐.

1927   산문집 『뉘른베르크 여행*Nürnberger Reise*』과 히피들의 성서가 된 소설 『황야의 늑대*Steppenwolf*』 출간. 후고 발 출판사에 의 해 헤세의 50회 생일 기념으로 그의 자서전 『헤르만 헤세. 그의 생애와 작품*Hermann Hesse. Sein Leben und sein Werk*』 출간 됨. 두 번째 부인 루트 뱅거의 요청으로 합의 이혼.

1928	산문집 『관찰Betrachtungen』과 시집 『위기. 한 편의 일기Krise. Ein Stück Tagebuch』 출간. 빈 실러 재단의 메이스트리크 상 수상.
1929	시집 『밤의 위안Trost in der Nacht』과 산문 『세계 문학 총서Eine Bibliothek der Weltliteratur』 출간.
1930	소설 『나르치스와 골드문트Narziß und Goldmund』 출간. 단편집 『이 세상』의 증보판 출간. 프로이센 예술원 탈퇴.
1931	프랑스 귀화인으로 체르노비츠의 아우슬랜더 가 출신 예술 사가이자 역사학자인 니논 돌빈과 결혼. 친구인 한스 보드머 가 임대해 준 몬타뇰라의 카사 로사(일명 카사 헤세)로 이사해서 평생 그곳에서 거주. 『싯다르타』, 『어린이의 영혼』, 『클라인과 바그너』 그리고 『클링조어의 마지막 여름』을 한데 엮은 『내면으로의 길Weg nach innen』 출간. 소설 『유리알 유희Glasperlenspiel』 집필 시작.
1932	산문집 『동방 순례Die Morgenlandfahrt』 간행.
1933	단편집 『작은 세계Kleine Welt』 출간. 나치즘과 유대인 박해에 반대.

1934	스위스 작가협회 회원이 됨. 시 선집 『생명의 나무에서*Vom Baum des Lebens*』 출간. 문학 계간지 〈노이에 룬트샤우Neue Rundschau〉에 『유리알 유희』 발표 시작. 페터 주어캄프가 피셔 출판사와 함께 〈노이에 룬트샤우〉지 인수.

1934   스위스 작가협회 회원이 됨. 시 선집 『생명의 나무에서*Vom Baum des Lebens*』 출간. 문학 계간지 〈노이에 룬트샤우Neue Rundschau〉에 『유리알 유희』 발표 시작. 페터 주어캄프가 피셔 출판사와 함께 〈노이에 룬트샤우〉지 인수.

1935   중단편집 『우화집*Fabulierbuch*』 출간. 동생 한스 자살.

1936   스위스 최고 권위의 문학상인 고트프리트 켈러 문학상 수상. 전원시집 『정원에서 보낸 시간*Stunden im Garten*』 출간.

1937   산문집 『기념첩*Gedenkblätter*』과 시집 『신시집*Neue Gedichte*』 그리고 『다리를 저는 소년*Der lahme Knabe*』 간행.

1939–45   제2차 세계대전 발발. 나치스의 탄압으로 헤세의 작품들은 몰수되고 출판이 금지되어 『수레바퀴 밑에』, 『황야의 늑대』, 『관찰』, 『나르치스와 골드문트』가 더 이상 인쇄되지 못함. 히틀러 집권 기간인 1933-1945년 사이 독일에는 총 20권의 헤세 저서가 나와 있었는데, 그 기간 동안 총 481권의 문고본밖에 팔리지 않았음. 주어캄프와의 합의하에 단행본으로 된 『헤세 전집』을 취리히에 있는 프레츠 & 바스무트 출판사에서 계속 간행키로 함.

1942	최초의 시 전집 『시집*Gedichte*』이 스위스 취리히에서 출간됨.
1943	장편소설 『유리알 유희』를 발표.
1944	비밀경찰이 헤세 작품의 독일 출판업자 페터 주어캄프를 체포.
1945	시 선집 『꽃 핀 가지*Der Blütenzweig*』와 미완성 소설 『베르톨트*Berthold*』 그리고 새로운 단편과 동화를 모은 『꿈길*Traumfährte*』 출간. 제2차 세계대전이 끝난 후 규칙적으로 실스 마리아에서 여름을 보냄.
1946	정치적 평론집 『전쟁과 평화. 1914년 이후의 전쟁과 정치에 대한 수상집*Krieg und Frieden. Betrachtungen zu Krieg und Politik seit dem Jahr 1914*』 출간. 헤세의 작품이 다시 독일의 주어캄프 출판사에서 간행됨. 프랑크푸르트 시의 괴테 상 수상. 노벨 문학상 수상.
1947	베른 대학의 철학부에서 명예 문학박사 학위를 받음. 고향 칼프 시의 명예시민이 됨.
1950	브라운슈바이크 시의 빌헬름 라베 상 수상.

1951   『후기 산문*Späte Prosa*』과 『서간집*Briefe*』 출간.

1952   독일과 스위스에서 헤세의 탄생 75주년 기념행사가 열림. 주어캄프 출판사에서 『헤세 문학 전집*Gesammelte Dichtungen*』 전 6권 출간.

1954   산문집 『픽토르의 변신*Piktors Verwandlungen*』, 롤랑과 주고받은 편지를 모은 『헤르만 헤세와 로맹 롤랑의 서한집 *Briefwechsel. Hermann Hesse - Romain Rolland*』 간행.

1955   독일 출판협회의 평화상 수상. 니논에게 헌정된 후기 산문집 『주문*Beschwörungen*』 출간.

1956   바텐 뷔르템베르크 지방의 독일 예술 후원회가 헤르만 헤세 문학상을 위한 재단 설립.

1957   탄생 80회 기념사업으로 이미 간행된 『헤세 전집』을 증보하여 『헤세 전집*Gesammelte Schriften*』 전7권 출간. 마르틴 부버가 슈트트가르트에서 '헤르만 헤세의 정신에 대한 봉사'라는 제목으로 축사를 함.

1961   시 선집 『단계*Stufen*』 출간.

1962	몬타뇰라의 명예시민이 됨. 바이블러가 쓴 헤세 전기 『헤르만 헤세. 한 편의 전기*Hermann Hesse. Eine Bibliographie*』 간행. 8월 9일 85세를 일기로 몬타뇰라에서 뇌출혈로 세상을 떠남. 이 틀 후 성 아본디오 묘지에 안장됨.
1963	『후기 시집*Die späten Gedichte*』 인젤 출판사에서 출간.
1964	바이마르의 실러 박물관에 '헤르만 헤세 문헌 기록 보관소' 가 설치됨.
1965	니논 헤세가 『유작 산문집*Prosa aus dem Nachlaß*』 출간.
1966	니논 헤세가 작가의 서간문과 여러 가지 생에 관한 기록을 바탕으로 1877년부터 1895년까지의 생애를 내용으로 하는 『1900년 이전의 유년 시절과 청소년 시절*Kindheit und Jugend vor Neunzehnhundert*』을 펴냄. 9월 헤세의 부인 니논 돌빈 71세로 사망.

크눌프

초판 1쇄 펴낸날 2013년 5월 31일
초판 3쇄 펴낸날 2024년 12월 5일

지은이 헤르만 헤세
옮긴이 권혁준
펴낸이 김영정

펴낸곳 (주)현대문학
등록번호 제1-452호
주소 06532 서울시 서초구 신반포로 321(잠원동, 미래엔)
전화 02-2017-0280
팩스 02-516-5433
홈페이지 www.hdmh.co.kr

ISBN 978-89-7275-630-9 04850
세트 978-89-7275-622-4

* 책값은 뒤표지에 있습니다.